퇴마하는 톱스타 7

2023년 7월 10일 초판 1쇄 인쇄
2023년 7월 13일 초판 1쇄 발행

지은이 이상한하루
발행인 강준규

기획 이기헌 왕소현 임동관 박경무 강민구 조익현
책임편집 김홍식
마케팅지원 이원선

발행처 (주)로크미디어
출판등록 2003년 3월 24일
주소 서울시 마포구 마포대로 45 일진빌딩 6층
Tel (02)3273-5135 Fax (02)3273-5134
홈페이지 rokmedia.com **E-mail** rokmedia@empas.com

ⓒ 이상한하루, 2023

값 9,000원

ISBN 979-11-408-0871-7 (7권)
ISBN 979-11-408-0693-5 04810 (세트)

퇴마하는 톱스타

이상한하루 현대 판타지 장편소설

⑦

CONTENTS

<영혼을 찾아서> 할머니 편

오전에 고스트라인 사무실로 나갔더니 박흥식 감독과 손예지, 장웅인이 나와 있었다.

손예지와 장웅인은 요즘 다른 일정을 취소하고 〈모텔 파라다이스〉 무대 인사에만 전력투구하고 있었다.

손예지가 태수를 보자마자 말했다.

"태수야, 보윤이가 〈영혼을 찾아서〉에 출연하겠대."

뜻밖의 소식에 태수가 반색을 했다.

"그게 정말이에요?"

"그래, 보윤이가 우리 소속사잖아. 처음에 얘기했더니 보윤이는 나오고 싶어 했는데 우리 대표님이 망설이시더라고. 프로그램이 너무 인지도가 없으니까. 근데 지난 주 네 방송

보시고는 출연 쪽으로 마음을 바꿨다고 하더라고. 아마 곧 제작사로 연락이 갈 거야."

"와, 잘됐네요."

〈영혼을 찾아서〉 쪽에서는 박보윤에게 출연 요청을 해 놓고 이제나저제나 답을 기다리는 중이었다.

사실 박보윤한테는 전혀 기대를 하지 않았다.

손예지는 영화 홍보 때문에 무리하게 출연을 해 준다지만, 박보윤은 굳이 무리해서 이런 인지도 없는 프로그램에 출연할 이유가 하나도 없었기 때문이다.

파인미디어나 QBS 측에서도 박보윤에 대해서는 기대를 접은 분위기였다.

이번 주에 방송된 〈흉가탐방〉 코너 시청률이 5.2%였다.

하지만 〈영혼을 찾아서〉는 오히려 방송이 끝난 후에 관심과 인지도가 더 올라갔다.

그리고 다음 주 게스트 손예지에 이어 마지막 3부에 박보윤까지 출연을 해 준다면 소위 대박을 터뜨릴 수도 있을 것 같았다. 요즘 젊은 층에서 박보윤만큼 인기 있는 여배우도 별로 없으니까.

태수 역시도 오랜만에 박보윤을 다시 만난다고 생각하니 괜히 마음이 설레었다. 귀귀도에서 와이어에 매달려 있던 그 순간의 기억이 워낙 강렬했던 탓이다.

손예지가 말했다.

"너 〈영혼을 찾아서〉에 고정으로 출연해. 내가 보니까 프로그램이 너하고 잘 맞는 것 같아. 방송국에서 고정해 달라는 얘기 없었어?"

"아뇨, 직접적으로 그런 얘기는 듣지 못했는데 계속 출연해 줬으면 하는 눈치는 있는 것 같았어요."

"내 생각에 아마 이번 주에는 그런 얘기를 할 거야. 가능하면 고정으로 출연하는 걸로 해. 그런 기회 아무 때나 오는 거 아냐."

"저도 제 능력을 활용할 수 있어서 좋긴 한데, 그런 프로그램을 고정으로 맡으려니 살짝 겁도 나고 제가 단편영화 연출하는 것도 있어서요."

"단편영화 연출은 언제든 시간 날 때 하면 되지 않아?"

대학생영화제에 작품 출품도 했으니 손예지의 말대로 단편영화 연출은 언제든 시간 날 때 하면 된다.

하지만 그렇게 되면 동생들이 계속 일손을 놓고 있어야 하고 오싹한 이야기 채널의 업데이트도 당분간 중단해야 한다는 게 문제다.

손예지가 문득 생각났다는 듯 말했다.

"아참, 그리고 보윤이가 다음 주에 〈오늘도 연애〉 제작 발표회 하는데 방송국에서 너도 참석했으면 한다고 그러던데?"

"제가요? 전 그냥 단역급인데 참석을 해도 된대요?"

"강혁이 어떻게 단역이니? 분량은 적어도 주요 인물인 데다 웹툰에서 가장 인기 있는 캐릭터인데. 요즘 네 인기 생각하면 방송국에서 그냥 두지 않겠지. 아마 곧 연락이 갈걸? 야, 너 너무 바쁘겠다. 내가 볼 땐 아무래도 소속사 있어야 할 것 같아."

"소속사요?"

"혹시 소속사 필요하면 나한테 얘기해, 우리 회사 소개해 줄게. 아마 웬만한 회사보다 대우도 좋고 훨씬 괜찮을 거야. 요즘 우리 대표님이 은근히 네 얘기를 자주 물어보시더라고."

"정말요?"

FHN엔터테인먼트는 업계에서 서열 5위 권의 대형 기획사다. 그런 기획사 대표가 자신에게 관심을 가지고 있다니 언뜻 실감이 나지 않았던 것이다.

손예지가 답답하다는 듯 말했다.

"너 요즘 인기 엄청 많아, 너만 모르는 거야. 아마 눈독 들이고 있는 기획사들 꽤 많을걸? 네가 캐릭터가 워낙 독특하잖아. 뭔가 신비롭기도 하면서…… 아무튼 너만 모르는 아주 묘한 매력이 있다니까."

박홍식 감독과 손예지, 장웅인과 함께 캠핑카처럼 개조된 리무진 버스를 타고 무대 인사를 돌았다.

무대 인사는 보통 두 가지 유형으로 진행된다.

하나는 미리 무대 인사 일정을 발표하고 방문하는 방법이다.

이런 방법은 관객들이 배우들을 보기 위해 미리 그 시간, 그 상영관의 표를 예매하기 때문에 영화 홍보의 효과가 크다.

다른 하나는 그야말로 깜짝 무대 인사다.

관객들 모르게 배우들이 깜짝 등장해서 무대 인사를 하는 서프라이즈 방식으로 관객들의 열렬한 호응을 이끌어 낼 수 있다는 장점이 있다.

오늘은 영화관 세 곳의 무대 인사가 예정되어 있는데 그 첫 번째가 바로 깜짝 무대 인사였다. 깜짝 무대 인사는 배우들이 가장 선호하는 방식이다.

영화 상영이 끝나는 시간에 맞춰서 리무진이 극장에 도착했다.

리무진에서 손예지와 장웅인 그리고 태수가 내리자 극장 로비에 있던 관객들이 깜짝 놀라서 환호성을 질렀다.

경호원들이 몰려드는 팬들 사이로 동선을 확보해서 배우들과 태수를 극장 안쪽으로 안내했다. 다들 극장 안으로 들어가서 뒷문 출입구로 이동한 뒤에 대기했다.

영화의 거의 마지막 부분에 이르렀다는 걸 알 수가 있었다. 민수네 가족들이 서로 끌어안고 오열하는 소리가 상영관에서 흘러나왔으니까.

손예지는 관객들을 깜짝 놀라게 할 생각을 하니 무척 신이 나는 표정이었다.

태수도 마음이 설레고 두근거리긴 마찬가지였다. 배우들과 함께 상영관 안으로 짠 하고 나타나는 순간이 얼마나 짜릿할지 상상만으로도 즐거웠던 것이다.

마침내 영화가 끝나고 엔딩 크레딧이 올라가면서 상영관에 불이 들어왔다.

스태프가 말했다.

"이제 들어가시면 돼요."

박흥식 감독, 장웅인, 손예지, 태수의 순으로 상영관 뒷문을 열고 들어갔다.

뒤쪽에서 가운데 열을 따라 일행들이 빠른 걸음으로 걸어 내려갔다.

무심코 자리에서 일어나 상영관을 나가려던 관객들이 뒤늦게 중앙 통로를 걸어 내려오는 일행들을 발견하고는 비명에 가까운 환호성을 지르기 시작했다.

자신들의 바로 곁으로 배우들과 태수가 지나가자 다들 믿기지 않는 표정들.

상영관이 순식간에 열광의 도가니로 변했다.

방금 스크린에서 본 주인공들이 아무런 예고도 없이 자신들의 눈앞에 거짓말처럼 나타났으니 그보다 더 신기한 일이 또 있을까.

박흥식 감독부터, 장웅인, 손예지 순으로 무대에 올라가서 차례로 인사를 했다. 관객들이 경쟁적으로 휴대폰을 꺼내 사진을 찍느라 정신이 없었다.

모두들 재미있는 멘트를 곁들여 가며 영화 홍보 잘 부탁드린다는 인사를 했다.

마지막으로 태수가 인사를 할 차례.

태수가 마이크를 잡자 열광적인 환호성이 극장을 가득 채웠다.

"안녕하세요, 요즘 사람들이 영혼을 보는 남자라고 부르는 장태수라고 합니다."

거의 손예지에 못지않은 인기였다. 누군가의 주목을 받거나 조명이 있는 무대에 올라가면 자동으로 작동하는 생기탐랑의 능이 이번에도 작동했다.

평소에도 또렷한 이목구비에 잘생긴 얼굴이지만 생기탐랑의 능이 작동하면 뭔지 모르게 신비한 기운이 흐르면서 얼굴이 화사하게 피어난다.

여기저기서 '영혼남 사랑해요!'라는 외침이 들려왔다.

태수가 감격스러운 기분으로 물었다.

"영화는 재미있게 잘 보셨나요?"

관객들의 합창.

"네에에에에~!"

이렇게 많은 관객들이 사랑이 가득한 눈으로 자신을 바라본다는 게 너무도 행복했다. 여성 관객 한 명이 소리쳤다.

"텔레비전에서 자주 보고 싶어요!"

그러자 여기저기서 외침이 터져 나왔다.

"이번 주에도 악귀 퇴마해요?"

"꼭 본방 사수할게요!"

태수가 난처한 표정으로 말했다.

"아, 저기 이 자리는 〈모텔 파라다이스〉를 홍보하는 자리 인데…….."

관객들이 웃음을 터뜨렸다.

관객들은 태수가 뭘 하든 사랑스럽게 봐줄 것 같은 눈빛을 한 채 바라보고 있었다.

"SNS나 주변 지인분들한테 저희 영화 많이 홍보해 주시고 많이 응원해 주시면 감사하겠습니다. 감사합니다!"

무대 인사를 마친 태수는 일행들과 저녁 식사를 마친 후 〈영혼을 찾아서〉 제작진과의 회의를 위해 파인미디어로 넘어 갔다.

태수가 파인미디어 사무실로 들어서자마자 권 피디가 반갑게 맞으며 말했다.

"다음 주 게스트로 박보윤 씨가 출연한답니다."

"네, 얘기 들었어요."

권 피디가 믿기지 않는다는 표정으로 말했다.

"손예지 배우님은 영화 홍보 때문에 나오신다지만 박보윤 씨는 정말 뜻밖이었어요. 거의 기대를 하지 않았는데."

김영아도 설레는 표정으로 말했다.

"저는 장 작가님이 그렇게 인맥이 넓은지 몰랐어요. 처음에 박보윤 씨 얘기해서 솔직히 좀 생뚱맞았거든요. 이번 주도 기대되지만 다음 주가 정말 기대가 되네요. 박보윤 씨는 장 작가님하고 나이도 같지 않나요?"

"네, 동갑이에요."

하지만 두 사람은 태수가 영화감독을 준비하는 감독 지망생이자 영능력자라는 정도만 알지 〈오늘도 연애〉에서 강혁 역할로 출연해 박보윤과 오프닝 촬영을 했다는 사실은 꿈에도 알지 못했다.

게다가 김영아는 〈오늘도 연애〉 웹툰의 열렬한 팬이자 웹툰에서 강혁 캐릭터를 가장 좋아했다. 아마 오프닝에서 태수가 강혁 역할로 출연하는 모습을 보면 놀라서 뒤로 까무러칠지도 몰랐다.

평소엔 태수한테서 강혁을 떠올리지 못하지만 드라마 오프닝에서 보면 강혁과 정말 똑같이 닮았다는 걸 알게 될 것이다. 생기탐랑의 능은 필요할 때만 작동하는 기운이기 때문이다.

태수가 김영아를 보고 걱정스럽게 물었다.

"근데 김 작가님은 이제 괜찮아요?"

김영아가 고개를 끄덕이고는 말했다.

"네, 어제 장 작가님 손을 잡고 나서 무서움이 사라졌어요. 정말 너무 신기해요. 어떻게 하신 거예요?"

"음…… 그것도 영능력하고 관련이 있어요."

"아…….."

"참, 오늘 백두도사님도 오신다고 하지 않았나요?"

"예. 오실 시간 됐는데?"

얘기를 하자마자 길재중이 사무실 문을 밀고 들어왔다.

길재중이 안으로 들어서며 특유의 걸걸한 음성으로 너스레를 떨었다.

"아이고, 일주일 만에 보는 건데 다들 엄청 오랜만에 보는 것 같습니다?"

길재중까지 네 사람은 곧바로 제작 회의에 돌입했다.

권 피디와 김영아가 어젯밤에 소음리 정신병원에 갔던 얘기를 길재중에게 들려줬다.

길재중이 놀란 얼굴로 말했다.

"소음리 병원을 갔다고? 그것도 밤에?"

김영아가 어제의 공포가 살아나는 듯 인상을 찡그리며 고개를 끄덕였다.

"그렇다니까요. 제가 낮에 가자니까 권 피디님이 후딱 갔다 오자고 해서."

"그럼 장 작가가 밤에 병원 내부를 둘러본 거야?"

태수가 고개를 끄덕이자 길재중이 탄성을 뱉어 내며 말했다.

"소음리 병원은 진짜야. 나도 예전에 밤에 병원에 들어가 본 적이 있는데 정말 안에 악귀가 바글바글하더라고."

김영아가 의심스러운 눈으로 물었다.

"도사님이 거길 밤에 들어갔다고요?"

"그, 그렇다니까."

김영아가 태수를 돌아보고 말했다.

"장 작가님이 뭐든 도사님한테 물어보세요. 정말 들어갔는지 확인해 볼 수 있는 질문으로."

길재중이 재빨리 눈을 깜빡거리는 걸 보며 태수가 애써 웃음을 참았다.

길재중이 김영아를 돌아보고는 섭섭한 듯 말했다.

"김 작가가 요즘 날 너무 불신하는 것 같아."

권 피디가 태수를 돌아보고 물었다.

"그러고 보니까 어제는 워낙 정신이 없어서 제대로 물어보지도 못했네요. 장 작가님, 병원에 들어가 보니까 어땠어요? 병원 전체를 다 둘러본 거예요?"

"아뇨, 로비하고 3층만 둘러보고 지하는 못 봤어요. 근데 귀기가 엄청 강하고 악귀들이 너무 많더라고요."

권 피디와 김영아의 표정이 동시에 어두워졌다.

김영아가 조심스럽게 말했다.

"거긴 방송하기에는 너무 위험한 곳 아니에요?"

권 피디가 말했다.

"이젠 어쩔 수가 없어, 내일모레가 본방인데 언제 다른 곳을 찾아. 장 작가님만 괜찮다면 그대로 밀고 가야지."

태수가 조심스럽게 말했다.

"그래서 저도 고민을 해 봤는데, 이번에는 VJ분들도 최소한의 인원만 들어가고 대신 병원 곳곳에 카메라를 설치하는 방식으로 가야 할 것 같아요. 지난번 흉가처럼 많은 인원이 들어가면 제가 다 보호할 수가 없거든요."

길재중이 자신의 가슴을 두드리며 말했다.

"장 작가가 왜 혼자 다 보호를 해? 내가 있잖아, VJ들 보호하는 건 나한테 맡기라고."

태수가 고개를 끄덕이며 말했다.

"물론 도사님 도움도 받아야죠. 하지만 제 생각에는 이번 소음리 병원은 저하고 도사님 두 사람만으로는 촬영이 좀 어려울 것 같아요. 안에도 악귀가 많지만 병원 밖에도 많아서 이번에도 현장에서 오픈 스튜디오로 진행하려면 밖에서 스태프들을 보호해 줄 분이 따로 있어야 할 것 같거든요."

"밖에서 저희를 보호한다고요?"

권 피디의 말에 김영아가 적극 공감하며 말했다.

"맞아요, 밖에도 퇴마를 하실 수 있는 믿을 만한 분이 있어야 해요. 어제도 낭패를 봤잖아요. 진짜 무서워 죽는 줄 알았다고요. 게다가 손예지 배우님도 오실 텐데."

그제야 권 피디도 고개를 끄덕였다.

"아, 맞다. 이번에는 손예지 씨가 오지?"

김영아가 물었다.

"그럼 누가 저희를 보호해 준다는 거죠? 설마 도사님?"

"너 왜 그렇게 불신이 가득한 눈으로 보냐?"

태수가 둘 사이에 끼어들며 말했다.

"도사님 말고 제가 추천할 분이 따로 있어요. 강형진 신부님이라고."

"신부님요?"

권 피디가 의아한 표정으로 물어보자 태수가 대답했다.

"네. 지금은 파문을 당하셔서 신부의 지위를 잃으셨지만 로마교황청에서 인정한 한국의 유일한 구마사제이신 분이에요."

김영아가 눈을 동그랗게 뜨고 물었다.

"구마사제라면 퇴마하는 신부님 아닌가요?"

"네, 맞아요."

권 피디가 신기하다는 표정으로 말했다.

"와, 로마교황청에서 구마사제를 양성해서 전 세계로 보낸다는 얘기를 듣긴 했는데 그 얘기가 사실이었구나. 그럼 그분한테는 장 작가님이 연락할 거예요?"

"아, 그리고 이번 소음리 정신병원은 하루에 모두 촬영하고 퇴마까지 하기는 어려울 것 같아요. 그래서 이번 주에는 로비와 3층 중심으로 촬영을 하고 지하실은 그다음 주에 촬영을 했으면 좋겠어요. 지하실은 제가 아직 보지도 못했기 때문에 상황이 어떤지도 모르고."

김영아도 동의했다.

"저도 그게 좋을 것 같아요. 거긴 일반 흉가하고 달라서 분량이 엄청 많을 것 같거든요."

권 피디도 고개를 끄덕이고는 동의를 했다.

"그건 제가 한재성 피디하고 상의를 해 볼게요."

가만히 얘기를 듣고 있던 길재중이 불만스럽게 말했다.

"나도 〈영혼탐정〉 코너에 출연하면 안 될까? 지난번에 보니까 장 작가 혼자 진행을 하니까 먼저 좀 허전한 것 같지 않아?"

김영아가 얼른 말했다.

"왜 장 작가님 혼자예요? 전소민 기자님도 있는데. 아무튼 도사님은 방송 욕심이 너무 많으셔. 장 작가님은 그 신부님한테 연락해 보시고 결과 바로 알려 주세요."

파인미디어에서 〈영혼을 찾아서〉 제작 회의를 끝낸 태수는 강형진 신부에게 전화를 걸어서 프로그램 설명을 하고 월요일 촬영이 가능한지 물었다.

다행히 강형진 신부도 프로그램을 흥미롭게 보고 있다며 흔쾌히 촬영을 허락했다.

태수는 그 소식을 제작사에 전했다.

이젠 자정이 다가오면 으레 노트북을 펼쳐 들고 평상 위에 앉게 된다.

이화도 은근히 그 시간을 기다리는 것 같고.

태수가 영화 리뷰들을 보며 물었다.

"오늘은 하루 종일 뭐 했어?"

—음…… 어제 말했잖아요. 오늘 영화관에서 〈모텔 파라다이스〉 볼 거라고.

"진짜 봤어?"

이화가 고개를 끄덕이고는 말했다.

—오늘 주말이잖아요. 그래서 영화관에 빈자리가 거의 없어서 하마터면 서서 볼 뻔했어요. 사람이 앉아 있는 좌석에 겹쳐 앉으면 신경 쓰여서 집중을 할 수가 없거든요. 좌석 주인도 영화를 제대로 못 보고.

"하긴 영혼하고 같이 공포 영화 보면 서늘해서 진짜 무섭겠다. 영화는 어땠어, 재밌었어?"

이화가 마구 고개를 끄덕이며 말했다.

—진짜 재미있었어요. 저 같은 학생들이 많았는데 다들 비명 지르고 너무 무섭다고 난리였어요. 제 옆에는 남학생들끼리 왔는데 조금만 무서운 장면 나오려고 하면 막 울려고 했어요.

"하하, 그랬어?"

공포 영화가 무섭다는 말처럼 좋은 칭찬이 있을까.

어느 정도 예상은 했지만 막상 분위기를 전해 들으니까 기분이 짜릿했다.

개봉 첫 주말의 박스 오피스 스코어는 영화의 흥행을 좌우하는 중요한 수치다.

태수가 배우들과 함께 무대 인사를 다닌 것처럼 〈오래된 기억〉 팀도 오늘 하루 종일 극장을 찾아다니면서 무대 인사와 각종 이벤트 행사를 진행했다.

물론 규모 면에서 양쪽은 비교가 되지 않았다.

태수네 팀이 조촐하게 상영관에서만 무대 인사를 진행한 반면 〈오래된 기억〉은 감독인 명호와 배우들이 극장 앞 광장에서 프리 허그나 사인회 같은 커다란 이벤트 행사를 동시에 진행했다.

당연히 극장 앞에 사람들이 엄청나게 몰렸고 주위 교통이 혼잡할 정도였다.

또한 텔레비전에서도 〈오래된 기억〉 팀들이 모두 리얼리티 예능인 〈무리한 도전〉에 총출동해서 시청자들의 눈과 귀를 사로잡았다.

이화가 생각난 듯 말했다.

-참, 〈오래된 기억〉도 봤어요. 바로 옆에서 하길래.

"어, 정말? 그 영화는 어땠어?"

퇴마하는
톱스타

태수는 〈오래된 기억〉을 개봉 다음 날 극장에 가서 봤다.

다들 왜 스토리가 약하다는 리뷰를 썼는지 알 것 같았다. 미스터리 로맨스라고 해 놓고 미스터리는 보이지 않고 미장센만 보였던 것이다.

그 영화를 보면서 예전에 명호가 자신에게 미스터리 강의를 하던 일이 떠올라서 짜증이 났다.

이화가 고개를 흔들면서 말했다.

―그 영화는 보면서 계속 딴생각했어요. 보니까 다른 사람들도 표정이 다들 재미없는 것 같았어요. 제 옆에 커플이 앉았는데 영화 중간에 여자가 남자한테 막 화를 냈어요. 〈모텔 파라다이스〉 보자니까 이 영화 왜 보자고 했냐면서.

태수는 저도 모르게 입꼬리가 올라가려는 걸 가까스로 참았다.

자정이 돼서 영화진흥위원회 홈페이지에 들어갔다.

오히려 어제, 그제보다는 덜 긴장이 됐다. 어차피 이번 주까지는 〈오래된 기억〉이 마케팅의 힘으로 버틸 것이란 생각이 들었기 때문이다.

박스 오피스를 클릭하자 주말의 관객 스코어가 나왔다.

여전히 1, 2위는 변동이 없지만 예상과 달리 확연한 변화가 보였다.

"어? 이거?"

1위 〈오래된 기억〉 41만 7천 명

2위 〈모텔 파라다이스〉 26만 6천 명

두 영화의 격차가 확연하게 줄었다.

〈오래된 기억〉은 19만 3천 명에서 41만 7천 명으로 두 배 조금 넘게 늘었고 〈모텔 파라다이스〉는 8만 정도에서 26만 6천 명으로 세 배가 넘게 늘었다.

좌석 점유율을 보면 두 영화의 분위기가 확연하게 드러난다.

〈오래된 기억〉은 주말임에도 불구하고 좌석 점유율이 61퍼센트, 〈모텔 파라다이스〉는 82퍼센트.

뭔가 변화가 생기고 있다는 증거였다. 이런 추세라면 내일 일요일 관객 수는 더욱 좁혀질 가능성이 컸다.

평점도 확연하게 차이가 났다.

〈오래된 기억〉 7.5, 〈모텔 파라다이스〉 8.6 이다.

〈모텔 파라다이스〉는 대부분 호평 일색이었는데 〈오래된 기억〉은 부정적인 리뷰들이 연이어 몇 개씩 이어지기 시작했다. 평점 알바들이 대응할 수 있는 수준을 넘어선 것이다.

더욱 기분이 좋은 건 영화 리뷰에 태수에 대한 얘기가 자주 보인다는 것이다. '영혼남, 재미있게 봤어요' 같은 문구들.

오늘은 〈모텔 파라다이스〉의 선전에 대해 본격적으로 주목하기 시작한 기사도 부쩍 늘었다.

저예산 공포 영화의 한계를 딛고 탄탄한 스토리와 관객들의 입소문으로 꾸준히 관객이 늘고 있다는 기사.

개봉 전까지만 해도 〈오래된 기억〉의 독주가 예상됐지만 조심스럽게 이변을 예측하는 기사들도 눈에 띄었다.

－카톡.

자정이 넘은 시간인데 조진호 대표가 카톡을 보냈다. 카톡에 흥분한 조진호 대표의 분위기가 그대로 느껴졌다.

장 작가, 봤지? 오늘 관객 스코어 26만이야. 이런 추세라면 다음 주에는 우리가 상영관 더 빼앗아 올 수 있겠어. 다음 주중에는 역전도 노려 볼 만하겠고. 200만은 충분히 넘길 것 같아.

카톡을 보면서 태수가 중얼거렸다.

"대표님, 300만 넘는다니까요. 후후."

～～

오늘은 〈영혼탐정〉 코너 녹화가 있는 날.

태수가 파인미디어 사무실에 들어서자 미리 와 있던 전소민 기자가 특유의 활기찬 목소리로 맞이했다.

"장 작가님, 제가 뭐라고 했어요? 장 작가님만 출연하면 우리 프로그램 뜬다고 했죠?"

권 피디가 옆에 있다가 거들었다.

"떠도 너무 떠서 문제야. 지금 위에서 어떻게 생각하는지 알아? 이번 주 시청률 무조건 10퍼센트 넘기는 줄 알아, 참나."

전소민이 말했다.

"제 생각에는 충분히 가능할 것 같은데요?"

"전 기자까지 왜 이래? 부담스럽게. 10퍼센트가 누구 집 애 이름이야? 우리 지난주까지 애국가 시청률이었다고."

"그땐 장 작가님이 없었잖아요. 그리고 지금 온라인이 영혼남으로 얼마나 뜨거운데요. 이번 주 방송 기다리고 있는 시청자들도 정말 많거든요? 이런 프로는 반드시 본방으로 봐야 스릴이 있다면서 다들 대기하고 있다고요, 호호호."

그러면서 전소민이 인쇄한 구성안을 보고 말했다.

"이번 주 아이템도 꽤 흥미롭던데요? 영혼 할머니와 할아버지의 만남이라니. 세상에."

김영아가 말했다.

"걱정이에요, 막상 둘이 만났는데 별 이야기 아니면 어쩌나 싶어요. 사람이 출연하는 프로그램은 이런 식으로 했다가 정말 난리 나잖아요."

"물론 그렇지, 사람이 출연하는 거라면. 하지만 이건 한쪽이 영혼이란 말이야. 대단한 사연이 아니라도 시청자들은 재미있게 볼걸. 만남 자체가 신비롭고 신선하지 않아?"

"자, 이제 출발합시다."

스태프들과 함께 촬영 차를 타고 박진성의 집으로 향하면서 곧바로 촬영이 시작됐다.

전소민이 진행자로 변신해서 태수에게 물었다. 이번에도 시청자의 마음과 궁금증을 대신해서 물어보는 역할이다.

"혹시 그동안 카페에 들어와서 할머니 영혼이 계속 있는지 확인은 해 보셨나요?"

"아뇨, 그날 이후로는 일부러 카페에 가지 않았어요."

"어머, 왜요? 카페에 혹시 할머니 영혼이 없으면 어떡하려고요?"

"저는 두 분의 만남이 처음부터 운명이라고 생각했어요. 김순임 할머니가 박진성 할아버지를 만나러 가다가 죽음을 맞으신 일도 그렇고, 영혼이 되어 레테에서 기약 없이 기다린 것도, 모두 운명이 개입하지 않았다면 불가능한 일이라고 생각했어요. 그래서 할머니가 카페에서 할아버지를 계속 기다릴지 말지도 운명에 맡긴 거죠."

전소민이 카메라를 바라보며 말했다.

태수에게 하는 말이라기보다는 시청자를 향해서 하는 말이었다.

"묘하게 설득력 있게 들리는데요? 하긴 지금 우리가 사람들끼리 만나는 만남을 주선하러 가는 길이라면 분명히 양쪽을 연락해서 약속이 펑크 나는 일이 없도록 철저히 사전 점검을 해야겠지만, 한쪽은 영혼이니까 그런 식으로 약속을 하는 게 큰 의미는 없다는 얘기죠?"

"네, 맞아요. 방금 있던 영혼이 눈앞에서 사라질 수도 있어요. 그렇다고 사람처럼 어디 가서 찾을 수 있는 건 아니잖아요. 우린 오직 할머니가 할아버지를 만나고 싶어 한다는 의지 하나만 믿고 가는 거죠."

전소민이 살짝 과장된 표정으로 카메라를 보고 말했다.

"그렇게 생각하니까 왠지 더 스릴 있는데요? 시청자 여러분도 두 분이 꼭 만날 수 있도록 응원해 주시기 바랍니다. 아, 저기 박진성 할아버지가 앞에 나와 계시네요."

촬영 차가 도착하자 깔끔한 양복 차림의 박진성이 인사를 했다.

태수와 전소민도 마주 인사를 나눈 후 박진성이 차량에 올라탔다.

전소민이 이번에 박진성에게 질문을 했다.

"지금 기분이 어떠세요? 사람이 아니라 영혼을 만나러 가는 길인데."

"글쎄요, 죄송한 말씀이지만 솔직히 아직은 반신반의해요. 정말 김순임 씨의 영혼이 카페에서 날 기다리고 있다는 게 사실일지."

전소민이 재빨리 물었다.

"그럼 우리 장태수 작가가 두 분이 만나기로 한 건 어떻게 알았을까요? 그것도 반년 전의 약속인데. 혹시 김순임 할머니와 만나기로 한 약속을 다른 사람한테 얘기하신 적이 있나요?"

박진성이 고개를 흔들고는 태수를 바라보며 말했다.

"저도 그게 참 불가사의합니다. 그 약속에 대해서 듣지 못했다면 이렇게 나오진 않았을 테니까요."

촬영 차량이 마침내 카레 레테 앞에 도착했다.

전소민이 차에서 내리기 전에 이번엔 태수에게 인터뷰를 했다.

"지금 차에서 내리면 할머니 영혼이 계신지 바로 알 수가 있나요?"

태수가 고개를 끄덕였다.

"장태수 작가님은 할머니 영혼이 계실 것 같아요?"

태수가 주저 없이 대답했다.

"네."

태수와 박진성, 전소민이 차례로 차량에서 내렸고 카메라 다섯 대가 따라붙었다.

태수가 카페 밖에서 안을 바라보자 전소민이 살짝 긴장한 목소리로 물었다.

"할머니가 와 계세요?"

태수가 고개를 흔들며 말했다.

"아뇨, 여기선 영혼을 볼 수가 없네요. 영혼은 제 두 눈으로만 볼 수 있는데, 중간에 유리가 막혀 있어서 보이지가 않아요."

"아...... 그런 게 있군요."

태수가 레테의 문을 밀고 안으로 들어갔다.

제일 먼저 김순임이 앉아 있던 구석 자리로 눈길을 줬다.

카페 구석에 지난번과 똑같은 자리에 다소곳이 앉아 있는 김순임 할머니의 영혼이 시야에 들어왔다.

김순임이 깜짝 놀란 얼굴로 자리에서 일어났다. 태수의 뒤를 따라 카페에 들어서는 박진성을 본 것이다.

태수가 뒤를 돌아보고 박진성을 김순임의 앞자리로 안내했다.

"선생님은 이쪽 자리에 앉으시죠."

박진성이 다가와서 자리에 앉는 모습을 김순임이 자리에 앉지도 않고 바라봤다. 박진성이 자리에 앉자 태수가 김순임을 보고 말했다.

"잘 지내셨죠, 할머니? 제가 약속대로 할아버지 모셔 왔으니까 이제는 무슨 사연인지 말씀해 주실 수 있겠죠?"

김순임이 감격스러운 표정으로 고개를 끄덕였다.

태수의 말에 박진성이 놀란 얼굴로 자신의 맞은편 빈 공간을 바라봤다. 당연히 아무도 없을 줄 알고 자리에 앉았는데 거기에 김순임의 영혼이 있다는 걸 비로소 깨달은 것이다.

박진성이 어떻게든 영혼을 보려고 미간을 좁혔다.

카메라들도 박진성의 맞은편 빈 공간을 여러 각도로 촬영했다.

맞은편 자리에서 박진성을 바라보는 할머니의 두 눈에 금방 눈물이 글썽거렸다.

할머니가 말했다.

─우리가 처음 만났을 때 제가 얼마나 박 선생님을 사랑했는지 아세요?

태수가 할머니의 말을 전하자 박진성의 동공이 출렁하고 흔들렸다. 박진성은 여전히 실감이 나지 않는 듯 앞쪽 허공과 태수를 번갈아 바라보며 혼란스러운 표정이었다.

박진성이 도무지 믿지 못하겠다는 표정으로 태수를 보고 말했다.

"난 지금 아무런 느낌이 없어요. 정말 지금 내 앞에 김순임 씨가 앉아 있는 겁니까? 아무리 영혼이라도 무슨 느낌이 있을 거 아닙니까?"

태수는 순간 안명부를 이용해서 박진성이 김순임을 볼 수 있도록 해 줄까 하는 갈등을 느꼈지만, 자신이 세운 원칙을 지키기로 했다.

방송에서는 가급적 일반인에게 안명부를 사용하지 않기로.

지난번에도 그래서 아이 엄마와 아이의 영혼이 마지막으로 만나도록 해 주고 싶은 욕망을 간신히 억누를 수 있었다.

당장은 극적이고 감동스러운 장면이 되겠지만 방송을 본 사람들이 너도나도 영혼을 보게 해 달라고 하면 감당할 수 없는 일이 생길 수도 있기 때문이다.

태수가 대신 자신이 본 김순임을 박진성에게 설명을 해 줬다.

"지금 곱게 화장을 한 김순임 할머니가 노란 꽃무늬가 그려진 화사한 원피스를 입고 앉아서 선생님을 바라보고 계세요."

"어떻게 이럴 수가, 그럴 리가 없어요. 그리고 순임 씨는 날 그렇게 진지하게 사랑하지 않았어요. 뭔가 이상해요."

김순임이 말했다.

─내가 보이질 않으니까 믿지를 못하시는 거예요. 그럼 이 말을 전해 주세요. 지금으로부터 56년 전 선생님과 전 주말마다 광화문에서 만났어요. 그때 우리가 항상 만나던 장소가 있었죠. 지금은 없어졌지만 덕수궁 앞 대한일보사 입구 골목에 있던 '코러스다방'이라는 음악다방이었어요.

태수가 이번에도 김순임의 말을 그대로 전했다.

이번엔 박진성도 충격을 받은 듯 맞은편 허공을 바라보며 되물었다.

"저, 정말로 순임 씨 당신이 거기 있는 겁니까?"

─네, 선생님. 노래방이란 게 없던 그 시절에 코러스다방에서는 손님이 무대에 나가서 디제이가 틀어 주는 팝송에 맞춰 노래를 할 수가 있었죠. 당시 선생님이 무대에 나가서 불

러 줬던 비지스의 노래 'Don't forget to remember'는 이후에
제가 가장 애창하는 팝송이 됐고요.

태수의 말을 전해 들은 박진성의 눈에도 김순임과 마찬가
지로 눈물이 글썽거렸다.

"어떻게 이런 일이…… 어떻게……."

박진성이 말을 잇지 못한 채 허공을 보며 말했다.

"이제 알겠습니다, 아니 이제 믿습니다. 지금 내 앞에 순
임 씨가 있다는 걸 이젠 확실하게 믿을 수가 있어요. 비록 순
임 씨의 얼굴을 보지 못하는 게 안타깝지만."

─아니에요, 전 그냥 선생님이 예전의 제 젊은 모습을 기
억해 주시는 게 더 좋아요.

"그럼 너무 불공평하잖아요. 난 이렇게 쪼글쪼글한 늙은
이로 앉아 있는데."

─아니에요, 선생님은 여전히 멋지세요.

태수도, 전소민도 김영아를 비롯한 나머지 스태프들도 다
들 감동스러운 기분으로 허공을 바라보며 눈물을 흘리는 박
진성을 숨을 죽이고 지켜봤다.

태수가 끼어들어서 물었다.

"할머니, 이제 할머니가 왜 박진성 할아버지를 그토록 만
나고 싶어 했는지 이유를 말씀해 주시겠어요?"

다들 숨을 죽이고 박진성의 맞은편 허공을 바라봤다.

김순임이 가만히 눈을 감고 있다가 떴다. 그녀의 눈빛에

형언하기 힘들 정도의 후회와 회한이 서려 있었다.

－선생님하고 만날 때마다 전 항상 제 친구 혜정이를 함께 데리고 나갔어요. 그래서 우린 둘이 만나는 날보다 셋이 만난 날이 훨씬 많았죠.

"맞아요, 그랬었죠."

－그러다가 선생님이 제가 아닌 제 친구 혜정이를 좋아한다는 고백을 하셨어요.

박진성이 힘든 표정으로 중얼거렸다.

"내가 그때 왜 그런 철없는 소리를 했는지. 차라리 혼자만 마음에 묻어 둘 것을. 나 때문에 순임 씨도 상처를 받고 혜정 씨하고도 결국 못 만나게 되고. 정말 제가 순임 씨한테 못 할 일을 한 것 같아요."

－제가 그때 선생님의 고백을 제 친구 혜정이한테 그대로 전했다고 했죠?

"네, 그랬죠. 혜정 씨가 저한테 많이 실망했다는 말을 했다는 얘기도 전해 주셨고. 저 때문에 두 분 사이도 서먹해지고. 모든 게 제 잘못입니다."

김순임이 가만히 박진성을 보다가 말했다.

－아니에요, 혜정인 그렇게 말하지 않았어요.

고통스럽게 고개를 숙이고 있던 박진성이 의아한 표정으로 고개를 들었다.

"예? 아니라니요?"

―제가 선생님의 마음을 전하기 전에 혜정이가 먼저……
제게 고백을 했어요, 선생님을 사랑한다고. 그래서 그 이후
로는 저하고 혜정이 사이가 서먹해졌어요.

박진성이 도무지 무슨 얘기인지 모르겠다는 표정으로 김
순임을 바라봤다.

―우리가 마지막으로 몇 차례 만났을 때 선생님이 계속 저
한테 물었죠, 혜정이는 요즘 왜 같이 나오지 않냐고. 그때 전
알았어요. 선생님도 혜정일 좋아하고 있다는 걸. 제가 앞으
로 혜정이는 같이 나오지 않을 거라고 하자 선생님이 진짜
좋아하는 사람은 혜정이라고 고백을 했고.

김순임이 격한 감정을 진정시키느라 잠시 말을 끊었다가
이어 갔다.

―그때 선생님의 고백을 듣고 제가 얼마나 고민을 했는지
몰라요, 선생님의 고백을 혜정이한테 그대로 전해야 하는지.
하지만 전 어떻게든 선생님을 잃고 싶지 않았어요. 아니, 절
빼고 선생님과 혜정이가 행복하게 만나는 모습을 볼 자신이
없었어요. 그래서 거짓말한 거예요, 혜정이가 선생님한테 실
망했다고. 전…… 혜정이한테 선생님의 고백을 전하지도 않
았어요, 흐흐흑.

김순임의 두 눈에서 눈물이 흘러내렸다. 영혼이 흘리는 눈
물은 눈에서 나오자마자 금방 허공으로 사라졌다.

박진성이 무척 놀란 표정으로 허공을 가만히 보다가 이내

고개를 흔들면서 말했다.

"이제 와서 그런 게 다 무슨 소용입니까? 이미 50년도 더 지난 일인데요. 물론 전 혜정 씨를 정말로 좋아했고 이후로도 쉽게 잊을 수가 없었어요. 몇 년 동안 꽤 힘든 시간을 보냈죠. 하지만 그것도 다 젊은 날 한때의 추억이라고 생각합니다. 근데 순임 씨는 그 얘길 전하려고 이렇게 오랫동안 절 기다리신 겁니까? 50년도 지난 얘기를?"

김순임이 고개를 흔들었다.

─지난 이야기가 아니에요. 과거가 아니에요.

"그게 무슨?"

─혜정이가 지금 아파요. 작년에 위암 3기 판정을 받고 투병 중인데 이제 살 수 있는 날이 얼마 남지 않았대요. 제가 낮에는 카페에 앉아 있지만 밤에는 혜정이가 있는 병원에 가서 밤을 지새우거든요.

"저런, 어쩌다가 그렇게……."

김순임이 가만히 고개를 숙이고 있다가 고개를 들었다.

─우린 선생님으로 인해 잠시 서먹해졌지만 다시 소중한 친구로 지금까지 살아왔어요. 그동안 저도 혜정이도 선생님에 대한 얘기는 단 한 번도 한 적이 없어요. 근데 혜정이가 힘겹게 항암 치료를 마친 어느 날 지나가는 말처럼 그러는 거예요, 선생님 얼굴 한 번만 보고 싶다고. 그때 제가 받은 충격과 죄책감을 선생님은 상상도 할 수 없을 거예요. 비록

말은 하지 않았지만 혜정이는 그때까지도 선생님을 잊지 않고 있었던 거예요. 혜정인 결혼도 하지 않았거든요. 만약 그때 혜정이한테 선생님도 혜정일 좋아한다는 말을 해 줬다면 두 사람이 얼마나 행복하게 살았을까.

거기까지 말한 김순임이 결국 울음을 터뜨렸다.

태수는 김순임의 말을 끊을 수가 없어서 메모지에 계속 내용을 적으면서 들었다. 태수가 필기를 멈추고 숙연한 얼굴로 가만히 있자 박진성을 비롯한 스태프들이 의아하게 바라봤다.

"지금 김순임 할머니가 많이 울고 계세요."

사실 태수도 울컥하는 감정이 들어서 잠시 마음을 진정시킨 후에 김순임의 말을 차분하게 박진성에게 전했다.

태수의 얘기를 듣는 박진성은 물론 전소민과 김영아까지도 놀라운 눈으로 김순임이 앉아 있는 허공을 바라봤다.

김순임이 울음을 그치고는 말했다.

-제가 여기서 선생님을 기다린 이유는 혜정이가 저세상으로 가기 전에 병원으로 가서 꼭 만나 주셨으면 하는 부탁을 드리기 위해서였어요. 근데 오늘 소원이 이루어졌네요. 전 영혼이 된 후 지난 몇 달 동안 혜정이 옆을 지키면서 밤마다 선생님 얘기를 하고 사죄를 했어요. 물론 혜정이가 알아들었는지는 모르지만.

박진성이 충격을 받은 얼굴로 말했다.

"그럼 지금 혜정 씨는 어디에 있습니까?"

김순임이 정혜정이 있는 병원의 주소를 알려 준 걸 태수가 다시 받아 적어서 박진성에게 전했다.

박진성이 자리에서 벌떡 일어나 카페를 나가려다가 김순임에게 다시 돌아왔다.

박진성이 허공을 바라보며 물었다.

"순임 씨는 여기 계속 있으실 겁니까?"

김순임이 고개를 가로저었다.

－신기하게도 이제 몸이 가벼워졌어요. 이제 저는 제가 가야 할 곳으로 갈 수가 있을 것 같아요. 부디 두 사람, 짧은 시간이지만 그동안 못다 한 얘기들을 많이 나누었으면 좋겠어요. 정말 죄송해요.

말을 마친 김순임의 영체가 점점 흐릿해지더니 결국 눈앞에서 사라졌다.

태수가 박진성을 돌아보고 말했다.

"김순임 할머니가 방금 떠나셨어요."

박진성은 물론 스태프들 사이에서도 탄식이 흘러나왔다.

박진성은 곧장 카페를 나가서 김순임이 알려 준 병원으로 달려가 정혜정을 만났다.

박진성과 정혜정이 만나는 장면을 촬영하려면 따로 동의를 얻어야 했지만 내부적으로 방송이 적절치 않다는 의견을 거쳐 카메라가 따라가지 않았다.

대신 취재진은 따로 병원 인근에서 박진성을 기다렸다. 나중에 병원에서 나온 박진성한테 들은 얘기에 의하면 두 사람은 지난 얘기들을 하며 눈물로 내내 시간을 보냈다고 한다.

또한 놀라운 건 정혜정이 영혼인 김순임이 미안하다고 사죄한 얘기를 모두 들었다는 것이다.

태수와 전소민, 김영아는 촬영을 마친 후 함께 일식 전문점에 들어가서 식사를 했다.

전소민은 초밥을, 김영아는 메밀, 태수는 나가사끼짬뽕을 시켰다.

전소민이 초밥을 씹으며 애틋한 표정으로 말했다.

"예전엔 아까 그 두 분처럼 지고지순한 사랑이 있었는데 요즘엔 그런 게 없어서 너무 아쉬워. 히잉."

김영아도 고개를 끄덕였다.

"그런 거 보면 저도 예전이 더 좋았던 것 같아요. 요즘엔 사람들 마음도 너무 쉽게 변하고 한 사람 사귀면서 다른 사람 만나는 양다리도 너무 많고."

"김 작가는 그것 때문에 연애 안 하는 거야?"

전소민의 질문에 김영아가 고개를 흔들었다. 전소민은 김영아보다 두 살이 위였다.

"그건 아닌데 뭐랄까…… 마음의 여유가 없는 것 같아요. 밀당하는 것도 피곤하고."

전소민도 동의한다는 듯 고개를 끄덕였다.

"하긴 저 시절엔 밀당 같은 것도 없었을 것 같아. 그때는 적어도 인간관계에 있어서는 사람들이 비교적 순진했잖아. SNS도 없었고."

전소민이 문득 태수를 돌아보고는 물었다.

"장 작가님은 연애 안 해요?"

김영아도 갑자기 눈을 빛내며 말했다.

"나도 그거 너무 궁금했어요. 혹시 숨겨 놓은 여친 있는 거 아니에요?"

국물을 떠먹던 태수가 픕 하고 고개를 들었다.

"절대 아니고요. 제가 얼마 전까지만 해도 여유도 없고 엄청 촌스러워서 여친 사귈 생각을 아예 못 했거든요."

두 사람이 도저히 믿을 수 없다는 표정으로 고개를 갸웃했다.

"그리고 지금은 연애보다 하고 싶은 일들이 너무 많아서 여유가 없어요."

"하긴 요즘엔 장 작가님 인기가 워낙 대단해서 거의 연예 인급이죠."

우우우우웅.

휴대폰이 울려서 보니 뜻밖에도 〈오늘도 연애〉 웹툰 원작 자 김보미였다. 태수가 두 사람에게 양해를 구하고 전화를 받았다.

"어, 보미야."

—선배, 잘 지내셨어요?

김보미하고는 학교에서 같이 홍보 인터뷰를 하면서 편하게 말을 놓기로 했다.

태수가 학번도 빠르고 나이도 두 살이 위니까.

"나야 늘 그렇지 뭐. 너도 잘 지냈어?"

—네. 지금 통화 괜찮아요?

"응, 괜찮아. 무슨 일인데?"

—요즘 선배가 워낙 바빠서 통화하는 것도 눈치 보이네요. 큭큭.

"야, 너까지 왜 그래?"

—다름이 아니라 다음 주 금요일에 우리 제작 발표회가 있거든요.

문득 손예지가 했던 말이 떠올랐다.

"혹시 〈오늘도 연애〉 제작 발표회에 참석해 달라는 얘기하려는 거 아냐?"

김보미가 깜짝 놀라서 되물었다.

—어? 선배가 그거 어떻게 알았어요? 누가 얘기해 줬어요?

"그냥 우연히 알게 됐어. 근데 난 분량도 적은데 제작 발표회에 참석해도 돼?"

—제작사나 방송사에서 참석해 달라고 요청한 건데 선배가 그걸 왜 걱정해요? 다른 배우들은 그런 자리에 어떻게든 참석하려고 안달인데.

"아니, 싫다는 게 아니라 제작 발표회면 보통 주연들만 참석하잖아. 내가 낄 자리도 아닌데 주제넘게 참석하는 게 아닌가 싶어서."

─하늘픽쳐스 박영호 대표 아시죠? 우리 드라마 제작사 대표.

"어, 알아. 인사도 했고."

─박 대표님은 물론이고 방송국에서도 선배는 반드시 참석시켜야 한
다고 저한테 신신당부했거든요? 왜 그랬겠어요? 분량이 적든 많든 선배
가 요즘 워낙 핫하니까 그런 거예요. 그러니까 제 얼굴 봐서라도 무조건
참석해야 해요. 알았죠?

태수는 배우의 길로 들어선 게 아니라서 아직은 제작 발표
회 같은 자리가 그렇게 간절하게 와닿지는 않았다. 물론 그
렇다고 굳이 거절할 이유는 없었다.

"그래, 알았어."

─고마워요. 제가 문자로 시간하고 장소 보내 드릴게요. 그리고 이런
얘기 듣고 선배처럼 무덤덤한 사람 처음 봐요.

전화를 끊고 나자 눈앞에 두 여자가 초롱초롱한 눈망울로
태수를 바라보고 있었다.

"왜…… 그런 눈으로 쳐다봐요?"

전소민이 갑자기 연예 기자 모드로 돌변해서 물었다.

"조금 전에 〈오늘도 연애〉 제작 발표회라고 했어요?"

"예. 왜요?"

"김보미 작가의 웹툰을 원작으로 제작하는 그 드라마 말하
는 거죠?"

"네, 맞아요."

"그 드라마 올 초에 귀귀도에서 촬영하다가 사고 있어서 제작 중단됐잖아요. 귀신 소동이라고 해서 제가 취재를 했는데, 대부분의 사람들이 무슨 일이 있었는지 기억을 잃어버려서 결국 아무것도 알아내지 못했지만…… 아참, 그때 퇴마를 한 사람이 있었다고 들었는데?"

전소민의 눈빛이 점점 예리해지고 있어서 태수가 얼른 시선을 피했다.

이번엔 김영아가 이글거리는 눈빛으로 태수를 바라보며 물었다.

"근데 〈오늘도 연애〉 제작 발표회에 장 작가님이 왜 참석을 해요?"

〈오늘도 연애〉 제작사인 하늘픽쳐스에서는 태수를 강혁 역할로 캐스팅하면서 드라마 촬영 중에 휴대폰 촬영조차 통제할 정도로 철저하게 보안을 유지했다.

강혁 역할에 대해 웹툰 연재를 할 때부터 팬들의 관심과 논란이 워낙 커서, 팬들이 알면 연기도 제대로 못하는 신인을 캐스팅했다고 드라마가 시작하기도 전에 논란이 시작될 수 있었기 때문이다.

덕분에 문화, 연예를 담당하는 전소민조차도 태수의 강혁 캐스팅 사실을 알지 못했다.

태수가 대답을 하지 못한 채 머뭇거리자 전소민이 더 날카로운 눈빛으로 추궁했다.

"작가님?"

태수는 제작사에서 강혁 캐스팅 사실을 비밀로 하고 있다는 사실을 누구보다 잘 알고 있었기에 사실대로 말할 수가 없었다.

"대답할 수 없습니다."

이번엔 김영아가 추궁했다. 김영아는 〈오늘도 연애〉 웹툰의 열렬한 팬이자 강혁의 추종자이기도 했으니까 흥분하는 게 당연했다.

"왜요? 왜 대답을 못 해요? 보통 제작 발표회에 초대받는다는 건 제작 관계자이거나 출연진이라는 얘긴데. 그리고 아까 작가님이 분량이 적은데 참석해도 되냐는 말을 분명히 했거든요? 그게 무슨 뜻이에요?"

전소민이 눈을 가늘게 뜨며 물었다.

"아까 처음에 작가님이 전화 받을 때 보미야, 라고 했죠? 보미라면 혹시 〈오늘도 연애〉 작가인 김보미 작가 아니에요?"

김영아가 눈을 휘둥그레 떴다.

"조금 전 전화가 김보미 작가였다고요?"

태수는 점점 도망갈 곳이 없는 막다른 골목으로 몰리는 기분을 느꼈다.

전소민이 갑자기 손바닥으로 테이블을 쾅 치며 말했다.

"작가님, 정말 이러실 거예요? 좋아요, 만약 엠바고가 걸려 있다면 제가 듣기만 하고 절대로 기사화하지 않을게요.

오프더레코드. 김 작가님도 비밀 지킬 수 있죠?"

김영아가 고개가 떨어질 정도로 크게 끄덕였다.

"그럼요, 그럼요."

"이제 됐죠? 그러니까 살짝만 얘기해 줘요. 작가님이 〈오늘도 연애〉에 배우로 출연하신 거 맞죠? 그래서 드라마 제작 팀이 사고를 당했을 때도 작가님이 퇴마를 행하신 거고. 귀귀도에는 오래전부터 12년마다 돌아오는 저주가 있었어요. 그것과 관련해서 제가 기사까지 썼거든요?"

그랬다. 드라마 촬영 당시 귀귀도 저주에 관해서는 전소민의 기사를 보고 알았다.

이쯤 되면 두 여인의 무시무시한 눈초리를 벗어나긴 불가능할 것 같았다.

무조건 항복.

"그래요, 출연했어요."

전소민이 조심스럽게 물었다.

"배역이 뭐였어요?"

태수가 나지막한 음성으로 대답했다.

"강혁요."

순간 김영아가 들고 있던 젓가락을 떨어트렸다.

전소민도 손으로 입을 가렸다.

김영아가 비명처럼 소리쳤다.

"말도 안 돼, 작가님이…… 작가님이…… 강혁……? 근데…… 근데…… 세상에! 작가님이…… 강혁하고 똑같이 생겼어!"

전소민도 동공이 튀어나올 것처럼 부풀어 올라서 탄성을 뱉어 냈다.

"그러네? 이렇게 똑같은데 왜 그동안은 알지 못했을까?"

<영혼을 찾아서> 정신병원 편

"저는 강혁 역할로 오프닝에 출연했어요."

태수가 강혁 역할을 맡았다는 걸 알게 된 그 순간 생기탐
랑의 능이 작동하며 두 사람의 눈에 태수가 좀 더 강혁처럼
보이기 시작했다.

물론 태수는 〈오늘도 연애〉의 웹툰 속 강혁과 놀라울 정
도로 외모가 흡사했다. 사람들이 바로 알아보지 못하는 이
유는 강혁은 웹툰 속 인물이고 태수는 현실의 사람이기 때
문이다.

그런데 사람들이 태수의 얼굴에서 강혁을 떠올리는 순간
생기탐랑의 능이 작동을 하면서 좀 더 강혁처럼 보이게 되는
것이다.

생기탐랑의 능은 사람들의 부정적인 시선은 배제하고 긍정적인 시선은 흡수해서 그들이 보고자 하는 모습으로 최대한 가깝게 구현을 시켜 주니까.

태수를 바라보는 김영아의 눈빛이 달라졌다. 물론 이전에도 호의적인 눈빛이었지만 지금은 거기에 무한한 애정이 더 첨가가 됐다.

김영아가 떨리는 목소리로 중얼거렸다.

"진짜 이게 꿈인지 생신지. 강혁을 내 눈앞에서 보고 있다니."

전소민이 눈빛을 반짝이며 말했다.

"아, 이제 알겠다, 박보윤이 왜 우리 프로그램에 출연하겠다고 했는지. 박보윤이 이초희 역할이죠? 오프닝 장면이면…… 강혁이 처음 등장해서 이초희를 구해 내는 그 장면 아니에요?"

김영아가 경악하는 표정으로 말했다.

"강혁이 달려드는 트럭을 막은 후에 이초희를 끌어안고 날아가는…… 헉…… 그럼 작가님이 박보윤을 끌어안고 날아가는……?"

전소민이 다시 고개를 갸웃했다.

"그래도 이상하네. 그 정도 인연으로 박보윤이 우리 프로그램에 출연할 것 같진 않은데?"

태수가 급하게 변명을 했다.

"원래는 제가 부탁했다가 거절당했어요. 근데 지난번 우리 프로그램 인기 올라가니까 출연하겠다고 연락이 온 거예요."

전소민이 탐색하는 눈빛으로 태수를 보다가 말했다.

"뭐 그럴 순 있을 것 같은데 심정적으로는 동의하기가 어렵네요. 왠지 뭔가 있을 것 같아."

캔 맥주를 마시며 평상 위에서 영화 리뷰들을 살펴봤다.

오늘도 어김없이 이화가 옆에 같이 붙어서 함께 검색을 했다.

〈모텔 파라다이스〉 보기 전에 〈오래된 기억〉을 먼저 봤다.

〈오래된 기억〉의 경우 어제 주말부터 눈에 띄게 혹평들이 늘었다. 그야말로 혹평들이 고구마 줄기처럼 끝없이 딸려 나왔다. 이젠 평점 알바로도 어떻게 할 수 없을 정도의 수준.

김영환 : 시간 가는 줄 모르고 봤습니다. 눈 뜨고 일어나니 끝났네. 나
　　　　불면증인데.
철두철미 : 옆에서 폰질을 해도 화나지 않는 영화네요. ㅅㅂ
고성준 : 감독 면상이 궁금하다. 이런 배우에 이런 예산으로…… ㅋ
Hero17 : 제가 이거 보고 완치됐던 암이 재발했습니다. ㅠ.ㅠ

asyso : 검증도 안 된 신인 감독한테 뭔 생각으로 이런 영화를 맡김?

박성준 : 대중보다는 영화 자체의 완성도만 보고 만들겠다던 감독 인
터뷰 보고 알아봤다. 뭣도 모르는 신인 감독이 20년 차 중견
감독 같은 허세만 부리고. 썩을 놈.

〈오래된 기억〉의 평점은 어제 7.5점에서 오늘은 7.1점으
로 빠르게 떨어졌다. 지금 추세라면 내일은 더 떨어질 가능
성이 커 보였다.

잠시 후 발표될 오늘의 박스 오피스 관객 스코어가 얼마나
나왔을지 궁금했다. 만약 어제보다 관객이 줄었다면 다음 주
에는 상영관이 줄어들 가능성이 컸다.

이화도 그럴 줄 알았다는 듯 감독 욕을 했다.

―제가 영혼인데도 졸려서 죽을 뻔했어요. 그냥 감독이란
사람이 영화를 너무 못 만드는 것 같아요. 왜 저런 사람한테
감독을 맡겼지?

〈오래된 기억〉은 개봉 첫 주도 지나기 전에 분위기가 너무
안 좋게 가라앉았다. 아마 지금쯤 명호는 하루하루 늘어나는
리뷰와 매일 발표되는 관객 스코어가 괴로울 것 같았다.

반면 〈모텔 파라다이스〉는 호평들이 압도적으로 늘어났
다. 한국 공포 영화 중에 최고라는 리뷰도 많았고 가족애 코
드가 감동이었다는 리뷰가 이전보다 확연히 늘어났다.

rudtn : 우리나라 공포 영화 중에서 단연 최고라 말하고 싶다. 각본,
연출, 배우들의 연기. 뭐 하나 빠지는 게 없음.

오늘도영화 : 잘 만든 공포 영화다. 무섭기만 한 게 아니라 영화를 보
고 나오는데 민수 가족 생각이 나서 가슴이 먹먹하다.

박수정 : 마음이 짠하네요. 장웅인 인생작 만난 듯. 귀신보다 무서운
현실이라니.

Biost : 이건 단순한 공포 영화가 아니다. 손예지의 열연과 절규가 아
직도 귓전을 맴돈다.

한미정 : 영혼남이 각본 쓴 〈모텔 파라다이스〉 흥해라!

어제 평점이 8.6점이던 〈모텔 파라다이스〉는 오늘 다시
8.8점으로 평점이 좀 더 올랐다. 공포 영화는 평점 7점을 넘
는 것도 어려운데 9점에 근접하는 평점이라니.

이화가 물었다.

─오늘은 관객이 얼마나 들 것 같아요? 어제 26만 명 조금
넘었으니까…….

"원래 일요일은 토요일보다 관객이 조금 적어."

─12시 넘었어요. 어서 들어가 봐요.

태수가 긴장 반, 설렘 반의 심정으로 영화진흥위원회 홈페
이지로 들어가 박스 오피스를 클릭했다. 그러곤 자신의 눈을
의심했다.

1위 〈모텔 파라다이스〉 32만 2천여 명.

2위 〈오래된 기억〉 31만 8천여 명.

평소 절대 큰 소리를 내거나 호들갑을 떨지 않는 이화가 처음으로 여고생처럼 호들갑스럽게 비명을 질렀다.

—꺄악! 오빠 영화가 1위예요!

좌석 점유율은 〈오래된 기억〉이 46퍼센트, 〈모텔 파라다이스〉가 87퍼센트.

태수는 벅찬 감정을 억누르며 박스 오피스의 스코어를 보고 또 봤다.

박스 오피스 최상단에 위치한 〈모텔 파라다이스〉.

순위가 바뀌더라도 다음 주 중반이나 가능할 것이라고 생각했다. 근데 이렇게 빠른 시일 안에 1위에 올라설 것이라곤 미처 예상하지 못했다.

여러 가지 이유가 있겠지만 〈오래된 기억〉이 상대적으로 영화를 너무 못 만들었고 거기에 〈영혼을 찾아서〉가 생각보다 큰 방향을 일으킨 덕분일 것이다.

추가 투자를 부탁하던 조진호 대표를 냉철하게 내친 KU 엔터 투자 팀의 표정은 물론이고, 그토록 허세를 부리며 자신을 무시하던 명호의 일그러진 얼굴이 눈에 선했다.

아마 명호의 성격상 지금도 자신의 부족함을 되돌아보기보다는 어떻게든 다른 핑계를 찾아내서 자신을 합리화하기에 바쁠 것이다.

실패에서 뼈저린 교훈을 얻지 못하는 사람은 결코 발전하지 못한다.

〈오래된 기억〉의 최종 스코어가 얼마가 될지는 모르지만 명호에게도 한 번 정도는 기회가 더 주어질 가능성이 높았다.

주위에서 도와주는 사람이 워낙 많은 데다 개봉 첫 주에 100만 가까이 들었으니, 대충 200만 언저리에서 최종 스코어가 예상돼서, 아주 재기하기 어려울 정도의 폭망은 아닐 테니까.

그렇다 해도 명호는 단지 영화를 한 편 더 연출해서 망하고 충무로는 적지 않은 자본을 한 번 더 날려 버리는 그 이상의 의미는 없을 것이다.

반면 〈모텔 파라다이스〉의 상승세는 가팔랐다.

개봉 첫날 8만을 시작으로 금요일 8만 7천, 주말 26만, 그리고 오늘 32만 명을 넘었다. 공포 영화의 개봉 첫 주 관객 수가 80만에 육박한 게 언제인지 기억도 나지 않았다.

다음 주엔 상영관도 늘어날 테니 지금보다 관객 수가 더 늘어날 가능성이 높았다. 300만이 점점 꿈이 아닌 현실이 되어 가고 있었다.

이전까지는 너무 막연해서 실감이 나지 않았는데 300만 기준으로 주어진다는 10억 원에 가까운 제작사 지분이 비로소 조금씩 자신의 돈처럼 느껴지기 시작했다.

이미 통장에는 그동안 출판사에서 들어온 ≪비가 오면≫의 인세와 기존에 있던 돈까지 합쳐서 2억 원에 가까운 금액이 저축되어 있었다.

만약 관객 300만이 넘어서 10억 원이 들어온다면 세금을 내더라도 10억 원 가까운 돈이 남을 것이다.

거기에 얼마간만 더 모아서 서울 변두리라도 좋으니 작은 상가 건물을 사고 싶었다. 1층에는 엄마의 치킨집을 내주고 자신은 좀 더 넓고 근사한 옥탑방을 가지는 것.

당장은 그게 태수의 일차적인 꿈이었다.

근데 몇 년은 걸릴 줄 알았던 그 꿈이 생각보다 빨리 이루어질 수도 있겠다는 생각을 하자 자꾸만 몸이 허공으로 붕붕 떠오르는 기분이 들었다.

─카톡.

조진호 대표였다.

미쳤다. 장 작가, 우리가 1위야. 자그마치 32만! 300만 가즈아~!

태수가 카톡에 답장을 했다.

네, 대표님. 300만 가즈아~!

소음리 정신병원 앞에 세트가 꾸며지고 있었다.

정신병원을 배경으로 〈영혼을 찾아서〉 패널이 세워졌고 MC가 사회를 볼 수 있는 간이 무대가 꾸며졌다. 세트를 만드는 과정조차도 VJ들이 모두 카메라에 담았다.

낮에는 태수와 함께 스태프들이 병원 안에 들어가서 요소요소에 카메라를 설치했고 그 모습들도 모두 촬영을 했다.

병원 내부에 설치된 카메라는 대부분 동작을 감지할 수 있는 카메라여서, 사람이든 뭐든 움직이는 게 있으면 저절로 움직여서 촬영을 하도록 세팅이 되어 있었다.

스태프들의 숫자도 늘었고 구급차도 미리 와서 대기했다.

당연히 중계차도 세트 옆에 대기하고 있었고.

딱 봐도 지난 방송에 비해 제작비가 훨씬 많이 투입됐다는 걸 짐작할 수가 있었다.

태수는 강형진 신부를 스태프들에게 일일이 소개시켰다. 뜻밖에도 전소민 기자와 강형진 신부는 이미 안면이 있었다.

"신부님, 잘 지내셨어요? 그동안 한번 찾아뵙는다고 하고선 여기서 이렇게 뵙게 되네요."

"전 기자처럼 바쁜 사람이 나처럼 세상에 묻혀 지내는 사람을 어떻게 일일이 챙기겠나. 그래도 인연은 인연이네, 이렇게 또 만나는 걸 보니."

"두 분은 어떻게 알게 되신 거예요?"

전소민이 대답했다.

"제가 예전에 심령 현상이 일어난 곳을 찾아다니는 기획 기사를 쓴 적이 있거든요. 그때 제가 어느 폐가에 들어갔다가 악귀한테 빙의를 당했어요. 그때 신부님이 나타나셔서 제 몸에 들어온 악귀를 쫓아내 주셨죠."

길재중과 한석후 아나운서가 현장에 도착했고 마지막으로 스타크래프트 밴을 탄 손예지가 도착했다. 확실히 손예지가 도착하자 촬영장에 활기가 돌았다.

손예지는 〈모텔 파라다이스〉의 성적이 좋아서 그런지 표정이 한결 밝아 보였다.

손예지가 뒤늦게 뒤쪽에 어둠 속 정신병원을 돌아보고는 겁에 질려 '어떡해?'를 연발했다.

"저기 너무 무섭다. 태수 너 진짜 저기 들어가도 괜찮겠어?"

"걱정하지 말아요, 누나. 이미 그저께 병원 안에 들어가서 어떤 악귀들이 있는지 어느 정도 파악을 했으니까."

사실 태수는 사람들이 생각하는 것처럼 두렵거나 대단한 위협을 느끼지는 않았다. 병원 안에 악귀들이 많이 있긴 하지만 백귀들처럼 서로 뭉쳐서 힘을 발휘하는 건 아니기 때문이다.

오히려 위협이 되는 악귀는 여러 악귀들이 귀기를 합치거나 자신의 정체를 드러내지 않은 채 사람의 몸속에 들어가서 힘을 발휘하는 악귀들이다.

책임 프로듀서인 한재성 피디가 권창훈 피디와 태수를 따로 불러서 안전사고가 일어나지 않도록 최대한 신경을 써 달라고 당부를 했다.

김영아는 온라인과 방송국 게시판의 반응을 체크하다가 놀라서 소리쳤다.

"벌써 우리 방송하고 영혼남이 실검에 올라갔어요!"

"뭐? 방송하기도 전에?"

"그렇다니까요."

다들 휴대폰을 꺼내서 확인을 하니 정말로 '영혼을 찾아서'는 실검 13위, '영혼남'은 18위에 올라가 있었다.

게다가 제작사에서는 이번 주부터 온라인에 〈영혼을 찾아서〉전용 단체 채팅방을 개설했다. 프로그램의 특성상 네티즌들의 실시간 반응이 중요하기 때문이다.

또한 채팅방에서 네티즌들이 궁금해하는 사항들을 전소민이 직접 태수에게 물어봐서 궁금증을 해소시켜 준다는 계획도 있었다.

채팅방은 최대 수용 인원이 1천 명인데, 채팅방을 열자마자 순식간에 네티즌들이 들어와서 5분도 안 되는 시간에 이미 수용 인원을 거의 다 채웠다.

김영아는 자신의 눈으로 보고도 뜨거운 열기를 믿을 수가 없었다.

다른 프로그램이라면 아무리 재미가 있어도 겨우 1회 방송 만에 이런 폭발적인 반응이 올 수가 없다.

심령 프로그램인데 연출이나 조작이 없다는 소문과 신뢰가 생겼기 때문에 이런 반응이 나타난 것이다.

방송이 시작되기도 전에 내용을 알아보기 힘들 정도로 수많은 네티즌들의 채팅이 화면을 쉼 없이 채웠다.

–오오~ 이제 곧 방송 시작하겠네.

–오늘은 어떤 악귀들이 나타날까? 정신병원이니까 지박령들이 많을 듯.

–소음리 정신병원이 어떤 곳인지 아는 사람?

–오늘 게스트 손예지 맞나?

–얼른 영혼남 보고 싶다.

–혹시 오늘 귀신 모습 찍히는 거 아냐?

–백두도사도 오늘 출연하겠지? 은근 재밌는 캐릭터.

김영아가 소리쳤다.

"소음리 정신병원도 실검에 올라왔어요!"

김영아의 말대로 소음리 정신병원도 실검에 진입했고 이어서 손예지까지 실검에 차례로 올라왔다.

실검 20위 안에 〈영혼을 찾아서〉 프로그램에 관련된 검색어가 자그마치 네 개나 실검에 오른 것.

한재성 피디가 박수를 치며 현장을 독려했다.

"자, 이번 방송 시청률 10퍼센트 한번 넘겨 봅시다!"

다들 이번 주 시청률이 어디까지 오를 수 있을지 기대하는 분위기가 역력했다.

방송 시간이 되어 태수와 손예지, 전소민, 길재중, 강형진 신부가 게스트석에 앉았다. 평소보다 게스트가 많아서 화면이 꽉 차는 느낌이었다.

온에어에 불이 들어왔다.

카메라가 뒤쪽 벽면에 달려 있는 '특집 – 영혼을 찾아서'라고 적힌 패널을 비추고 있다가 줌아웃으로 빠지더니 한석후 아나운서를 잡았다.

조연출이 사인을 주자 한석후가 멘트를 시작했다.

"오늘도 저희 〈영혼을 찾아서〉를 찾아 주신 시청자 여러분 안녕하십니까? 저는 한석후입니다. 저희는 오늘도 생방송으로 여러분과 함께하고 있습니다."

짧게 프로그램 타이틀 음악과 화면이 브릿지 영상으로 나간 후 한석후가 다시 활짝 웃는 얼굴로 멘트를 했다.

"지난 한 주 동안 온라인을 가장 뜨겁게 달군 검색어가 무엇인지 아십니까? 바로 영혼을 찾아서, 영혼남. 이 두 개의 검색어였습니다. 저희 특집 프로그램에 대한 시청자 여러분의 관심이 너무 뜨거워서 저희도 깜짝 놀랐는데요. 오늘 저희는 지난주보다 더 감동적이고 더 무서운 장소로 여러분을 초대할 예정입니다. 기대해 주십시오."

한석후의 멘트가 끝나고 짧은 예고 영상이 나갔다.

"오늘도 저희 프로그램에 좋은 이야깃거리를 들고 오신 하늘일보 전소민 기자님 나오셨습니다."

"안녕하세요, 전소민입니다."

"그리고 그 옆으로는 지금 온라인에서 가장 뜨거운 관심을 받고 있는 영혼을 보는 남자, 영혼남 장태수 씨 나오셨습니다."

"안녕하세요, 장태수입니다."

이어서 손예지와 길재중, 강형진 신부에 대한 소개가 이어졌다.

한석후 아나운서가 오늘 두 코너에 대한 간략한 소개를 한 후에 〈영혼탐정〉 코너의 김순임 할머니 사연을 간단히 소개하고 어제 밤새 편집한 영상을 틀어서 방송에 내보냈다.

손예지는 〈영혼탐정〉 코너를 보면서 한석후, 전소민, 강형진 신부와 토크를 나눴다.

전소민은 오늘 병원 안으로 진입하지 않고 채팅방과 방송국 게시판에 올라오는 시청자들의 궁금증을 태수와 대화를 주고받으며 풀어 줄 예정이었다.

강형진 신부 역시 오픈 스튜디오에서 제작진과 게스트의 안전을 책임지면서 역시 모니터를 보며 심령 현상에 대한 해

설을 맡았다.

병원 안으로 들어가는 인원은 태수와 길재중 그리고 두 명의 VJ 김현태, 한민준으로 정해졌다. 안전을 고려해서 최소한의 인원만 들어가기로 한 것.

태수와 길재중의 이마에 고프로 카메라, 와이어리스 마이크, 리시버 등이 장착됐다.

진입 준비를 하면서도 길재중은 방송 분량을 뽑기 위해 쉴 새 없이 수다를 떨었다.

〈영혼탐정〉 코너가 끝나고 손예지가 황혼의 로맨스 이야기를 얘기하면서 감동으로 눈물을 훔치는 장면이 나갔다.

중계차의 한재성 피디가 수많은 모니터를 바라봤다.

병원 안에 미리 설치해 둔 수십 대의 카메라들이 영상을 보내왔다. 카메라들이 집중적으로 설치된 곳은 태수가 악귀들이 가장 많다고 지목한 병원 3층이었다.

3층에는 집중 치료실과 목욕탕이 있었다. 그곳에도 낮에 들어가서 미리 카메라를 설치해 놓았다. 제작진의 안전을 위해 당연히 태수가 동행을 했다.

일단 현재 한 피디가 보고 있는 모니터상으로는 딱히 이상한 현상이나 다른 변화가 보이지 않았다.

"한석후 씨, 스튜디오 커트하고 병원 진입 팀으로 넘어갑니다. 커트. 장 작가님, 이제 진입하시죠."

태수가 병원으로 들어가기 전에 건물 위쪽 밤하늘을 올려다봤다. 상당한 양의 검은 귀기가 활발하게 움직이는 모습이 보였다.

한 피디는 태수의 이마에 장착된 고프로를 통해 전송되는 화면을 가장 메인 화면으로 모니터에 띄웠다. 덕분에 지금 태수가 보고 있는 걸 시청자들도 똑같이 볼 수가 있었다.

채팅방에 시청자들의 문의가 연이어 올라왔다.

─지금 영혼남이 왜 계속 하늘을 보고 있는 거지? 거기에 뭔가 있는 거 아냐?

─저기 먹구름 같은 게 사실은 먹구름이 아닐지도 모름.

─그냥 아무 의미 없이 보는 것 같은데?

전소민은 방송 게시판과 채팅방에 올라오는 시청자들의 의문을 태수에게 대신 물어봤다.

─방금 병원 건물 위쪽 밤하늘을 한참 바라보셨는데, 혹시 뭐가 있는 건가요?

"건물 위쪽에 병원의 악귀들이 뿜어내는 귀기들이 모여 있습니다. 시청자들한테는 보이지 않겠지만 지금 귀기의 움직임이 무척 활발해요. 그건 곧 악귀들이 저희들을 이미 의식하고 경계한다는 의미로 볼 수가 있습니다."

태수의 말이 끝나자마자 채팅방에 수십 개의 글들이 연이어 올라왔다.

　-오오~ 역시 그럴 줄 알았어. 지금 저기 먹구름 같은 게 귀기인 것 같은데.

　-그건 그냥 먹구름임. 영혼남이 시청자들 눈에는 귀기가 보이지 않는다고 했음.

　-저 안에 얼마나 많은 악귀들이 있을까. 두근두근.

　-근데 귀기는 어떻게 생겼음?

　-귀기의 모양은 어떻게 생겼나요?

　"음…… 검은 안개? 좀 투명한 검은 안개처럼 생겼다고 할 수 있습니다. 그럼 병원 안으로 들어가 보겠습니다."

　태수가 길재중과 함께 병원 안으로 들어섰다. 김현태는 길재중을 맡아서 촬영을 했고 한민준은 태수를 전담해서 촬영했다.

　병원 로비 안은 제작 팀에서 미리 설치해 놓은 조명으로 인해 적당히 무서운 분위기와 사물을 식별할 정도의 흐릿한 빛이 남아 있었다.

　'귀기탐색.'

　화르르르륵.

　공기가 흔들리며 허공에 지도가 나타났다. 붉은 점으로 보이는 악귀들이 지도에 표시가 됐다.

병원 구석에서 영력이 담긴 목소리가 들려왔다.

─어이, 이봐!

태수는 보지 않아도 그 목소리의 주인이 누군지 알 것 같았다.

태수가 고개를 돌리자 역시나 그저께 로비를 어슬렁거리던 의사의 영혼이 다가오고 있었다.

─영혼남, 지금 뭐 발견한 것 같음.

─갑자기 고개를 돌린 걸 보니까 뭔가 튀어나왔네.

전소민이 재빨리 물었다.

─혹시 거기 뭐가 있나요?

"정신과 의사의 영혼이 로비를 돌아다니고 있어요. 그저께 답사를 왔을 때도 만난 의사의 영혼입니다. 지금 보니까 저하고 만났던 걸 전혀 기억하지 못하는 것 같네요, 어제 했던 말을 앵무새처럼 똑같이 반복하는 걸 보니까. 지박령의 전형적인 특성인데, 지박령들은 똑같은 자리를 반복적으로 맴돌면서 모든 행동과 말을 습관처럼 반복하는 경향이 있거든요."

─지박령들이 뭐라고 하는지 궁금해요.

태수가 중앙 계단을 올라가며 의사 영혼의 말을 그대로 옮겼다.

"저한테 한 말을 그대로 옮기면 이렇습니다. 딱 보니까 당신 제정신이 아니야, 상담 치료를 먼저 받아야겠어. 저기 위쪽은 무서운 곳이라서 가면 안 돼, 저긴 집중 치료실이라서 상태가 심한 환자만 가는 곳이라고."

시청자들은 태수의 대화와 고프로로 전송되는 화면을 바고 즉시 채팅방에 글을 올렸다.

-죽기 전에 정신과 의사였나 보네. ㅋㅋ
-이름 같은 거 알면 가족 찾아 줄 수 있을 텐데.
-집중 치료실 진짜 무서운 곳인가 봐. 가도 되나?
-지금 우린 못 보지만 화면 속 허공에 영혼이 있는 거임.

"제가 무시하고 계속 계단을 오르니까 정신과 의사인 자기를 무시한다고 계속 화를 내네요. 이쯤에서 이 영을 제령해야만 할 것 같습니다. 지금은 귀기가 크지 않아서 사람에게 큰 해를 끼치진 못하지만, 그대로 두면 계속 귀기가 쌓여서 위험할 수도 있거든요."

-헐, 지금 영을 제령한대. 부적으로 제령하나?
-퇴마술로 제령했으면 좋겠다.

태수가 허공에 부적을 불러내서 제령을 하려는데 여태까

지 가만히 지켜보던 길재중이 나섰다.

"잠깐, 이 영은 내가 제령하지."

─도사 나왔음.

─어쩐지 조용하다 했어. ㅋㅋ

─저 도사 주작하다가 걸린 게 한두 번이 아닌데 이번엔 또 뭘 조작하려고? 그냥 영혼남한테 맡기라고.

─지난번 방송 사고 난 것도 저 도사 때문 아닌가? 저 도사 왜 데리고 감?

채팅방에 길재중을 비난하는 글들이 많이 올라왔다. 전소민이 그런 얘기를 전했지만 길재중은 신경 쓰지 않았다. 그런 비난은 이전 방송에서도 수없이 들었던 욕이니까.

길재중이 태수가 영을 바라보는 위치를 가만히 보더니 다가가서 팔을 쑥 뻗었다. 길재중의 팔이 의사 영혼의 얼굴을 뚫고 들어갔다.

영체에 손이 닿자 서늘한 귀기가 팔뚝을 타고 올라왔다.

'여기 영이 있네.'

길재중이 부적을 한 장 꺼내더니 카메라를 보고 말했다.

"이 부적으로 제가 영을 제령하도록 하겠습니다."

길재중이 슬쩍 태수의 눈치를 살폈다.

지난번에 자신이 멋대로 부적을 붙였다가 난리가 난 경험이 있기 때문이다.

부적의 효험이 강력하면 영이 난리를 치기도 전에 순식간에 제령이 된다. 지난번에 사고가 난 건 길재중이 가진 부적의 효험이 약했기 때문이다.

−저 도사 이번에 또 사고 칠 것 같음.
−왜 자기가 나서? 영혼남 있는데.

태수가 재빨리 주변을 살폈다. 다행히 로비에는 의사의 영혼 혼자라서 큰 문제는 없을 것 같았다.

태수가 고개를 끄덕이자 길재중이 들고 있던 부적을 의사 영혼의 얼굴이 있다고 생각되는 허공에 갖다 붙였다.

−키악!

의사의 영혼이 짧은 괴성과 함께 훌쩍 몸을 날려 로비로 내려가더니 이리저리 미친 듯이 뛰어다녔다. 지난번처럼 부적이 허공에 둥둥 떠서 날아다니는 장면을 보며 네티즌들이 대박이라고 난리가 났다.

태수가 그 상황을 설명했다.

"지금 백두도사님이 영에게 부적을 붙였습니다. 저 부적은 광명멸귀부라고 부르는 부적으로, 제령과 동시에 영혼이 천도되는 부적입니다."

광명멸귀부는 이름과 생년월일을 모르는 영을 천도시킬

때 태수도 자주 사용하는 부적이다. 광명멸귀부는 영이 그동안 쌓았을 업장을 짧은 순간 참회하게 하면서 천도를 하기 때문에 귀기의 크기가 크지 않을 때에만 효력이 있다.

길재중이 수인을 맺고 주문을 외웠다.

"광명멸귀부(光明滅鬼符)!"

길재중이 일갈하자 부적이 폭사하며 항마의 기운이 의사의 영혼을 휘감았다.

막 뛰어다니던 의사의 영혼이 갑자기 그 자리에 멈춰 서서 부들부들 영체를 떨기 시작했다. 물론 시청자들한테는 허공에 떠 있는 부적만 보이고 그 부적이 바람에 흔들리는 것처럼 보인다.

―저 도사도 뭐 좀 하네.

―오오~ 실감 난다.

―아무리 영혼이라도 저렇게 하면 엄청 고통스럽지 않나? 빨리 퇴마를 해 주든가 해야지.

길재중이 광명진언을 읊었다.

광명멸귀부와 광명진언은 함께 사용해야만 효과가 배가된다. 부적이 영을 제령하는 효과가 있다면 광명진언은 영의 업장을 참회시키는 진언이기 때문이다.

부적과 진언의 힘이 합해져서 영을 참회시킨 후 천도시키는 것이다.

"옴아모가 바이로차나 마하무드라……."

영체가 부르르 떨다가 허공으로 사라지면서 아주 짧은 순간 노란 빛이 번뜩였다. 의사의 영체가 스르르 허공으로 사라졌다.

태수가 카메라를 보고 말했다.

"방금 잠깐 노란 빛이 번쩍이는 걸 보셨는지 모르겠지만 영이 소멸해서 천도된 장면이었습니다."

처음엔 길재중이 영능력은 없으면서 사기나 치는 사이비인 줄 알았는데, 나름대로 능력을 가지고 있었다. 물론 영을 보지 못한다는 건 치명적인 약점이지만.

길재중이 제대로 제령이 됐는지 물어보듯 태수의 눈치를 살폈다.

태수가 고개를 끄덕이고는 길재중의 귀에 대고 낮게 속삭였다.

"지금부터 도사님이 영을 볼 수 있게 해 드릴 테니 너무 티 내지 마세요."

영을 볼 수 있게 해 준다는 태수의 말에 질재중의 눈이 휘둥그레졌다. 어차피 둘이 방송을 하면서 퇴마를 하려면 길재중의 도움을 제대로 받는 편이 여러모로 나을 것 같았던 것이다.

게다가 길재중은 영감이 뛰어나서 안명부의 효력이 일반

인보다 오래 지속될 것이다.

'안명부.'

화르르르륵.

허공에 무형의 노란 부적이 떠올랐고 태수가 부적을 움켜쥐고 말했다.

"잠깐 눈을 감아 보세요."

길재중이 잠시 갈등하다가 눈을 감았다.

현재 방송의 메인은 태수의 고프로로 전송되는 영상이기 때문에 시청자들의 화면에는 길재중의 커다란 얼굴이 크게 클로즈업되어 있었다.

태수가 부적의 기운을 머금은 검지와 중지 두 개를 길재중의 이마에 대고 짧게 주문을 읊었다.

-둘이 지금 뭐 하는 거임?

-왠지 좀 분위기가 야릇하네. ㅋ

-혹시 도사 빙의당해서 영혼남이 도사를 퇴마하는 거 아님?

안명부의 기운이 손가락을 타고 길재중의 이마에 스며들었다.

잠시 후 길재중의 이마에 문신처럼 안명부의 도형이 새겨졌다.

길재중은 태수의 손가락이 이마에 닿는 순간 따스한 안명부의 기운이 몸속으로 스며드는 걸 느끼며 태수가 자신에게 주술을 사용했다는 걸 알았다.

"눈을 떠 보세요."

태수의 말을 듣고 눈을 떴다.

"어?"

시야가 푸르스름하게 변해 있었고 이전에는 보이지 않던 것들이 보이기 시작했다. 일테면 허공을 떠다니는 귀기 같은 것들.

길재중은 이전에도 규모가 큰 귀기는 어느 정도 감지할 수가 있었지만 보지는 못했다. 근데 지금은 미세한 귀기가 아지랑이처럼 피어오르는 모습까지 눈으로 볼 수가 있었다.

하지만 눈으로 영적인 기운을 본다는 것보다 더 놀라운 건 태수 자체였다.

'이 친구 뭐야? 어떻게 이런 주술을 사용하는 거지?'

태수는 그런 길재중을 개의치 않고 3층 계단을 빠르게 올랐다. 아래층에서 일어난 일을 이미 3층의 악귀들도 모두 알고 있을 테니까 서둘러야만 했다.

전소민의 흥분된 목소리가 들려왔다.

ㅡ현재 시청률 8퍼센트 넘었대요. 영혼남이 실검 3위고.

처음 이 프로그램을 시작할 때만 해도 영화 홍보를 위한 목적이었는데, 어느 순간부터는 태수 개인의 프로그램이 됐다고 해도 과언이 아니었다.

·

태수가 3층에 올라서자 각 방에서 끔찍한 몰골의 악귀들이 기어 나오기 시작했다.

허세가 많은 길재중도 악귀들을 직접 눈으로 보고 나니 더럭 겁이 나는 모양이었다.

길재중이 떨리는 목소리로 태수에게 말했다.

"장태수 씨, 이건 좀 아닌 것 같아, 너무 많잖아. 저 악귀들을 다 어쩌려고 그래?"

"저놈들은 제가 알아서 할 테니 도사님은 시청자들에게 지금 눈으로 보이는 상황들을 최대한 쉽게 설명이나 해 주세요."

"아, 알았어. 그게 좋겠네."

길재중이 앞으로 나서려는 VJ들에게 소리쳤다.

"뒤로 물러서! 자네들 눈에는 보이지 않겠지만 지금 영혼남 앞에 악귀들이 버글거리고 있단 말야!"

놀란 VJ들이 뒤로 물러서서 태수와 길재중의 인물 샷 위주로 앵글을 잡았다.

길재중이 한 손에 부적을 들고는 악귀들의 생김새와 3층의 전체적인 분위기를 시청자들에게 설명했다.

"악귀들이 적어도 10마리는 넘습니다. 대부분 환자복을 입었고 환자복은 피로 물들어 있습니다."

전소민이 물었다.

—장태수 씨, 시청자가 단순한 영혼인지 악귀인지 어떻게 구별하냐고

물어보네요.

길재중은 왜 자신한테 물어보지 않느냐고 불만스럽게 투덜거렸다.

"악귀들의 영체에서는 검은 귀기가 아지랑이처럼 피어오르거든요. 일반적으로 영적인 존재들에게는 귀기라는 게 있습니다. 보통의 영혼들은 소량의 귀기만 있습니다. 근데 저 놈들은 귀기가 영체 밖으로 넘쳐흐를 정도로 많아요. 귀기가 많으면 어떻게 되느냐? 물리력을 행사하기도 하고 인간의 마음을 조종한다거나 인간의 몸에 빙의될 수도 있습니다."

악귀들이 지난번처럼 벽과 천장을 타고 태수를 향해 기어오기 시작했다.

길재중이 마치 스포츠 중계를 하듯 오버해서 소리쳤다.

"지금 악귀 세 마리가 영혼남을 향해 접근하고 있습니다! 두 마리는 옆벽을 타고 기어오고 있고 한 마리는 천장에 거꾸로 매달려서 기어오고 있습니다!"

ㅡ와, 미친. 나 지금 머릿속에서 상상했는데 너무 무서움.

ㅡ영혼남 어쩔. 그냥 밖으로 나와요. 사람이 중요하지 방송이 중요한가?

ㅡ지금 화면 위쪽 공기가 조금 흔들리는 것 같지 않아?

ㅡ영혼남 오빠, 제발 조심하세요. 다치면 안 돼요.

태수가 주문을 읊어서 허공에 부적들을 띄웠다.

"축사부…… 화멸부…… 축귀부……."

길재중이 눈을 휘둥그레 뜨고 다시 시청자들에게 중계를 했다.

"지금 여러분들 눈에는 보이지 않겠지만 영혼남이 소환한 노란 부적 세 장이 허공에 둥둥 떠 있습니다. 저런 무형 부적들을 소환하는 모습은 20년 도를 닦았던 저도 처음 보네요. 저 부적들은 악귀들을 제령하기 위한 부적들입니다. 카메라로 비추면 공기 중에 노란 빛이 살짝 보일 것 같은데, 이쪽에 떠 있어요 부적들이."

길재중이 가리킨 곳을 VJ 둘이 카메라로 비췄다.

몇몇 시청자들이 화면에서 노란 빛을 봤다고 흥분해서 글을 올렸다.

전소민이 다시 시청자 의견이라며 전달했다.

─아무리 악귀라고 해도 불쌍한데 소멸시키지 않고 천도시킬 수 있는 방법은 없나요?

이번에는 태수가. 대답하기도 전에 길재중이 얼른 말했다.

"좋은 의견이네요. 가장 손쉽게 천도를 시킬 수 있는 방법은 영의 이름과 생년월일을 아는 겁니다. 만약 모른다면 아까 1층에서 제가 했던 것처럼 광명멸귀부와 광면진언으로 천도시키는 겁니다. 하지만 저놈들처럼 귀기가 강한 악귀들은 광명진언으로 참회가 되지 않기 때문에 소멸시키는 방법이 최선이죠."

전소민이 시청자들에겐 들리지 않는 채널을 통해 떨리는 목소리로 말했다.

―와, 현재 프로그램 시청률 10퍼센트 넘었대요. 영혼남이 실검 1위고 백두도사도 실검 16위에 올랐어요.

자신이 실검에 올랐다는 소리에 길재중의 얼굴이 흥분으로 벌겋게 달아올랐다.

이전까지는 자신이 방송에 나온다고 해도 아무도 알지 못했고 무슨 프로그램인지 알려고 하거나 관심도 주려고 하지 않았다.

영에 대한 말만 하면 사기꾼이나 허풍쟁이 취급만 하고.

하지만 이젠 다르다. 시청률이 10퍼센트를 넘어섰고 실검까지 올랐다면 바깥에 나돌아 다닐 때 알아보는 사람들도 있을 것이다. 아니, 지금쯤 눈엣가시 같던 칠선녀와 천마도사도 이 프로그램을 보고 있을지 모른다.

아니, 틀림없이 보고 있을 것이다. 그들이 가장 관심을 가지는 분야니까.

길재중은 그런 상상을 하는 것만으로도 저절로 입꼬리가 올라갔다.

잠시 혼자 공상에 빠져 있던 길재중은 태수가 악귀들을 향해 일갈하는 외침에 퍼뜩 정신을 차렸다.

"축사, 화멸, 축귀!"

태수가 팔을 휘두르자 허공에 떠 있던 부적들이 날아가 다가오던 악귀들에게 달라붙었다.

부적이 달라붙는 순간 악귀들이 고통스러운 괴성을 지르며 악을 써 댔다.

ㅡ키아아악!

악귀들이 동시에 귀기를 발산하자 카메라에 노이즈가 생기며 치직거리고 화면이 흔들렸다.

"제령!"

태수의 주문에 부적들이 폭사하며 그 기운에 악귀들의 영체가 순식간에 녹아서 사라졌다.

길재중이 재빨리 멘트를 했다.

"방금 장태수 작가의 부적이 악귀 세 마리를 제령시켰습니다."

뒤쪽에 남아 있던 악귀들이 적의를 드러내며 그르렁대기 시작했다.

"설호."

화르르르륵.

태수가 주문을 읊자 손에 설호검이 쥐어졌다.

설호검을 본 길재중이 눈을 휘둥그레 뜨면서 곧바로 생중계에 나섰다.

"지금 장태수 작가의 손에 검의 형태로 보이는 무형의 도구가 쥐어져 있습니다. 제 생각에는 희고 푸른 기운이 서로

뒤섞여 있는 영력으로 만들어진 무형검으로 보입니다. 시청자 여러분들 눈에는 당연히 보이지 않겠지만 제 눈에는 또렷하게 보입니다. 물론 일반 검처럼 형태가 뚜렷하진 않습니다. 움직일 때마다 형체가 사라졌다 나타나곤 하는데 분명히 검의 형태를 띠고 있습니다. 방송이 끝나면 제가 검에 대해 장태수 작가한테 물어보도록 하겠습니다."

태수가 설호검을 쥐고 조심스럽게 앞으로 나아가자 겁을 먹은 악귀들이 주춤거리며 뒤로 물러났다. 대충 세어 보니 모두 여덟 마리의 악귀들.

신기한 건 모두 똑같은 환자복을 입었는데 그제 이곳에서 만났던, 귀기가 가장 큰 악귀인 윤기철처럼 눈과 코, 귀에서 똑같이 피를 흘리고 있다는 점이었다.

악귀들이 흐느적거리며 모퉁이를 돌아서 뒷걸음질을 쳤다.

길재중이 태수의 뒤를 쫓아가며 긴장된 목소리로 속삭였다.

"영혼남, 모퉁이 돌 때 조심해. 뭐가 튀어나올지 모르니까."

전소민과 대화를 하며 길재중은 네티즌들이 모두 태수를 영혼남이라고 칭하는 걸 알고 자신도 재빨리 호칭을 영혼남이라고 바꿔 불렀다.

태수도 허공에 지도를 띄워 놓고 악귀들의 위치를 계속 체크하며 나아가는 중이었다.

'뭐지?'

붉은 점들이 한 곳으로 집결하는 모습이 지도에 나타났다. 마치 누군가의 명령을 따르는 것처럼.

'이전에는 분명히 귀기들이 함께 뭉치는 현상은 보이지 않았는데?'

어느새 악귀들이 세력을 만만치 않게 키워서, 태수도 이제부터는 방송보다 퇴마에만 온 신경을 집중해야 할 것 같았다.

각각 따로 흩어져있던 붉은 점들이 하나로 합쳐지면서, 붉은 점의 숫자가 줄어드는 대신 그 크기가 점점 커지고 있었다.

지도상으로 봐서는 단순히 귀기를 합쳐서, 세력을 키우는 정도가 아니라 아예 여러 붉은 점들이 하나로 합체가 되는 모습이었다.

'서로 다른 영들이 하나가 된다? 그게 가능한 일인가?'

물론 엄청난 귀기를 가진 악귀라면 다른 영들을 잡아먹는 식으로 가능할 수도 있겠지만, 이번 경우는 다들 자발적으로 합체하는 모습.

붉은 점들이 집결하는 곳은 모퉁이 맨 안쪽에 위치한 공간으로, 위치상으로 보면 목욕탕이 있는 곳이었다.

태수가 전소민에게 말했다.

"혹시 목욕탕 화면 좀 확인해 주실래요?"

전소민이 중계차의 한 피디에게 태수의 말을 전달했다. 한 피디가 목욕탕에서 전송되는 모니터 화면을 찾아서 봤다. 화면에 노이즈가 발생하며 영상이 왜곡되고 일그러지는 현상이 발생하고 있었다.

"지난번처럼 또 노이즈가 생기고 영상이 왜곡되는 현상이 발생하고 있어요."

오픈 스튜디오.

숨죽이고 화면을 지켜보던 게스트들도 웅성거리기 시작했다. 손예지가 불안한 표정으로 강형진 신부를 돌아봤다.

"신부님, 지금 괜찮은 건가요? 태수한테 무슨 일이 생기는 거 아니에요?"

강형진 신부가 화면 속 태수와 병원 3층 복도를 지켜보다가 자리에서 일어났다. 강 신부가 가는 눈매로 병원 건물 위쪽 밤하늘을 올려다봤다.

이전까지는 제각각 움직이던 귀기들이 하나로 뭉치고 있을 뿐만 아니라 그 크기가 급격히 커져 가는 모습이 보였다.

강 신부가 전소민을 돌아보고 말했다.

"장태수 작가한테 지금 내가 얘기를 전할 수가 있나요?"

"네, 말씀하세요. 제가 전해 드릴게요."

"아니요, 내가 직접 말해야만 합니다."

전소민이 얼른 강 신부에게 자신의 마이크를 건네며 말했다.

"이 마이크로 말씀하시면 돼요."

뭔가 긴박한 상황이 흐르면서 스태프들은 물론 채팅방에서도 일순 긴장감이 흘렀고 채팅이 급격하게 늘어났다.

　

ㅡ무슨 일이지? 뭔가 잘못된 것 같은데?

ㅡ신부님이 직접 나섰네.

ㅡ어떡해? 영혼남 오빠한테 무슨 일 생기면 안 되는데.

ㅡ얼른 나와요. 방송이 중요한 게 아니에요. 저런 상황이면 방송국에서 방송 중단해야 하는 거 아님?

　

강 신부가 마이크에 대고 말했다.

"태수 군, 내 말 들리나?"

ㅡ신부님이세요?

"그래. 지금 병원 건물 위 귀기들의 형태에 변화가 생기고 있네."

ㅡ예, 알고 있어요. 지금 복도에 있던 악귀들이 목욕탕 쪽으로 물러가서 하나로 뭉치는 현상이 발생하고 있어요. 처음엔 악귀들이 모두 독립적인 줄 알았는데, 악귀들을 지휘하는 두목이 있는 모양이에요. 누군지 짐작은 가지만.

"내 생각에도 그런 것 같네. 근데 자네가 말하는 게 전부가 아닌 것 같아."

—예? 그게 무슨 말씀이세요?

강 신부가 점점 거대해지고 있는 건물 위쪽 귀기들을 지켜보며 긴장된 음성으로 말했다.

"귀기의 크기 자체가 이전보다 두 배도 넘게 커지고 있네. 다시 말해서 3층의 악귀들 외에 다른 곳의 악귀들까지 합세를 해서 그쪽으로 이동을 하고 있는 것 같단 말이야. 아무래도 3층에 있는 뭔가가 병원 전체의 악귀들을 불러들이는 모양이야."

강 신부의 얘기를 들은 태수와 길재중의 얼굴에 긴장의 빛이 역력했다.

길재중이 난감한 듯 말했다.

"왠지 예감이 좋지가 않더라. 영혼남, 지금이라도 병원을 빠져나가는 게 어때? 이번엔 그냥 나가고 후일을 도모하자고."

"도사님하고 VJ분들은 지금이라도 병원을 빠져나가요, 어서요!"

"영혼남은?"

"어차피 이곳의 악귀들을 퇴마하지 않으면, 이후 계속 희생자가 생기는 건 물론이고 악귀들이 점점 힘을 키워 갈 거예요. 이젠 방송이 문제가 아니라 퇴마가 더 문제예요."

지금의 상황이 그대로 방송에 생중계되면서 채팅방에서 네티즌들끼리 설전이 붙었다.

얼른 병원을 빠져나오라는 집단과 영혼남이 분명히 악귀들을 퇴마할 수 있을 것이란 집단이 서로 격렬한 말을 주고받았다.

길재중이 말했다.

"젠장맞을! 그럼 나도 남겠어. VJ들은 어서 지금 병원에서 나가도록 해."

VJ들이 어떻게 해야 할지 몰라 망설이고 있을 때 한 피디의 지시가 떨어졌다.

-VJ들 당장 철수하세요.

"그럼 저희 먼저 나갈게요."

VJ 둘이 서둘러 병원을 빠져나갔다. 이제 둘의 모습은 병원 복도에 미리 설치해 놓은 무인 카메라를 통해서만 화면이 전송되고 있었다.

태수가 새롭게 나타난 귀기들을 알아보기 위해 다시 주문을 외웠다.

'귀기탐색.'

화르르르륵.

기존 지도 위에 새롭게 붉은 점들이 다수 나타났다.

지도를 살피던 태수의 입에서 침음이 흘러나왔다. 지하 폐쇄 병동에서 붉은 점들이 움직이며 위층으로 올라오는 모습이 보였던 것이다.

"아무래도 3층에 있는 악귀가 이 병원 전체를 지배하고 있는 것 같아요."

태수가 전소민에게 말했다.

"전 기자님, 이 병원에 입원했다가 사망한 환자 중에 이름만 아는 환자가 있는데, 그 환자의 생년월일과 정보를 최대한 빨리 알 수가 있을까요?"

전소민은 오랫동안 흉가나 미스터리한 사건 들을 전문으로 취재했기 때문에 그런 종류의 리스트를 어떻게 얻어야만 하는지 알고 있었다.

─이름만 알면 건물주한테 물어보든가, 인근 경찰서나 병원 등에 문의하면 아마 어렵지 않게 알 수가 있을 거예요. 건물주나 경찰서 모두 그동안 병원 때문에 골머리를 앓아서 이번 촬영에 대단히 협조적이거든요.

"아, 다행이네요. 중요한 건 시간이 별로 없다는 거예요."

─알았어요. 제가 가지고 있는 네트워크를 총동원해서 알아볼게요. 이름을 알려 줘요.

"윤기철이라는 환자에 대해 좀 알아봐 주세요. 3층 집중치료실에서 치료를 받았던 환자 같거든요. 제가 볼 때 이 병원에서 귀기가 가장 강한 악귀인데, 생년월일만 알면 퇴마하기가 훨씬 수월해서요. 지금은 이름만 아니까……."

─알았어요. 최대한 빨리 알아볼게요.

전소민과 통화를 끝낸 태수가 주위를 두리번거리다가 바

닥에 굴러다니던 쇠파이프를 집어 들고 길재중을 돌아봤다.

"도사님은 혹시 악귀들에 대항할 수 있는 무기가 있으세요?"

길재중이 자신 없는 표정으로 품속에서 부적 몇 장을 꺼내 흔들어 보였다.

"저한테 줘 보실래요?"

태수는 길재중이 건넨 부적을 잡고 영력을 읽은 후 돌려주며 말했다.

"그 부적으로는 악귀들을 상대할 수가 없어요."

의외로 길재중이 순순히 고개를 끄덕였다. 아니, 이미 그럴 줄 알았다는 표정으로 태수의 의견을 물었다.

"그럼 난 어떻게 하면 될까?"

태수가 단전에서 영기를 끌어올려서 들고 있던 쇠파이프에 주입했다. 쇠파이프에 푸르스름한 영기가 맺히는 게 보였다.

태수가 복도에 붙어 있는 카메라를 보고는 이게 방송이라는 걸 깨닫고 뒤늦게 설명을 했다.

"저는 지금 쇠파이프에 영기를 주입했습니다. 그 이유는 그냥 쇠파이프로 영이나 악귀를 향해 던지면 그냥 아무것도 없는 허공처럼 통과를 할 겁니다. 하지만 영기를 불어넣은 쇠파이프를 던지며 악귀의 영체를 직접 때릴 수가 있습니다."

태수가 주문을 읊었다.

퇴마하는 톱스타

"오대존명왕부!"

화르르르륵.

노란 향마의 빛을 뿜어내는 다섯 장의 부적이 사각형을 그리며 허공에 떠올랐다. 가운데 중심은 부동명왕부.

"제가 보유하고 있는 가장 강력한 부적인 오대존명왕부예요."

태수가 부적을 손으로 쓸 듯이 잡아서 들고 있던 쇠파이프에 입혔다. 영기가 부적을 머금으며 쇠파이프에 부적의 도형이 새겨지더니 노란빛을 띠었다.

태수가 길재중에게 쇠파이프를 건네며 말했다.

"이걸로 아래층에서 올라오는 악귀들을 막으며 최대한 오래 버텨 주시면 됩니다."

길재중이 쇠파이프를 받아 들며 중얼거렸다.

"젠장맞을, 무슨 조폭 때려잡는 것도 아니고."

태수는 길재중을 뒤에 남겨 둔 채 설호검을 들고 목욕탕을 향해 걸음을 옮겼다.

체팅방에서 태수와 길재중이 대화하는 모습을 생방으로 지켜보던 네티즌들의 글이 폭주하며 올라왔다.

　

─아악, 안 돼! 저 도사 불안해.

─영혼남님, 그냥 나와요. 앞뒤에서 악귀들이 덤비면 위험해요.

─으으으, 무섭네. 무슨 일이 벌어질 것 같은 분위긴데.

그 시각 〈영혼을 찾아서〉의 시청률이 17퍼센트를 넘어섰다.

영혼남, 영혼을 찾아서, 백두도사, 소음리 정신병원까지 네 개의 검색어가 실검 10위 안으로 진입했다.

1위는 당연히 영혼남이었다.

태수의 이마에 매달린 고프로를 통해 영상이 시청자들에게 전해졌다. 어두침침하면서 불에 그슬린 복도와 음침한 분위기를 시청자들도 고스란히 느낄 수가 있었다.

모퉁이를 돌아 목욕탕으로 다가갈수록 다시 치직거리는 노이즈 현상과 함께 화면이 왜곡되기 시작했다.

지난번 촬영처럼 악귀들이 흥분해서 귀기를 뿜어낸 게 아닌데도 그런 현상이 생긴다는 건, 안쪽에 있는 악귀들의 귀기가 그만큼 강력하다는 소리였다.

불안하게 화면을 지켜보던 강 신부가 마침내 자리에서 일어나며 말했다.

"아무리 장태수 군이 뛰어난 영능력을 가졌다고 해도, 저 정도의 귀기를 가진 악귀들이 양쪽에서 덤벼들면 감당하기 어려울 수 있어요. 제가 들어가 보는 게 좋을 것 같습니다."

물론 강 신부도 태수가 가진 영능력의 한계가 어디까지인지는 알지 못한다. 태수가 나름의 생각이 있으리란 짐작은 가지만, 일정 수준 이상의 위험을 감수하는 걸 그대로 지켜

볼 수는 없었다.

게다가 태수가 하는 일은 방송이기 이전에 위험한 악귀들을 퇴마하는 일이다. 그건 곧 강 신부의 사명이기도 했다.

권 피디도 마음을 졸이며 화면을 지켜보다가 강 신부가 진입하겠다고 하자 반갑게 동의했다.

강 신부에게 와이어리스 마이크와 고프로 카메라를 설치하고는 위험하면 태수를 데리고 나와 달라는 당부도 잊지 않았다.

.한석후가 초조한 표정으로 권 피디에게 다가와서 말했다.

"아무래도 중간에 끊어야겠는데요? 지금 상황으로 봐서는 제시간에 끝날 것 같지가 않아요. 클로징 멘트 생각하면 5분 정도밖에 시간이 없어요."

권 피디도 고개를 끄덕이며 말했다.

"그러게, 아무래도 시간이 많이 늘어날 것 같은데. 폐쇄병동 퇴마는 원래 다음 주에 하기로 했는데, 그쪽의 악귀들까지 달려들 줄이야. 일단 알았어요, 대기하고 있어요."

권 피디가 중계차에 있는 한 피디에게 연락을 취했다.

"한 피디님, 지금 시간이 너무 오버돼서 방송을 끊어야......"

권 피디의 말이 끝나기도 전에 한 피디가 잘라 말했다.

─조금 전에 편성국장님한테 연락 왔어. 징계받아도 되니까 계속 가라고 QBS 사장님이 직접 연락했대. 지금 시청률 20퍼센트 넘었다고.

권 피디가 입을 쩍 벌리고 반문했다.

"20퍼센트요?"

태수는 모퉁이를 돌아서 복도 맨 끝에 있는 목욕탕 입구를 노려봤다. 목욕탕 안에서 엄청난 귀기가 흘러나오고 있었다.

낮에 카메라를 설치하면서 보니, 대중탕처럼 생긴 목욕탕 곳곳에 핏자국과 검게 그을린 자국들이 흉물스럽게 남아 있었다.

태수는 목욕탕에 왜 그런 핏자국들이 남아 있는지 의아해서 잔류사념을 읽었다가 충격을 받았다.

집중 치료실에서 전기 충격으로 치료를 받은 환자들이 초죽음이 되어 목욕탕으로 들어오는 모습은 차마 눈뜨고 보기가 어려웠다.

환자들은 대부분 귀와 코와 입에서 피를 흘리거나 의식을 잃은 채로 끌려 들어와 바닥에 던져졌고, 짐승처럼 몸을 씻겼다.

그들의 분노와 증오심이 고스란히 귀기가 되어 악귀로 변한 것이다.

-끄어어어억!

목욕탕 안에서 괴성이 흘러나왔다.

퇴마하는 톱스타

지도상으로 표시되는 붉은 점은 딱 하나.

여덟 마리의 악귀들이 완벽한 하나의 영체로 합체가 된 것 같았다.

목욕탕 입구로 가서 안을 들여다봤다.

검게 그을리고 핏자국이 묻은 타일들.

타일에서 흘러나오는 음산한 기운이 목욕탕을 감돌았고, 그 안쪽에 악귀가 웅크린 채 앉아 있었다. 악귀의 몸에서 검은 기운이 스멀거리며 흘러나오고 있었다.

환자복을 입은 악귀는 그제 만난 윤기철, 아니 윤기철의 모습을 하고 있었다.

윤기철까지 포함하면 모두 아홉 마리의 악귀가 하나의 영체로 합체가 됐다는 얘긴데, 도무지 이해가 가지 않았다. 서로 다른 인격을 가진 영들은 절대 하나가 될 수 없기 때문이다.

붉은 눈을 번들거리며 태수를 노려보던 윤기철이 스윽 자리에서 일어났다.

눈과 귀, 코와 입에서 모두 피를 흘리는 윤기철이 꾸부정하게 서서 말했다.

—나는…… 미치지 않았어…… 내 이름은…… 기철이야…… 윤기철…… 크르르르르.

순간 주변에 파동이 느껴질 정도의 강력한 초저주파가 공기를 흔들었다. 목욕탕에 설치된 모든 카메라의 영상이 뒤틀리며 왜곡되기 시작했다.

태수도 고막이 터질 것 같은 압박을 느끼며 몸을 웅크렸다. 지금까지 겪었던 그 어떤 초저주파보다 강력한 파동이었다.

"으으으."

태수가 이를 악물고 고통을 견디는데 허공에 메시지가 떠올랐다.

제6성 연년 개양성의 능이 작동합니다.

화르르르륵.

칠성의 능 전수자를 보호하는 개양성의 기운이 태수의 전신을 휘감으며 보호막을 치자 고통이 빠르게 줄어들었다.

"나는 당신들이 이곳에서 어떤 고통을 당했는지 알고 있어요. 당신들의 이름과 생년월일을 알려 주면 이 고통을 끝내고 승천할 수 있도록 천도해 줄게요."

윤기철의 목이 천천히 돌아가더니 다시 돌아왔을 때는 다른 악귀의 얼굴로 변해 있었다.

─크르르르…… 거짓말…… 난…… 인간을…… 신뢰하지 않아…… 끄어어어억!

악귀가 괴성을 지르자 목욕탕에 엄청난 충돌파가 발생했다.

우우우우웅!

공기가 흔들리며 목욕탕 벽면이 흔들리더니 타일들이 하나둘 뜯어지기 시작했다. 벽면에서 뜯어진 수많은 타일들이 허공으로 떠올랐다.

조각난 타일들은 날카로운 흉기처럼 태수의 주변을 둥둥 떠다녔다.

태수도 거기에 대응해서 수인을 맺고 주문을 읊었다.

"오대존명왕부 수호진!"

화르르르륵.

허공에 오대존명왕의 부적 다섯 장이 둥실 떠올랐다. 부적들은 태수의 가슴 부위에 떠 있는 부동명왕부를 중심으로 사각의 진을 만들더니 빠르게 회전하기 시작했다.

태수의 주변으로 다섯 장의 부적이 만들어 내는 항마의 회오리가 생겨났다.

악귀가 괴성을 질렀다.

-끄아악!

순간 허공에 떠 있던 칼날 같은 타일들이 한꺼번에 태수를 향해 달려들었다.

쇄애애애액!

파파파파팟!

타일들이 수호진의 회오리에 부딪치며 뇌전처럼 목욕탕 안에 무수한 빛이 번쩍였다.

잠시 후 수호진의 회오리 기운에 부딪쳐 산산조각 난 타일들이 바닥으로 힘없이 떨어져 내렸다.

태수가 악귀를 돌아보고 일갈했다.

"끝까지 저항을 하겠다면 나도 더 이상 너희들을 도울 수가 없다!"

태수가 손에 쥐고 있던 설호검을 던졌다.

화아악!

설호검이 항마의 기운을 뿌리며 날아갔다.

악귀가 귀기를 사용해 허공에 방탄막을 만들었다.

푸욱!

설호검이 악귀의 귀기로 만든 방탄막에 꽂힌 채 더 이상 나아가질 못했다. 설호검이 허공에 떠 있는 것처럼 파르르 떨었다.

태수가 영력을 최대치로 올렸지만, 투명한 방탄막은 점점 오목하게 구겨질 뿐 뚫리지가 않았다.

결국 태수가 거친 숨을 몰아쉬며 설호검을 거둬들였다.

악귀의 고개가 돌아가더니 다시 다른 얼굴의 악귀가 나타났다.

순간적으로 많은 영력을 소모한 태수와 달리 새로 나타난 악귀는 귀기가 넘쳐흘렀다.

ㅡ끄아아아아악!

갑자기 악귀가 바닥을 박차고 태수를 향해 돌진해 왔다.

순식간에 거리가 좁혀졌고 숨이 막힐 것 같은 엄청난 귀기가 태수를 덮쳐 왔다.

쿵!

악귀가 머리로 태수를 들이받았다.

"크윽!"

기공을 모은 손으로 악귀를 막았지만 소용없었다. 태수의 몸이 포탄처럼 허공으로 가르며 날아가 등이 목욕탕 벽면에 충돌했다.

쾅!

태수가 바닥에 쓰러졌고 목욕탕 벽면의 타일들이 부서져 우수수 바닥으로 떨어졌다. 전신에서 충격으로 인한 무시무시한 통증이 느껴졌다.

만약 개양성의 능이 작동하지 않았다면 몸이 산산조각이 났을 것이다.

악귀는 어느새 얼굴이 또 다른 악귀로 바뀌어져서 낄낄거리고 있었다.

길재중은 3층 계단 입구에서 좀비처럼 위층으로 올라오는 악귀들을 향해 오대존명왕부의 기운으로 감싸인 쇠파이프를 휘둘렀다.

부적의 위력이 워낙 강력해서 쇠파이프에 맞은 악귀들이 사람처럼 펑펑 나가떨어졌다. 하지만 악귀들의 수가 너무도 많아 쇠파이프만으로 감당하기엔 무리였다.

길재중이 복도 안쪽으로 점점 뒷걸음질을 치는데, 아래층에서 강 신부의 기도 소리가 들려왔다.

로사리오 9일 기도에 수록된 구마경이었다.

"성 미카엘 대천사여, 평화의 하느님께서 사탄의 세력을 저희 발아래 섬멸하여……."

기도 소리에 악귀들이 동요하기 시작했다.

강 신부는 기도와 함께 은빛의 십자가를 치켜들고 있었다. 강 신부의 기도 소리에 따라 은빛의 십자가에서 오오라가 뿜어져 나왔다.

십자가의 오오라를 맞은 악귀들이 눈을 가린 채 고통스러운 괴성을 질러 댔다. 상대적으로 폐쇄 병동의 악귀들은 3층의 악귀들에 비해 귀기가 크지 않았다.

강 신부의 기도력으로 오오라의 빛이 따스한 온기처럼 악귀들을 휘감았다. 악귀들이 품고 있던 귀기가 증발하며 흩어지기 시작했다.

더불어 그들의 분노와 증오도 오오라에 조금씩 씻겨 나가고 있었다.

강 신부가 고통받는 귀기들을 위해 구원의 기도를 낭송하기 시작했다. 구원의 기도는 연옥에서 고통받는 불쌍한 영혼들을 구원하기 위한 기도다.

강 신부가 들고 있는 은빛의 십자가에서 쏟아진 은은한 오오라의 빛이 휘황찬란하게 실내를 비추는 가운데 구원의 기도가 더해졌다.

"예수님, 저의 죄를 용서하시고, 저희를 지옥불에서 구하시고 연옥 영혼을 돌보시며, 가장 버림받은 영혼을 돌보소서."

귀기가 사라진 악귀들이 여기저기서 흐느끼는 소리가 들려왔고, 구원을 받은 악귀들의 영체가 서서히 흐려지며 시야에서 사라졌다.

구원을 받지 못한 강한 몇몇의 악귀들만 강 신부를 향해 달려들었다.

ㅡ끄아아아악!

어쩔 수 없이 강 신부가 기도력을 모았다. 강 신부의 퇴마술은 악귀에게 직접적인 공격 수단을 사용하기보다 주로 기도와 십자가의 힘을 빌려서 서서히 압박하는 방법을 사용한다.

하지만 지금처럼 시간적인 여유가 없을 때는 직접적인 구마 무기를 사용할 수밖에 없다.

"홀리 그레이스!"

화르르르륵.

강 신부를 중심으로 눈이 멀 것 같은 환한 빛이 원의 형태로 바닥에서 솟구쳐 올라왔다.

달려들던 악귀들의 영체가 그 빛에 닿자마자 찢어지고 녹아내리며 허공으로 흩어졌다.

강 신부가 서둘러 위층으로 올라갔다.

길재중이 반가운 표정으로 강 신부를 맞으며 말했다.

"절 따라오십시오."

두 사람이 3층 복도 안쪽 모퉁이를 돌았을 때, 태수가 다시 목욕탕 안쪽에서 튕겨 나왔다.

쾅!

상당한 충격과 함께 벽에 부딪쳤던 태수가 비틀거리며 일어났다. 코에서는 피가 흘러내리고 있었다.

태수가 손등으로 피를 스윽 닦아 냈다.

"태수 군, 괜찮은가?"

"어? 신부님, 어떻게 오셨어요?"

"아무래도 불안해서. 아래층은 다 정리가 된 것 같네."

"아…… 다행이네요. 신부님 안 계셨으면 정말 낭패를 볼 뻔했어요. 그나저나 저 안에 악귀가 만만치가 않네요. 악귀 아홉 마리가 하나의 영체로 합체가 됐어요. 원래는 그럴 수가 없는데 어떻게 된 일인지 모르겠어요."

강 신부도 고개를 끄덕이고는 목욕탕 안에서 숨을 헐떡이며 웅크리고 있는 악귀를 가만히 응시했다. 여러 악귀의 영체가 섞여 있어서 강 신부도 악귀의 영기를 읽을 수가 없었다.

악귀도 아홉 악귀들이 돌아가면서 태수를 상대하느라 지친 기색이 역력했다.

"저들도 귀기를 많이 사용해서 영력이 많이 약해진 것 같네. 자네 혼자 퇴마해도 될 수준이지만 이왕 왔으니 같이 하도록 하세."

"네, 신부님."

목욕탕에서의 영상은 이미 몇 분 전부터 노이즈와 왜곡이 심해서 태수와 악귀가 싸우는 모습은 거의 방송을 타지 못했다.

덕분에 방송에서는 검은 목욕탕의 화면을 하단에 놓고 오픈 스튜디오에서 게스트들이 걱정스럽게 토크를 하는 장면이 메인 화면으로 방송을 탔다.

물론 채팅방의 네티즌들은 방송을 보고 싶다고 아우성을 쳤지만.

　

-지난번보다 더 심하네. 아예 아무것도 안 보여.

-대체 방송을 어떻게 하는 거야. 결정적인 장면에서 이렇게 되면 뭘 보라는 거야?

-방송사 잘못이 아님. 악귀의 귀기가 너무 강해서 그런 거임.

-어? 방송 나온다.

　

노이즈와 왜곡으로 보이지 않던 화면에 비로소 제대로 된 화면이 전송되기 시작했다. 화면에는 태수와 강 신부의 얼굴이 클로즈업으로 번갈아 가며 잡혔다.

두 사람의 이마에 매달린 고프로 카메라를 통해 전송되는 영상이기 때문이다.

강 신부가 십자가와 성수를 꺼내 들고 태수도 허공에 오대 존명왕부의 부적을 띄웠다.

두 사람이 악귀를 제령하려는데 전소민의 목소리가 들려왔다.

─작가님, 알아냈어요. 윤기철의 생년월일!

"어, 그래요? 불러 주세요."

전소민이 윤기철의 생년월일을 알려 주자 태수가 물었다.

"혹시 윤기철이 왜 병원에 입원하게 됐는지도 알아냈나요?"

─네. 당시 윤기철은 병원에서도 무척 특별한 환자로 관리가 됐대요.

"특별한 환자요?"

─네. 윤기철이 병원에 들어온 이유가 해리성 인격 장애, 다시 말해 다중 인격 때문이었거든요. 윤기철이 주된 인격이고 그 외 여덟 명의 인격이 윤기철의 안에 함께 공존했대요.

태수의 입에서 탄성이 흘러나왔다.

이제야 비로소 알 것 같았다.

왜 아홉 명의 영체들이 완벽한 하나가 될 수 있었는지.

윤기철의 내면에 공존하던 인격들이 윤기철이 죽으면서 각각 완전한 영혼으로 분리가 됐던 것이다.

"윤기철을 제외한 여덟 명의 영혼들 이름을 알려 주세요."

태수는 전소민이 불러 주는 여덟 명의 이름을 허공을 향해 차례로 외쳤다. 생년월일은 굳이 따로 부를 필요가 없었다. 아홉 명의 인격들이 모두 같은 날 같은 시각에 태어났으니까.

태수가 악귀들의 이름과 생년월일을 한 명씩 호명하자 악귀들이 생전의 기억과 감정을 떠올리며 괴로워하기 시작했다.

악귀들의 울음이 점점 커져 갔고 분노와 증오, 후회, 집착의 감정들이 그 울음에 씻겨 나갔다.

그런 악귀들을 향해 태수가 일명 천도진언이라고 불리는 광명진언을 읊었다.

광명진언은 죄업을 소멸시켜 극락세계로 인도하는 진언이다.

"옴 아모가 바이로차나 마하무드라 마니 파드마 즈바라 프라바르타야 훔."

진언이 공기 중에 파동을 일으키자 영체가 제각각 분리되며 악귀가 아닌 아홉 인간의 모습으로 돌아갔다. 신기한 건 하나의 인격에 들어 있던 아홉 영혼의 얼굴이 모두 다르다는 것.

허공에서 눈이 부신 하얀 빛의 무리가 쏟아져 내려왔다.

텔레비전 화면에도 반사되는 빛이 비쳐질 정도였다.

영혼들의 얼굴에서 고통의 그늘이 사라졌고 영체가 하나둘 빛 속으로 사라지기 시작했다.

쏟아지는 러브콜

귀기를 흡수했습니다.

화르르르륵.

서늘한 귀기가 몸속으로 스며들며 영력이 차오르는 게 느껴졌다.

마치 새살이 돋는 것처럼 힘이 솟았고 악귀와의 싸움에서 다쳤던 상처들이 아물고 몸의 통증도 빠르게 사라지고 있었다.

태수가 강 신부, 길재중과 함께 병원 밖으로 걸어 나오자, 대기하고 있던 VJ 십여 명이 달라붙으며 세 사람의 일거수일투족 표정 하나까지 다양하게 앵글을 잡았다.

권 피디의 신호에 따라 태수는 스튜디오 무대 위로 올라갔고 강 신부와 백두도사는 게스트석으로 가서 앉았다.

한석후가 스튜디오 무대로 올라서는 태수를 걱정스럽게 바라보며 물었다.

"세상에, 옷 이곳저곳에 피가 묻어 있네요. 우리 영혼남, 장태수 씨 괜찮은 겁니까? 지금 병원으로 가야 하는 거 아니에요?"

스튜디오 전면에 마련된 채팅 창 모니터 안에 영혼남을 걱정하는 글들이 쏟아지고 있었다. 격렬한 싸움을 마친 직후인데다 저렇게 많은 사람들이 자신을 걱정하고 있다는 생각이 들자 뭉클한 감정이 솟구쳐서 말을 잇기가 힘들었다.

태수가 가까스로 감정을 억누르고 입을 열었다.

"……네, 저는 괜찮습니다. 저한테는 절 보호해 주는 신비한 힘이 있기 때문에 너무 걱정을 하지 않으셔도 될 것 같습니다. 걱정해 주셔서 정말…… 정말 감사합니다."

한석후가 채팅 창 모니터를 보며 말했다.

"시청자 여러분 들으셨나요? 우리 영혼남이 다친 모습을 보면서 마음이 아프고 걱정이 되시겠지만, 영혼남에게는 저희가 모르는 스스로를 보호할 수 있는 힘이 있다고 합니다. 그러니 마음을 놓으셔도 될 것 같습니다."

한석후가 병원을 돌아보고는 물었다.

"그럼 이제 소음리 정신병원에 있던 악귀들은 모두 사라진 건가요?"

"네, 모두 사라졌습니다."

"아…… 다행입니다. 그동안 저곳에서 많은 사고가 있었는데 영혼남 덕분에 이젠 안심을 해도 될 것 같습니다. 우리 강형진 신부님도 수고하셨고 백두도사님도 고생하셨습니다."

한석후의 인사에 강 신부가 고개를 숙였다.

백두도사는 인사하는 대신 재빨리 마이크를 잡고 말했다.

"제가 어떻게든 영혼남을 보호하려고 애를 썼는데 능력이 부족했던 것 같습니다. 시청자 여러분에게 죄송하다는 말씀을 전합니다."

갑자기 뜬금이 없는 멘트였지만 방송 분량을 확보하고 자신의 존재를 잊지 않게 하려는 다분히 의도한 말이었다. 근데 채팅 창에 생각지도 않게 백두도사를 응원하는 글들이 꽤 올라왔다.

―괜찮아요. 도사님도 수고하셨어요.

―솔직히 이전 프로그램에서는 도사님이 사이비라고 생각했는데 이젠 아니라는 걸 알았어요. 앞으로도 응원할게요.

―전 도사님 때문에 이 프로그램이 훨씬 재미있다고 생각해요. 영혼남과 도사님의 케미가 꽤 좋다고 생각하거든요.

이전까지 늘 욕만 먹던 길재중이 의외의 반응에 살짝 당황한 표정을 지었다.

한석후가 앞쪽 모니터를 가리키며 말했다.

"이번 방송부터 저희가 시험 삼아서 단체 채팅방을 개설했습니다. 제한 수용 인원 1천 명인데 채팅방 오픈하고 10분도 되지 않아서 제한 인원이 다 찼다고 합니다. 장태수 씨, 지금 앞쪽 모니터에 올라오는 글들이 보이시나요?"

태수가 모니터를 보면서 고개를 끄덕였다.

ㅡ영혼남, 수고하셨습니다.

ㅡ퇴마사분들, 앞으로도 프로그램을 통해서 못된 악귀들을 퇴마해 주세요.

ㅡ이 프로그램을 통해서 영혼이 있다는 걸 믿게 되었습니다. 앞으로 나쁜 짓 하지 않고 착하게 살게요.

ㅡ정말 획기적인 프로그램이네요. 앞으로 일주일 동안 이 프로그램 기다리는 낙으로 살 것 같아요.

한석후가 말했다.

"제가 알기로 장태수 씨는 이번 특집 프로그램 3부작에만 출연하시는 걸로 알고 있는데, 특집 프로그램 이후에도 계속 출연해 주실 의향은 없으신가요? 사실 저희 방송국 사장님이 방송 중에 꼭 물어봐 달라고 부탁을 하셨거든요."

퇴마하는 톱스타

한석후가 약간 농담처럼 질문을 던지자 다시 채팅방에 글들이 쏟아졌다.

―으악, 안 돼요. 계속 나오셔야 돼요.

―세 번만 나온다고요? 그럴 리가. 이렇게 시청자들이 간절히 원하는데 설마.

―영혼남, 앞으로도 계속 보고 싶어요. 나오세요.

태수가 선뜻 대답을 하지 못한 채 난처한 표정을 짓자 한석후가 서둘러 수습을 했다.

"출연 문제는 장태수 씨가 이 자리에서 바로 답변할 수 있는 문제는 아니죠. 단지 우리 시청자분들이 얼마나 장태수 씨를 보고 싶어 하는지 알려 드리려고 제가 한번 여쭤봤습니다. 자, 오늘 저희 〈영혼을 찾아서〉는 원래 방송 시간보다 30분이나 시간을 연장해서 생방송으로 진행이 됐습니다. 다음 주에 출연할 게스트는 얼마 전 설문 조사에서 20대가 가장 닮고 싶은 여자 연예인으로 뽑힌, 지금은 제2의 박보영이 아니라 국민 여동생으로 불리는 박보윤 씨가 출연할 예정입니다. 다음 주에도 여러분들의 많은 관심 부탁드립니다. 감사합니다."

클로징 음악과 함께 게스트들이 서로 인사를 주고받는 엔딩 영상이 나가면서 마침내 기나긴 방송이 끝이 났다.

〈영혼을 찾아서〉 특집 2주 차 실시간 시청률은 1부 〈할머니 편〉이 7.2%, 2부 〈정신병원 편〉이 21%, 강 신부가 퇴마하며 등장하던 순간이 최고의 1분으로 순간 최고 시청률이 28%까지 치솟았다.

실시간 검색어 역시 영혼남을 비롯해 〈영혼을 찾아서〉 관련 검색어가 점령을 했고, 방송이 끝난 후에도 온라인에서는 방송에 대한 관심과 열기가 전혀 식지 않았다. 아니, 오히려 방송 후에 더 뜨겁게 달궈지고 있었다.

방송이 끝나자 권 피디가 말했다.

"오늘 저녁에 회식 있는 거 다들 아시죠? 한 분도 빠지시면 안 됩니다."

방송 며칠 전에 고지된 내용이었다.

파인미디어 강만수 대표가 태수 곁으로 다가와서 말했다.

"다른 사람은 몰라도 장태수 씨는 절대로 빠지면 안 됩니다, 장태수 씨하고는 긴히 할 얘기가 있거든요."

"네, 그렇잖아도 시간 비워 놨어요."

강 대표가 만족스러운 얼굴로 돌아가는데 뒤쪽에서 김영아의 겁먹은 목소리가 들려왔다.

"작가님!"

뒤를 돌아본 태수는 김영아가 왜 불렀는지 묻지 않아도 알 것 같았다. 김영아 바로 옆에 일전의 그 여자 영혼이 병원 환자복을 입고 서 있었던 것이다.

김영아가 왼쪽 어깨를 손으로 비비며 맞느냐고 눈짓을 했고, 태수가 맞는다고 고개를 끄덕였다.

태수가 다가가서 김영아에게 살짝 물었다.

"가만 보니까 이 영혼이 김 작가님을 좋아하나 봐요. 제가 말 시키면 또 도망갈 테니까 김 작가님이 이 영혼하고 대화를 나눠 볼래요?"

김영아가 자기 바로 옆 허공을 바라보며 물었다.

"지금 영혼이 어떡하고 있어요?"

"김 작가님을 마주 빤히 바라보고 있어요."

김영아가 오싹한 표정으로 말했다.

"영혼과 마주 본다는 게 이런 느낌이구나. 그럼 제가 뭘 물어보면 돼요?"

"그냥 궁금한 거 물어보고 마지막에 이름이랑 생년월일 한 번만 물어봐 줘요. 그래야만 더 이상 이곳을 떠돌지 않도록 천도할 수가 있을 테니까."

김영아가 허공을 바라보며 물었다.

"저기요, 혹시…… 왜 절 따라다니는지 물어봐도 돼요?"

여자 영혼이 고개를 갸웃하며 김영아를 빤히 보더니 말했다.

─너…… 내 동생…… 닮았어.

태수가 피식 웃으며 영혼의 얘기를 김영아에게 전했다. 그 얘기를 들은 김영아의 얼굴에서 비로소 두려움이 가셨다.

"여기 떠나지 못하고 계속 떠도는 이유가 뭐예요?"

영이 잠시 머뭇거리다가 수줍게 말했다.

—동생이…… 찾아올까 봐.

순간 태수도, 김영아도 갑자기 훅 들어온 뭉클한 감정에 잠시 말을 잇지 못했다.

"아…… 동생을 만나 보고 떠나려고요?"

영이 고개를 끄덕였다.

"혹시 동생 전화번호 알아요?"

영이 기다렸다는 듯 크게 고개를 끄덕였다.

김영아가 어떡하냐는 표정으로 태수를 바라봤다.

태수가 물어보라고 고개를 끄덕였고 김영아가 말했다.

"언니 이름과 생년월일을 저한테 알려 주면 저희가 동생한테 전화를 걸어 볼게요."

—내 이름은 하수진. 그리고 생년월일은…….

영혼의 생년월일을 받아 적던 태수가 놀라서 고개를 번쩍 들었다.

생년월일이 1957년 11월 5일.

눈으로 보이는 영혼의 나이는 30대. 생년월일이 맞는다면 지금 영혼의 나이가 60세가 넘는다는 소리다.

그럼 대체 몇 년을 이 주위를 떠돌아다녔다는 말인가.

영혼이 말했다.

—우리 집 전화번호는 93국에 8562예요.

태수도, 김영아도 안타까운 탄식을 뱉어 냈다. 예전에는 전화번호 앞자리가 두 자릿수라고 들은 기억이 났다.

태수가 고심 끝에 나지막하게 말했다.

"이곳을 떠돌고 있는 것보다 하늘나라에서 기다리면 동생을 더 빨리 만날 수 있을 것 같아요. 제가 하늘나라로 보내 드릴게요. 괜찮으세요?"

영혼이 천천히 고개를 끄덕였다.

태수는 주문을 읊어서 영혼의 이름과 생년월일이 새겨진 금강경부적을 허공에 띄웠다.

천도는 영력이 뛰어난 사람이 영혼이 잘못을 깨달아 씻도록 도운 후에 저승으로 드는 길을 알려 주는 의식이다.

태수는 금강경과 법화경의 게송을 암송한 후 봉송을 위한 마지막 주문을 외웠다.

"화탕풍요천지괴…… 요요장재백운간……."

여자의 영혼이 눈물을 흘렸고 얼굴에서 번민과 고통이 사라졌다.

허공에 떠 있던 부적이 화르륵 불길에 휩싸여 재가 되면서 여자의 영혼도 흐릿하게 시야에서 사라졌다.

태수의 눈을 가만히 보고 있던 김영아가 물었다.

"갔어요?"

"네. 하늘나라 좋은 곳으로 갔을 거예요."

김영아의 두 눈이 촉촉하게 젖어들었다.

"후우, 다행이네요. 영혼들은 무서우면서도 그만큼 마음 아픈 사연도 참 많네요."

～～

MBS 드라마 2국 회의실.

〈오늘도 연애〉 제작진이 비상 대책 회의를 위해 모두 모였다.

MBS 드라마제작국 이태진 국장, 박찬성 CP, 김정훈 감독, 양정애 작가, 하늘픽쳐스 박영호 대표 그리고 원작자인 김보미까지.

이곳은 강혁의 출연 회차와 앞으로 전개될 스토리를 어떻게 수정해 나가야 할지 상의하기 위해 긴급 소집된 자리였다.

사실 웹툰 ≪오늘도 연애≫는 초반에 저승사자인 강혁의 액션신이 워낙 강렬해서 그렇지, 따지고 보면 남녀의 안타까운 로맨스가 메인 스토리다.

저승사자인 강혁은 이번에 목숨을 거둬들여야만 하는 인간이 전생의 연인이었던 이초희라는 사실을 우연히 알게 된다.

두 사람의 전생에 대해 원작자 김보미는 시대 배경을 명확히 밝히지 않았다.

전생에서 강혁은 배정훈이라는 이름을 가진 왕실을 지키는 근위대장이었고 이초희는 왕과 후궁 사이에서 태어난 옥현이라는 이름의 옹주였다.

둘은 밤마다 남몰래 이루어질 수 없는 사랑을 키워 나갔다. 그러던 중 옥현옹주가 명문가의 자제와 혼례를 치러야 하는 상황에 처하게 된다.

옥현옹주는 혼례를 하루 앞두고 신세를 비관하며 자결을 한다.

옥현옹주는 자결을 하기 전 궁중무녀에게 부탁하여 다음 생에서는 근위대장 강혁과 사랑을 나눌 수 있도록 해 달라고 애원을 한다.

무녀는 주술을 사용해서 옥현옹주의 다음 생과 강혁의 다음 생을 운명의 줄로 묶게 된다.

옥현옹주의 죽음을 알게 된 강혁도 그날 바로 자결을 한다.

그런데 이전부터 강혁의 곧은 성품과 뛰어난 무술 실력을 눈여겨본 저승사자 흑천이 강혁의 영혼을 사로잡아 기억을 지워 버리고 자신의 후계자로 만들어 버린다.

강혁은 자신의 기억을 잃은 채 저승사자가 되어 이승과 저승을 넘나든다. 반면 옥현옹주는 운명으로 묶여진 자신의 짝이 사라지면서 고난의 저주를 받게 된다.

고난의 저주란 그 누구도 사랑할 수 없는 저주이며 전생에 그녀가 자결을 했던 스물두 살이 될 때까지 사랑하는 사람을 만나지 못하면 죽음을 맞이한다는 저주다.

강혁은 나중에 자신을 저승사자로 만들었던 흑천으로부터 자신의 전생에 대한 얘기를 듣게 되고 모든 기억을 되찾게 된다.

　그리고 트럭에 치여 죽음을 맞이할 운명인 이초희가 전생의 연인인 옥현옹주라는 걸 알고 그녀를 구해 낸다.

　그 일로 인해 강혁은 저승사자의 직위를 박탈당하고 불사의 자격도 잃게 된다. 더 나아가 강혁은 다른 사람의 육신에 들어가야만 살아갈 수가 있는 영혼 신세가 된다.

　강혁은 신변을 비관해서 자살하려는 무명의 소설가 유한성의 육신으로 들어간다.

　반면 저승의 명부에 이름이 올라간 이초희는 한 번 죽음의 위기를 벗어났다고 죽음의 운명에서 완전히 벗어난 것이 아니다. 죽음의 그림자가 계속 이초희의 주변을 맴돈다.

　결국 강혁은 유한성이 되어 이초희에게 죽음이 닥칠 때마다 매번 그녀를 구해 낸다.

　문제는 둘은 운명이 어긋났기에 서로를 알아봐서도 안 되고 사랑을 나눠서도 안 된다는 것.

　덕분에 이초희는 목숨이 구해질 때마다 강혁이 자신을 구했다는 기억을 반복적으로 잃게 된다. 사랑하는 사람을 곁에 두는 것도 모자라서 매번 그녀를 구하면서도 사랑을 할 수 없는 가혹한 운명의 강혁.

　그런 사정을 모르는 이초희는 왠지 모르게 유한성, 아니 강혁에게 계속 마음이 이끌리며 접근을 하게 된다. 그러면서 서서히 전생의 기억이 돌아오기 시작하는 이초희.

웹툰 팬들은 웹툰이 연재되는 동안 지속적으로 작가인 김보미에게 강혁에게 주어진 저주가 너무 가혹하다고 압력을 넣었다.

웹툰 팬들은 유한성이 아닌 강혁의 모습으로 두 사람이 만나서 행복하게 사는 모습을 보고 싶다고 아우성을 쳤다.

하지만 김보미는 끝까지 자신이 처음에 잡은 설정대로 웹툰의 결말을 비극으로 만들어 버렸다. 게다가 마지막 순간까지 강혁의 얼굴을 단 한 번도 보여 주지 않은 채 유한성의 모습으로 강혁의 이야기를 끝마쳤다.

보통의 경우 웹툰 팬들은 작가를 애정하는 게 일반적이지만 ≪오늘도 연애≫의 경우 어마어마한 인기가 있는 웹툰임에도 웹툰 팬들은 작가를 애정하기는커녕 저주를 퍼붓는 기이한 현상이 벌어진 이유가 그 때문이다.

그러한 논란이 이제 드라마에까지 번지고 있는 것이다.

≪오늘도 연애≫가 드라마로 만들어진다는 소식이 전해지자마자 회원 수 10만 명을 자랑하는 ≪오늘도 연애≫ 웹툰 팬 카페가 크게 술렁이기 시작했다.

팬 카페의 이름도 무려 '강혁바라기'.

김보미는 자신의 웹툰 팬 카페가 개설될 때 처음 들어가 본 이후로 지금까지 단 한 번도 들어가 본 적이 없다. 카페에 들어가면 작가를 저주하는 게시물이 넘쳐 났고 카페 대문부터 팬아트 게시판까지 온통 강혁의 얼굴로 도배가 되어 있었기 때문이다.

김보미는 아직도 웹툰 팬 카페 강혁바라기만 생각하면 머리가 지끈거릴 지경이었다.

다른 작가들은 웹툰 팬들이 작가에게 애정 공세를 퍼부어서 즐거운 비명을 지른다는데, 자신은 지금까지 팬들한테 받은 저주의 이메일만 1천 통이 넘었다.

김보미는 처음부터 이 이야기를 비극적인 로맨스로 생각했는데 팬들은 그걸 용납하지 않았던 것이고, 그 중심에 강혁이 있었다.

옥현옹주 한 사람을 향한 지고지순한 강혁의 사랑과 뛰어난 무예 실력 그리고 올곧은 강혁의 성품이 팬들의 무한한 사랑과 연민을 불러일으킨 것이다.

비록 웹툰은 엄청난 인기를 누렸지만 김보미는 연재 내내 팬들과 전쟁을 치렀다.

웹툰의 드라마 제작 제안을 받았을 때 선뜻 답을 하지 못했던 이유도 그 때문이었다. 겨우 잠잠해져 가는 강혁바라기라고 하는 벌집을 다시 건드리는 건 아닐까 하고.

불행하게도 그런 김보미의 예상은 그대로 맞아떨어졌다.

김보미는 ≪오늘도 연애≫의 드라마화 소식을 들은 강혁

바라기 카페의 하루 방문자 수가 갑자기 30배가 넘게 폭증했다는 소식을 접하고 온몸에 소름이 돋았다.

잠시 잠잠하던 강혁바라기들이 활동을 시작했고 이메일이 다시 김보미에게 쇄도하기 시작했다.

이전과 다른 점이라면 저주의 메일이 아닌 협박성의 메일에 가깝다는 점이다.

그중에서도 카페 운영자인 강혜미가 카페를 대표해서 보낸 이메일의 내용은 아래와 같았다.

작가님, 저주에서 벗어날 수 있는 마지막 기회입니다. 저희들이 바라는 건 오직 한 가지밖에 없습니다. 강혁의 영혼을 저주에서 풀어 주세요. 사랑하는 옥현옹주와 사랑할 수 있게 해 주세요. 유한성이 아닌 강혁의 모습으로 말입니다. 만약 이번에도 저희들의 간절한 소망을 무참히 짓밟으시면 앞으로 저희 강혁바라기 10만 회원들은 작가님의 모든 후속작에 대해서 악플 공격은 물론이고 처절한 응징에 들어갈 것임을 미리 경고 드립니다. 아참, 한 가지 더. 강혁 역할을 누가 하게 될지 신중하게 생각하시라는 충고를 드립니다. 지금 저희 강혁바라기들은 웹툰이 연재된 지난 2년 동안 강혁과 같은 저주를 받은 심정으로 힘겹게 지내 왔습니다. 강혁의 저주를 풀어 주시는 건 곧 저희들 가슴에 맺힌 저주를 풀어 주는 것과 같습니다. 애정합니다. 작가님.

피해 의식이 오죽 심했으면 마지막 '애정합니다, 작가님'

이란 문구를 '증오합니다, 작가님'으로 잘못 읽을 정도였다.

김보미는 메일을 읽는 동안 숨이 턱턱 막히는 기분을 느꼈다.

'괜히 또 잠잠하던 벌집을 건드렸어. 나 어떡해, 드라마 괜히 만들기로 했나 봐. 이번엔 시청자들까지 난리를 치면 어떡하지?'

그렇다고 웹툰 팬들이 원하는 식으로 함부로 스토리를 바꿀 수도 없었다.

그렇게 되면 모든 설정과 캐릭터가 뒤죽박죽이 되어, 자칫 작품의 완성도에 심각한 문제가 초래될 수 있기 때문이다.

그럴 바엔 차라리 욕을 먹더라도 지금의 구성으로 가는 게 낫다.

비록 강혁바라기들은 온갖 저주를 퍼부었지만 나머지 대부분의 독자들은 작품의 완성도와 재미에 대해서는 다들 인정하고 있으니까.

'대체 당신들은 웹툰 속 인물을 가지고 왜 그러냐고? 이건 그저 웹툰이란 말야, 웹툰! 강혁도 내가 손으로 그리고 이야기를 지어서 만든 가공의 인물이라고!'

설상가상으로 ≪오늘도 연애≫를 드라마로 만들면서 골치 아픈 문제가 한 가지 더 생겼다.

'강혁 역할에 누구를 캐스팅할 것인가?'

물론 배우들은 서로가 앞다투어 자신이 강혁 역할을 맡겠다고 했다.

왜 아니겠는가.

그토록 열성적인 10만 강혁바라기의 사랑을 한 몸에 받을 수 있는 기회인데.

하지만 그들은 모른다. 자신들이 강혁 역할을 맡았다가 자칫 강혁바라기의 마음에 들지 않으면 그 사랑이 순식간에 끔찍한 저주로 바뀔 수 있다는 것을.

그건 오직 당해 본 사람만 안다.

그런 김보미의 시야에 운명처럼 태수가 들어왔을 때 그녀는 심장이 멎는 줄 알았다.

마치 저승차사 강혁이 기억을 잃고 드림대학을 배회하고 있는 게 아닌지 의심이 들 정도로 태수는 강혁을 그대로 빼닮았다.

웹툰과 실사의 차이가 있어서 다른 사람은 곧바로 알아보지 못했지만 원작자인 자신은 아니었다. 늘 머릿속에 떠올리던 인물이었으니까.

게다가 태수가 저승사자 강혁처럼 영능력까지 지니고 있다는 사실을 알았을 때는 그야말로 이 웹툰에 정말로 뭔가 있는 게 아닌지 소름이 돋을 지경이었다.

태수가 드라마의 강혁 역으로 출연을 승낙했을 때 김보미는 하늘에 감사했다.

태수라면 강혁바라기들의 모든 원성을 잠재울 수 있는 히

든카드이자 그들의 교주가 될 수 있으리란 생각이 들었다.

교주를 찾아 줬으니 이젠 더 이상 자신을 괴롭히지 않으리 란 생각에 10년 묵은 체증이 내려가는 기분이었다.

하지만 그러한 기쁨도 잠시.

처음 전략은 욕을 먹는 한이 있어도 신인 배우를 캐스팅해 서, 강혁을 드라마 초반에 매력 없이 원작보다 더 짧게 등장 시킨 후 사라지게 만들고, 카리스마 넘치는 천상천하의 김찬 으로 재빨리 감정이입시켜 버릴 작정이었다.

원작에서 강혁바라기를 만들어 낸 전생의 이야기마저도 모두 빼 버리고 내레이션으로 대체할 생각이었다.

근데 귀귀도 오프닝 촬영에서 보여 준 태수의 황홀한 연기 를 본 제작진은 기쁨보다 절망이 앞섰다.

김보미조차도 태수의 연기를 더 오래 보고 싶을 지경인데 그들의 심정은 어떠할 것인가.

보통의 웹툰 팬들은 웹툰이 드라마로 만들어질 때 드라마 가 웹툰의 내용과 달라지는 것을 극도로 싫어하지만 〈오늘 도 연애〉의 경우는 오히려 정반대였다.

이미 강혁바라기들은 드라마에서 만큼은 분명 강혁의 역 할이 웹툰과 달라질 것이라는 희망에 부풀어서, 벌써 자기들 끼리 온갖 다양한 스토리와 팬픽을 써 가며 유한성이 아닌 강혁의 모습으로 이초희를 만나는 장면이 나오기를 학수고 대하고 있었다.

이제 그런 강혁바라기들의 한결같은 염원은 김보미를 넘어서 제작진인 양정애 작가와 김정훈 피디에게도 압박을 가하기 시작했다.

김보미가 지긋지긋하다는 표정으로 입을 열었다.

"지금처럼 강혁을 초반에 빠르게 퇴장시키고 유한성으로 대체시키는 스토리는 아무리 생각해도 후유증이 너무 심각할 것 같아요."

처음에 김보미에게 드라마는 다르다, 진짜 배우들이 나와서 연기하기 때문에 강혁은 금방 잊게 될 것이라고 했던 양정애 작가도, 강혁바라기 팬들의 이메일 수백 통을 받고 난 지금은 그 심각성에 대해 충분히 공감하고 있었다.

강혁을 꼭 닮은 태수를 초반 전면에 내세워 드라마의 화제성을 키우려던 전략이 지금은 양날의 검이었다는 걸 뒤늦게 깨닫기 시작한 것이다.

그래서 귀귀도에서 이초희를 구하는 씬을 찍은 후 웹툰에 없는 섬 뒤쪽에서의 강혁과 이초희의 러브라인과, 강혁이 유한성의 몸으로 바로 들어가는 씬은 이젠 찍을 엄두조차 못하고 있는 것이다.

김보미가 머리가 아픈 듯 이마를 만지며 말했다.

"모든 게 뒤죽박죽이 됐어요. 오프닝을 찍을 때만 해도 연기에 대해 잘 알지도 못하던 태수 선배가 지금은 온라인에서 가장 핫한 인기스타가 됐으니."

—카톡.

심각한 표정으로 얘기를 듣고 있던 이태진 드라마 국장에게 카톡이 도착했다.

이 국장이 카톡을 확인한 후에 비장한 표정으로 말했다.

"자, 우리가 너무 작품의 설정에만 매달려 있는 것 같은데 좀 더 비즈니스적인 관점에서 상황을 생각해 봅시다. 사실 남들이 보면 우리가 아주 행복한 고민을 하고 있다고 생각할 수도 있어요."

나머지 사람들이 무슨 소리냐는 듯 의아하게 이 국장을 바라봤다.

"그러니까 내 말은, 지금 우린 누군가가 다 차려 준 밥상 위에 숟가락만 올리면 되는 그런 아주 해피한 상황일 수도 있다는 거죠. 지금 나한테 카톡이 왔는데 우리가 회의하는 동안 조금 전 장태수가 출연한 〈영혼을 찾아서〉 방송이 끝났답니다. 근데 2부 시청률이 자그마치 21퍼센트 찍었답니다. 평균 시청률 17퍼센트. 순간 최고 시청률은 28퍼센트. 이게 공중파가 아니에요. 종편이에요, 종편! 게다가 영혼남과 장태수라는 이름이 지금도 실검에 1, 2위로 올라가 있대요."

이 국장의 말에 다들 입을 다물지 못했다.

김정훈 피디가 도무지 믿어지지 않는다는 표정으로 되물었다.

"2부 시청률이 21퍼센트라고요?"

이 국장이 말했다.

"그렇다니까. 〈영혼을 찾아서〉는 불과 2주 전까지 애국가 시청률 기록하던 프로그램이에요. 중요한 건 평균 17퍼센트라는 수치가 아니라 애국가 시청률인 프로그램을 불과 2회 만에 그런 놀라운 시청률로 끌어올린 장본인이 장태수라는 거예요. 단순히 수치로 드러난 것 말고 그 이면에 숨어 있는 시청자들의 폭발적인 반응과 잠재력이 더 무섭다는 겁니다."

김 피디가 말했다.

"그런 장태수가 강혁이 되어 오프닝에 등장하면 그야말로 시청률이 폭발을 하겠네요. 후우, 생각만 해도 짜릿한데요."

이 국장이 김보미와 양정애를 번갈아 돌아보며 말했다.

"우리 두 분 작가님이 어떻게 좀 상의를 해서 강혁, 아니 우리 장태수 씨가 좀 더 오래 우리 드라마에 출연할 수 있는 방법을 좀 찾아 주시죠. 내가 봐도 요즘 시청자들은 비극 안 좋아해요. 유한성 나왔다가 필요할 땐 강혁 나오고 그렇게 할 수 있는 방법 없습니까?"

양정애가 땅이 꺼져라 한숨을 내쉬며 말했다.

"2주 후에 첫 방인데 지금 대본을 고치자고 하면 어떡합니까? 그것도 전체 설정을 다 바꿔야 하는데."

"너무 개연성 같은 거 꼼꼼하게 따지지 말고. 그런 드라마 있잖아요, 스토리는 산으로 가는데 인물들이 매력이 있어서 인기 끌었던 드라마. 올 초에 그게 제목이 뭐였지?"

"〈옆으로 가는 남과여〉요?"

김 피디의 말에 이 국장이 테이블을 탁 쳤다.

"그래, 맞아. 〈옆으로 가는 남과여〉. 이제 보라고, 여기저기서 장태수 캐스팅하려고 전쟁이 일어날 테니까. 근데 우린 굴러들어 온 복을 왜 걷어찹니까? 난 무조건 두 분 작가님 믿습니다. 아니, 어쩌면 우리가 김칫국부터 마시는 걸 수도 있어요. 장태수가 출연 못 하겠다고 하면 어쩔 거예요? 무슨 일이 있어도 장태수 잡아야 해요. 그리고 그 부분은 김보미 작가님이 좀 맡아 주셨으면 좋겠어요, 직접 캐스팅도 하셨으니까. 출연료는 저희가 할 수 있는 최고의 대우를 해 주도록 하겠습니다."

방송이 끝나고 제작진 및 출연진과 함께 회식 장소에 도착한 태수는 지금까지 휴대폰을 꺼 놓았다는 사실을 뒤늦게 깨달았다.

사실 딱히 중요한 연락이 올 곳도 없어서 계속 꺼 놓는다고 해도 큰 문제될 일은 없었다.

고깃집 앞에서 방송 때문에 꺼 놓았던 휴대폰의 전원을 켠 태수가 깜짝 놀랐다.

'이것들이 다 뭐야?'

부재중 전화가 10통이 넘었고 메시지는 20개가 넘었다. 모두 생방이 진행되는 짧은 시간 동안 온 것들이다.

지난번 커밍아웃 이후로 이렇게 많은 전화와 메시지를 받는 게 처음이라, 집에 무슨 큰일이라도 난 줄 알고 겁부터 더럭 났다.

부재중 전화는 김보미로부터 세 통이 와 있었고, 나머지는 대부분 낯선 번호들.

메시지를 살펴보던 태수가 고개를 갸웃했다.

안녕하세요, 장태수 씨. 방송 잘 봤습니다. KM엔터 박수민 차장입니다. 방송 후 시간 나실 때 연락 한번 주셨으면 합니다. 그럼 통화 고대하며 기다리고 있겠습니다^^

KM엔터.

가수 매니지먼트가 중심이지만 톱클래스 배우들도 상당수 소속이 되어 있는 우리나라의 대표적인 연예 매니지먼트 회사가 아니던가.

요즘 워낙 인기가 올라가서 설마 했는데 정말로 연락이 왔다. 그것도 국내 최대의 연예 매니지먼트 회사에서.

아마 다른 연예인 지망생이라면 펄쩍펄쩍 뛰면서 좋아할 수도 있겠지만 태수는 마음 놓고 기뻐할 수가 없었다.

자신은 현재 가수도, 배우도 아니다. 그쪽으로 딱히 대단한 수입이 있는 것도 아니고 구체적인 활동 계획도 없다. 다른 연예인 지망생들과 너무도 다른 길을 걷고 있다.

KM에서 자신과 계약을 한다고 해서 딱히 메리트가 없다.

당장 태수가 최우선으로 생각하는 길은 영화감독이다. 물론 영화감독도 소속사가 있는 경우가 있지만 자신 같은 신인 감독에게 누가 계약을 하자고 할 것인가.

언제 상업 영화에 입봉할지도 모르는데.

하지만 요즘 부쩍 소속사가 있으면 정말 좋겠다는 생각은 자주 한다. 갑자기 이런저런 일들이 너무 많아져서 도저히 혼자 관리하기가 힘들기 때문이다.

계속 다른 메시지들을 읽어 나갔다.

　　안녕하세요, 장태수 선생님. 케이블 조은티비의 〈만나러 갑니다〉라는 프로그램의 메인 작가 민혜진입니다. 선생님 뵙고 제안할 사항이 있어서 연락드렸습니다. 가능한 한 빠른 시간에 연락 부탁드립니다.

〈만나러 갑니다〉라는 프로그램은 몇 번 본 기억이 있다.

공중파에서 만나고 싶은 사람을 찾아가는 프로그램이 있었는데, 그걸 살짝 변형해서 오랫동안 만나지 못했던 친구나 지인을 찾아가서 오해도 풀고 회포도 나누는 프로그램이다.

그런 프로그램에서 자신에게 뭘 제안하겠다는 건지.

다음 메시지.

안녕하세요, 저는 네오엔터테인먼트라는 1인 연예 매니지먼트 회사를 운영하는 이창호라고 합니다. 조진호 대표한테서 장태수 님의 연락처를 알게 되어 이렇게 연락을 드립니다. 단도직입적으로 말씀드리겠습니다, 저는 장태수 님의 연예 매니지먼트를 맡아서 진행하고 싶습니다. 비록 큰 회사는 아니지만 저한테 비전을 말씀드릴 기회를 주시면 감사하겠습니다. 언제든 시간 나실 때 연락 주십시오, 간절한 마음으로 기다리겠습니다.

"1인 회사라고?"

태수는 유명 기획사보다 오히려 1인 연예 매니지먼트 회사라는 소리에 마음이 더 끌렸다.

지금 자신의 일들이 틀에 박힌 기존 매니지먼트 회사하고는 맞지 않을 것 같은 생각이 들었던 것이다. 게다가 조진호 대표의 소개라고 하니 믿음도 갔고.

"뭘 그렇게 열심히 봐?"

고개를 들어 보니 손예지가 앞에 와 있었다.

"어, 누나."

딱히 상의할 사람이 없었는데 마침 잘됐다는 생각이 들었다.

"누나, 이것 좀 봐 주실래요?"

태수가 오늘 온 메시지들을 손예지에게 보여 줬다.

"이야, 우리 태수가 이제 본격적으로 비상을 하는구나. 아마 지금 너한테 급관심 가지는 기획사들 엄청 많을걸."

손예지가 메시지를 보면서 말했다

"대박이네. 첫 번째 러브콜이 KM엔터 박 차장님이야?"

"그분이 왜요?"

"업계에서 엄청 유명한 사람이야, 너 같은 신인한테 직접 연락하는 경우는 거의 없지. KM엔터의 가수와 배우 매니지먼트 실무를 총괄하는 분이거든. 그리고…… 아, 조은티비 만나러 갑니다? 이 프로도 괜찮지. 아마 고정 패널로 너 출연시키고 싶나 보다."

손예지는 메시지만 보고도 상대가 왜 연락을 했는지 금방 알아차렸다.

마지막 메시지를 보던 손예지의 눈이 커졌다.

"어? 네오엔터 이창호 대표도 연락을 했어?"

그렇잖아도 태수가 마음에 들어 하던 1인 매니지먼트라던 회사였다.

"그분도 아세요?"

손예지가 이창호 대표의 이력을 설명해 준 후에 묘한 웃음을 지으며 말했다.

"내 생각이지만 왠지 두 사람 잘 어울릴 것 같은데."

1인 기획사 네오엔터의 대표 이창호는 중국집 '홍등'의 룸에서 장태수를 기다렸다.

불과 몇 년 전까지 중견 기획사 '스타월드'의 대표였지만, 동업하던 친구가 회사 자금은 물론 소속 연예인들 계약금까지 들고 해외로 튀면서 지난 몇 년 동안 지옥 같은 시간을 보내야 했다.

이제 겨우 빚을 갚고 기지개를 켤 수 있었던 건 그동안 인간 이창호의 뚝심을 믿고 도와준 지인들 덕분이었다.

어렵게 재기를 해서 작은 회사까지 차리긴 했지만 정작 문제는 지금부터.

불과 4~5년 사이 방송 환경이 완전히 달라져서, 예전처럼 죽어라 뛰어만 다닌다고 살아남을 수가 없다는 것이다.

방송사와 거대 기획사들이 온갖 오디션과 서바이벌 프로그램을 함께 진행하면서, 예전처럼 가능성 있는 신인을 길거리에서 캐스팅한다는 건 불가능에 가까웠다.

예전 스타월드의 이름을 내세워도 1인 기획사인 네오엔터와 계약하려는 연예인 지망생들은 눈을 씻고 봐도 없었다. 사기꾼이 아니냐며 색안경을 끼고 보지 않으면 그나마 다행.

그런 이창호의 눈에 장태수가 들어왔다.

처음 태수를 본 건 〈모텔 파라다이스〉 제작 보고회에서 영혼을 보는 남자로 알려졌을 때였다. 취재진이 당시 찍어서 올린 유튜브 영상을 보는 순간 그야말로 눈이 번쩍 뜨였다.

이창호는 단번에 태수의 가능성을 알아봤다. 아니 가능성 정도가 아니라 이미 눈부신 빛을 뿜어내고 있는 보석이었다.

연예계에 조각처럼 잘생긴 꽃미남은 발에 차일 정도로 많다.

근데 태수는 얼굴도 잘생겼지만 온몸에서 뿜어져 나오는 따스한 기운과 신뢰와 호감을 주는 인상이 그 어떤 장점보다 강력한 무기였다.

그저 바라만 보고 있어도 남자든 여자든 흐뭇한 미소를 짓게 만드는 사람이 있지 않은가.

신뢰와 호감을 주는 연예인은 연기를 못하고 방송에서 실수를 해도 살아남는다. 아니, 오히려 그런 부족한 점이 장점과 매력이 되기도 한다.

이창호는 곧바로 업계 선배로 안면이 있는 조진호 대표에게 연락해서 태수에 대해 물었다. 그랬더니 안타깝게도 영화 감독 지망생이란 얘기를 들었다.

곧바로 태수가 연출했다는 두 편의 단편 영화를 찾아봤다.

이창호 역시 연영과 출신으로 연출을 전공했고 독립 장편 영화까지 연출했던 감독 지망생이었던 것이다.

비록 10분 내외의 단편이었지만 영화를 보는 순간 좌절할 수밖에 없었다.

탄탄한 스토리와 빼어난 연출력이 도무지 스물네 살의 신인 감독이라고는 믿기가 어려웠다.

이창호는 태수를 포기할 수밖에 없었다. 저토록 뛰어난 감독의 재능을 접고 배우나 가수의 길을 갈 리가 없다고 생각한 것이다.

자신이 생각해도 태수는 영화감독으로 성공할 것 같았다.

그렇게 시간이 흘렀고 어제 〈영혼을 찾아서〉라는 프로그램에서 우연히 다시 태수를 본 것이다. 최근 인터넷에서 자주 봤던 영혼남이 태수일 거라곤 생각지도 못했다.

온라인이 온통 영혼남, 장태수로 들썩이고 있었다. 영혼을 볼 수 있는 남자, 장태수는 일반 연예인들하고는 비교도 할 수 없을 만큼 엄청난 잠재력을 지니고 있었다.

장태수라면 자신의 모든 걸 걸어도 좋다는 확신이 들었다.

다만 지금은 너무 늦게 알았다는 불안감을 지울 길이 없었다.

이미 대형 기획사와 매니지먼트 계약을 했거나, 그게 아니라고 해도 무명이 아닌 이미 뜰 대로 뜬 장태수가 자신과 계약을 할 하등의 이유를 찾을 수가 없었던 것이다.

그나마 지푸라기 같은 희망이라면 장태수가 오늘 약속을 거절하지 않고 응해 줬다는 것.

이창호는 요 며칠 준비한 태수에 대한 분석 자료와 향후 매니지먼트 방향에 대한 두툼한 보고서를 다시 살펴보며 태수를 기다렸다.

문이 열리고 태수가 들어왔다. 직접 얼굴을 보는데, 말로 설명할 수 없는 온화하면서 밝은 기운이 룸을 가득 메우는 기분이 들었다.

이어서 부드러운 중저음의 목소리가 기분 좋게 귓전으로 흘러들었다.

"이창호 대표님이시죠? 안녕하세요, 장태수라고 합니다."

"네, 반갑습니다. 이창호라고 합니다."

이창호가 긴장하며 명함을 건네자 태수가 손을 내밀어 악수를 청하며 말했다.

"앞으로 잘 부탁드릴게요."

"예?"

이창호가 얼떨결에 악수를 하며 반문하자 태수가 웃으며 말했다.

"저하고 계약하러 나오신 거 아니에요?"

"예. 그, 그렇긴 한데……."

"계약서 주세요."

이창호는 지금 이게 무슨 일인지 감이 잡히지 않았지만 일단 계약서를 태수에게 건넸다. 보통 매니지먼트 계약은 기획사가 갑이고 연예인이 을이라고 하지만 이창호가 작성한 계약서는 완전히 정반대였다.

장태수가 슈퍼 갑이고, 자신은 슈퍼 을.

그럴 수밖에 없지 않나. 지금 장태수는 그야말로 뜨기 시작한 핫한 연예인이고, 자신은 아무것도 내세울 게 없는 가난한 기획사 대표인데.

태수가 빠르게 계약서를 훑어보고는 말했다.

"너무 일방적인 거 아닌가요?"

"예? 아…… 물론 제가 당장은 내세울 게 아무것도 없는 사람이라는 거 압니다. 하지만 그 이상으로 양보를 하면 정말 저는 가져가는 게…… ."

"그게 아니라…… 저한테 너무 유리하다고요. 이런 조건으로 계약하면 열심히 관리 안 해 주실 것 같아서 그래요. 그냥 일반적인 매니지먼트 계약을 했으면 좋겠어요. 그래야만 저한테 올인을 하실 것 같거든요."

빙긋 웃는 태수를 보며 이창호가 눈만 껌뻑거렸다.

태수는 이 자리에 나오기 전, 손예지는 물론이고 조진호 대표한테서도 이창호가 어떤 사람인지 미리 정보를 들은 데다, 룸에 들어서자마자 상당한 양의 귀기를 사용해 예지 영상을 불러서 미래를 살펴봤다.

예지 영상이 흐르는 동안 시간이 멈추는 관계로 이창호는 전혀 그런 걸 눈치챌 수가 없었다.

예지 영상 속에서 태수는 어떤 시상식 무대에서 소감을 발표하고 있었다. 전체를 들을 수는 없었지만 소감의 일부 내용은 이랬다.

―제가 이 자리에 오기까지 감사한 분들이 많이 있지만 그 중에서도 물심양면으로 제 손발이 되어 준 저희 네오엔터 대표이신 창호 형한테 이 영광을 돌리고 싶습니다. 창호 형, 고마워요. 형이 없었다면 이 자리에 설 수 없었을 거예요.

무대 아래에서 지켜보던 이창호가 감격을 이기지 못해 눈물을 쏟아 내는 모습이, 환상 속 영상이라는 걸 알면서도 뭉클하게 심장을 두드렸다.

태수가 아직도 얼떨떨한 표정을 짓고 있는 이창호를 바라보며 말했다.

이창호는 서른여섯으로 태수하고는 띠동갑이다.

"비록 나이 차이는 많지만 제가 형이라고 불러도 돼요? 대표님보다는 그게 더 친근할 것 같은데. 어차피 직원도 한 명, 고객도 한 명인 회사잖아요."

"그건 상관이 없지만……."

"일단 형부터 편하게 말을 놓으세요. 저 지금 당장 상의할 일이 너무너무 많단 말예요."

빤히 태수를 바라보던 이창호가 허탈한 웃음을 터뜨리며 말했다.

"내가 무슨 도깨비에 씐 것도 아니고. 정말 나하고 계약할 겁니까?"

"형이라고 부르게 해 주고, 저한테 편하게 말 놓고 지금 당장 일 시작하실 수 있다면요."

이창호가 어이가 없다는 듯 고개를 흔들더니 불쑥 손을 내밀며 말했다.

"그래. 반갑다, 장태수. 우리 열심히 잘해 보자."

태수는 이창호가 내민 손을 마주 잡고 씨익 웃었다.

둘은 그야말로 순식간에 오랜 동지처럼 서로에게 익숙해졌다.

이창호는 자신이 들고 온 두툼한 보고서를 다시 가방에 집어넣고, 태블릿 PC를 꺼내 당장 급한 스케줄을 조율하기 위해 태수의 얘기를 들었다.

이창호는 얘기를 들으면 들을수록 태수가 인간계의 사람이 아닌 것처럼 느껴졌다.

"지금 제 소설 ≪비가 오면≫ 팬 사인회가 다음 주 보교문고에서 있어요. ≪비가 오면≫은 영화 투자사인 위브라더스에서 판권 계약을 추진 중이고, 계약이 되면 제가 시나리오 써서 연출을 하고 싶습니다. 〈모텔 파라다이스〉는 제가 제작사 지분 30퍼센트를 보유하고 있고 〈영혼을 찾아서〉는 어제 제작사 대표님한테서 특집 3부작 이후에도 고정 출연을 해 달라는 요청을 받았어요. 그건 어떻게 하는 게 좋을지 판단이 서질 않아서 일단 시간을 달라고 했어요. 그리고 제가 대학생영화제에 작품을 출품했거든요, 〈수상한 아파트〉라고. 근데 그 결과가 6월 말에 나와요. 그것과 관련해서는 형이 딱히 해야 할 일은 없을 것 같지만 그래도 알아 두는 게 좋을 것 같아서요."

"내가 할 일이 왜 없어? 다른 스케줄하고 조정도 해야 하고 혹시라도 상 받으면 의상하고 스타일도 좀 다듬어야 하고. 와, 너 진짜 대단하다. 아니, 학교 다니면서 그 많은 일들을 혼자서 해 왔단 말야? 인간이냐?"

"아참 한 가지 더 있어요. 〈오늘도 연애〉라고 웹툰을 드라마로 만들거든요."

"알아, 〈오늘도 연애〉. 나도 좋아하는 웹툰이거든."

"제가 강혁 역할로 그 드라마 오프닝에 출연을 했어요."

이창호의 미간이 한껏 좁혀졌다.

"뭐, 뭐라고 방금 강혁이라고 했어? 강혁?"

"왜요? 또 닮았다는 소리 하려고요?"

"와, 기가 막힌다. 대체 이게 뭐지? 이제 보니까 너 그냥 강혁이야. 와, 세상에! 내가 왜 진작 몰랐지? 아니, 그게 중요한 게 아니라 드라마 출연까지 한다고?"

"오프닝만 출연하는 거니까 큰일은 아니에요. 다만 이번 주 수요일에 드라마 제작 발표회 하는데 참석해 달라는 요청을 받았어요."

이창호가 고개를 흔들었다.

"왜요?"

"내가 볼 땐 오프닝만 출연할 것 같지가 않아."

"그게 무슨 소리예요?"

창호가 그렇게 생각하는 이유를 태수에게 전했다. 창호는 〈오늘도 연애〉 웹툰 때부터 강혁 캐릭터에 대해 얼마나 많은 논란이 있었는지 잘 알고 있었다.

만약 태수가 강혁 역할을 맡았다면 그 반향이 어마어마할 것 같았다. 자신이 봐도 웹툰 속 강혁이 현실로 튀어나온 것 같았으니까.

생각지도 못한 너무도 엄청난 스케줄이라서 창호도 한참 동안 머리를 쥐어짜야만 했다.

잠시 후 창호가 앞으로 스케줄 관리에 대한 자신의 생각을 말했다.

"앞으로는 계약이라든가, 스케줄에 대한 문제는 전적으로 나한테 맡겨 줘야 해. 그리고 만약 〈오늘도 연애〉에서 추가 촬영 하자고 하면 무조건 하도록 해. 어차피 너도 배우를 하고 싶다면 이번이 더할 수 없이 좋은 기회야, 무조건 기회를 잡아야 해. 기회가 또 올 것 같지만 절대 그렇지가 않아."

그때 태수의 휴대폰이 울렸다.

"어, 보미야. 나? 지금…… 소속사 대표님하고 함께 있는데? 어, 오늘부터 소속사 생겼어. 뭐? 지금 당장 이리로 오겠다고?"

전화를 끊은 태수가 놀라운 듯 창호를 바라봤다. 딱 느낌이 창호가 말한 그 일인 것 같았다.

창호가 물었다.

"보미라면 ≪오늘도 연애≫ 김보미 작가?"

"네, 맞아요."

김보미는 이창호와 간단히 인사하고 곧바로 〈오늘도 연애〉에서 회의했던 내용을 전하며 드라마에서 태수의 분량이 늘어날 수 있다는 얘기를 전했다.

김보미가 애원하듯 말했다.

"선배, 무조건 출연해 줘야 해요. 선배는 절대 이해하지 못할 거예요, 내가 그동안 그들한테 얼마나 시달렸는지. 그리고 이건 다 선배 탓이라고요."

"내 탓이라니?"

"선배가 그렇게 환상적인 연기를 펼치지 않았으면……."

"만약 그랬으면 어떡하려고 했는데?"

"강혁과 닮은 배우를 찾으려고 제작진이 엄청난 노력했다는 걸 보여 준 후에 아쉽게도 연기력이 부족해서 어쩔 수가 없다, 뭐 그런 레퍼토리로 가려고 했죠."

태수가 어이가 없다는 표정으로 물었다.

"그럼 제작진은 내가 연기를 못하기를 기다렸단 말야?"

김보미가 복잡한 표정으로 말했다.

"이성은 그랬지만 마음은 그렇지 않았어요. 선배 보는 순간 정말 강혁이 나타난 줄 알았고, 저 역시 웹툰 속 강혁이 아닌 진짜 강혁의 연기를 보고 싶었어요."

창호는 이미 모든 걸 예상하고 있었기에 차분하게 김보미의 얘기를 들은 후에 말했다.

"무슨 말인지 알겠어요, 보미 씨. 추가 촬영분이 생기면 촬영을 해야죠. 대신 강혁 분량이 추가될 때는 태수한테 스케줄을 맞춘다는 부분을 계약서에 명시했으면 좋겠어요. 보미 씨도 알다시피 지금 〈영혼을 찾아서〉도 있고……."

"형, 〈영혼을 찾아서〉는 이번 주까지만……."

창호가 손가락을 입술에 대고 말했다.

"지금부터 네 스케줄 관리는 내가 하기로 했잖아."

지금까지와 다르게 단호한 표정과 목소리.

태수가 저도 모르게 고개를 끄덕였다.

"가능하면 태수가 그쪽 스케줄에 맞추겠지만 어쩔 수 없을 때는 그쪽이 태수 스케줄에 맞춰 줘야 한다는 얘깁니다."

태수가 나섰던 건 단역에 가까운 자신의 스케줄에 제작사가 스케줄을 맞추라는 창호의 요구가 너무도 터무니없이 들렸기 때문이다.

근데 그것보다 더 놀라운 건 제작사의 반응이었다.

김보미가 '잠시만요' 하고는 제작사와 통화를 하고 난 후 돌아와서 말했다.

"가능하다고 하네요. 사실 태수 선배한테 소속사가 생긴 거 알았으면 제가 올 필요도 없었는데."

그러면서 김보미가 한숨 놓았다는 표정을 지었다.

창호는 당장 다음 날부터 바쁘게 움직이기 시작했다.

먼저 〈오늘도 연애〉 제작사인 하늘픽쳐스와 정식으로 출연 계약서를 작성했다. 오프닝을 촬영할 때만 해도 단역에 준하는 간이 계약을 체결했는데, 정식으로 계약서를 작성했을 뿐만 아니라 출연료도 조연급보다 높게 책정이 됐다.

박보윤, 김찬과 비교해서도 크게 뒤지지 않는 조건이었다. 그 외에 스케줄에 관한 것도 태수에게 유리하도록 계약서에 명시해서 조항을 넣었다.

이어서 〈영혼을 찾아서〉 제작사인 파인미디어하고도 새롭게 계약을 체결했다. 시간만 허락한다면 계속 출연하고 싶다는 의사를 태수가 창호한테 전했기 때문이다.

창호는 태수의 출연료로 회당 1천만 원선에서 계약서에 사인을 했다.

사실 지금처럼 〈영혼탐정〉과 〈흉가탐방〉을 한 회에 방영하는 조건이라면 유재성이 받는다는 회당 2,500만 원도 요구해 볼 작정이었다.

오직 태수의 개인기로 애국가 시청률에 불과하던 프로그램 시청률을 기록적으로 끌어올린 데다, 존재감도 희미하던 종편 방송국 QBS의 인지도까지 상승하는 효과를 누렸으니까.

하지만 창호는 출연료보다 태수의 시간을 확보하는 데 더

퇴마하는 톱스타

신경을 썼다.

태수가 그걸 더 원했기 때문이다.

그래서 〈영혼을 찾아서〉는 1박 2일 촬영분을 2주에 걸쳐 방영하기로 합의를 했다.

즉 〈영혼탐정〉과 비하인드 스토리를 묶어서 한 주 먼저 방영하고 〈흉가탐방〉은 그다음 주에 생방송으로 방영한다는 조건이었다.

그렇게 되면 2주에 1박 2일만 촬영하면 되고, 사전 취재 하루나 이틀 정도 생각하면 충분히 시간적인 여유가 생겨서, 태수가 원하는 대로 한 달에 한 편 정도의 영화 연출도 가능할 수가 있었다.

물론 그래도 웬만한 톱스타 못지않은 살인적인 스케줄이긴 하지만.

창호가 계약을 체결한 두툼한 계약서들을 앞에 내놓고 그런 설명을 하자 태수는 벌어진 입을 다물 수가 없었다. 모든 계약이 드라마는 주연급, 예능은 특A급에 해당하는 조건들이었던 것이다.

게다가 일은 더 많아졌는데 이전보다 시간적인 여유는 훨씬 많이 생기는 신기한 현상을 경험했다.

'소속사가 필요한 이유를 이제야 알겠네.'

창호가 뭔가를 잔뜩 적은 A4 용지를 내밀며 말했다.

"내일부터 아침 7시에 일어나서 이 스케줄대로 운동하

고…… 학교 수업 시간표하고 방송 활동 수업으로 대체해 주는 과목이 뭐 있는지 나한테 알려 주고…… 내일 오후 3시에는 MBS 〈오늘도 연애〉 제작 발표회니까 마음 단단히 먹어. 아마 강혁이 장태수라는 거 알면 인터넷이 뒤집어질걸."

강철은 누가 하는 거야?

　〈오늘도 연애〉제작 발표회 날.

　태수는 창호가 짜 준 스케줄대로 아침 7시에 일어나 운동
을 시작했다.

　예전에는 일에 따라서 잠자는 시간도 일어나는 시간도 들
쭉날쭉 엉망이었다. 운동은커녕 일에 치여서 자고 일어나기
만도 바빴다.

　덕분에 몸 관리는 생각지도 못했고, 그 결과 얼굴에 비해
서 체형에는 아쉬움이 많은 게 사실이었다.

　스트레칭을 시작으로 팔굽혀펴기, 스쿼트, 런지 같은 기본
근력 운동을 차례대로 해 나갔다.

　"후욱…… 후욱…… 후욱."

신기한 건 예전에 운동할 때보다 운동의 강도를 점점 높여 가도 힘이 덜 든다는 사실이다. 게다가 단 한 번의 운동으로도 몸매가 눈에 띄게 좋아졌다.

단단하게 가슴 근육이 올라왔고 어깨도 좀 더 넓어졌다.

생기탐랑의 능이 작동한 결과이고, 직접 눈으로 좋아진 몸을 확인하자 앞으로는 제대로 몸을 만들어야겠다는 의욕이 저절로 솟구쳤다.

이화가 턱을 괸 채 그런 태수를 바라보며 말했다.

─혼자 보기는 아깝네요.

창호가 자신의 카니발 차량을 몰고 태수의 집으로 왔다.

초행이라 태수와 통화를 하며 옥탑방으로 올라온 창호의 손에는 의상이 두 벌 들려 있었다.

창호가 주변을 둘러보며 감탄사를 쏟아 냈다.

"야, 여기 전망 죽인다. 이런 곳에서 사니까 영혼을 볼 수 있는 건가."

태수 옆에 있던 이화가 물었다.

─누구예요?

"내 소속사 대표님이야."

태수가 허공에 대고 말을 하자 창호의 입에서 '헉' 소리가 흘러나왔다.

"혹시 지금 옆에……?"

"네. 이화라고, 당분간 저희 집에서 같이 살고 있는 여고 생 영혼이에요."

"영혼하고 같이 산다고?"

이화가 히죽 웃으며 창호한테 인사를 했다.

－안녕하세요? 전 옥상에서 살아요.

"이화가 형한테 안녕하냐고 인사하는데요?"

창호가 어디에 대고 인사를 해야 할지 몰라 허둥대면서 아 무데나 고개를 숙였다.

"아, 안녕하세요. 근데 어디 있나요?"

－여기요!

이화가 얼른 창호 앞으로 다가섰다.

"지금 형 바로 앞에 있어."

"아…… 그래. 어우 야, 이거 방송 볼 때랑 다르게 살짝 오 싹하다."

"이번 주 〈영혼탐정〉 코너에 이화도 출연할 예정이에요."

"응? 출연을 하다니?"

"이화가 기억을 잃어버려서, 이번에 방송에서 이화를 아 는 사람을 찾아 잃어버린 기억을 찾아 주려고요."

"그 얘길 지금 하면 어떡해? 앞으로는 뭐든 무조건 나한테 얘기를 해 줘야 해. 난 네가 하루에 화장실 몇 번 가는지까지 알고 있어야 하는 사람이야."

창호가 평상에 옷을 내려놓고 휴대폰을 꺼내 스케줄을 확인했다.

"가만있자, 토요일 〈영혼탐정〉 녹화고 일요일 생방이지. 금요일은 흉가 답사 한번 가야 할 테고. 이화라고 했지?"

―네, 맞아요, 이화.

물론 창호는 이화의 대답을 듣지 못했다.

창호가 고개를 들고 물었다.

"어떤 방법으로 이화의 기억을 찾아 줄지 생각해 둔 건 있어?"

"초상화 그리는 분한테 부탁해서 이화의 얼굴을 그려 보려고요."

"너 초상화도 그려?"

"아뇨, 제가 아니라 전문으로 그리는 분을 불러야죠."

"초상화 그리는 사람이 이화를 볼 수가 없잖아."

"그림을 그리는 동안은 제가 이화를 볼 수 있도록 해 줄 수 있어요. 형도 보게 해 줘요?"

창호가 손을 내저었다.

"난 그냥 영혼은 영혼으로 남겨 둘래. 근데 그게 문제가 아니라 그런 계획이면 준비할 게 꽤 있는데? 음…… 먼저 초상화 그릴 사람부터 구해야겠네. 일단 알았어, 그 얘긴 나중에 하고 여기 옷부터 먼저 입어 봐. 내가 메이크업, 코디 웬만한 건 혼자서 다 하거든. 멀티야, 멀티."

창호가 가져온 두 벌의 옷 중에서 한 벌은 오프닝 촬영 때 입었던 강혁의 블랙 정장이고 다른 하나는 혹시 몰라서 준비한 여분 의상이었다.

블랙 정장은 창호가 어제 미리 제작사에 들어가서 받아 온 것이다.

만약 창호가 없었다면 지금의 모든 일들을 혼자서 감당했어야 하는데, 생각만으로도 머리가 아팠다. 연예인들이 소속사와 계약을 하고 매니저를 두는 심정을 이제야 비로소 이해할 수 있을 것 같았다.

창호가 말했다.

"원래는 헤어도 내가 가는 단골 숍에서 하려고 했는데, 제작사에서 강혁 머리로 해야 한다고 방송국으로 빨리 오라니까 서둘러 가야 해."

〈오늘도 연애〉 제작 발표회에 참석하기 위해 창호의 카니발을 타고 MBS 방송국 주차장으로 들어갔다.

주차장에 차를 댄 창호가 강혁의 의상을 들고 앞장을 섰고 그 뒤를 태수가 마스크를 쓰고 뒤따랐다.

오늘 제작 발표회 때문에 방송국 홀에 기자들이 잔뜩 진을 치고 있어서 제작진은 태수에게 얼굴이 노출되지 않도록 각별히 조심해 달라는 부탁을 했다.

사실상 오늘 제작 발표회의 가장 큰 하이라이트가 강혁 역할을 발표하는 순간이기 때문이다.

1층 로비에서 먼저 내리던 창호가 기겁을 하며 엘리베이터 안으로 얼른 다시 들어왔다.

"형, 왜 그래요?"

"야, 아무래도 비상계단으로 가야겠다."

태수가 밖을 내다보니 강혁의 팬 아트를 든 강혁바라기 카페 회원 50여 명이 로비에 진을 치고 있는 모습이 보였다. 회원들은 커다란 플래카드를 펼쳐서 들고 있었는데 그곳에는 이렇게 적혀 있었다.

MBS는 강혁의 저주를 풀어 달라!

그런 강혁바라기들의 사진을 찍으며 기자들이 취재하는 모습이 보였고 카페 매니저인 강혜미는 기자와 인터뷰도 하고 있었다.

아마 오늘 강혁 캐릭터를 누가 맡게 되는지 궁금하기도 하고 제작진에 압력도 넣을 겸 방송국까지 출동한 모양이었다.

강혁바라기 옆으로는 팬클럽 천상천하 포에버 회원들 30여 명이 나와서 김찬을 응원하는 플래카드를 들고 있었지만, 강혁바라기한테 주눅이 들어서 플래카드도 제대로 펼치지 못했다.

천상천하 포에버 회원들이 주로 10대와 20대의 여자들이 주축인데 반해 강혁바라기는 30, 40대 누님들이 주축이었기 때문이다.

천상천하 포에버는 실제 인물인 김찬의 외모와 노래, 무대 위에서의 퍼포먼스 같은 것들에 매력을 느꼈다면, 강혁바라기들은 비록 웹툰 속 인물이긴 하지만 한 여인을 향한 지고 지순한 사랑과 강혁의 올곧은 성품에 호감을 느껴 팬이 된 경우다.

현실에서 만나기 힘든 아름다운 남자 강혁을 누님들은 웹툰에서 찾은 셈이다.

그러니 양쪽 팬클럽의 포스가 비교될 리가 없었다.

어쨌든 태수는 양쪽 모두 마주쳐서는 안 될 사람들이었다.

창호는 MBS 방송국을 손바닥 보듯이 알고 있었다. 둘은 비상계단과 복도를 뺑뺑 돌아서 드라마 제작국 내부로 들어갈 수가 있었다.

"여기네."

창호가 가리킨 곳은 출연자 대기실로, 방문에 〈오늘도 연애〉라는 종이 팻말이 붙어 있었다.

창호와 태수가 대기실로 들어서자 호위 무사 복장을 한 천길강이 반갑게 맞아줬다.

"아이고, 태수 군. 오랜만이네."

태수도 반가운 마음에 꾸벅 인사를 했다.

"선생님, 아니 선배님, 잘 지내셨어요?"

"나야 늘 그렇지. 그나저나 태수 군 요즘 영혼남으로 인기가 엄청나더구먼. 오늘 영혼남이 강혁 역할 맡았다는 발표 나가면 아주 난리가 나겠어."

태수도 천길강의 말을 부정할 생각은 없었다. 로비에서 강혁바라기 회원들의 기세를 눈으로 직접 확인했기 때문이다.

사실 드라마가 방영이 되면 강혁바라기 카페 회원들은 태수에게 가장 고맙고 든든한 지원군이자 힘이 되어 줄 누님들이다.

이어서 대기실 문이 열리며 박보윤과 김찬이 나란히 안으로 들어왔다.

박보윤이 태수를 보자마자 설레는 표정으로 반갑게 인사했다.

"잘 지냈어요?"

"네, 안녕하세요."

"와, 요즘 인기 정말 많던데요?"

"그러게요. 저도 갑자기 무슨 일인지 잘 모르겠어요. 처음엔 영혼을 볼 수 있다고 하면 사람들이 이상하게 보지 않을까 걱정했는데."

"그것도 사람에 따라 다른 거 아닌가요? 아마 다른 사람이었다면 태수 씨 말처럼 이상한 시선으로 바라봤을 거예요, 태수 씨니까 그런 생각이 전혀 들지 않는 거죠."

태수가 말의 의도를 알아내려는 듯 눈을 껌뻑거리고 바라
보자 박보윤이 손을 내저으며 말했다.

"별말 아니에요, 신경 쓰지 말아요."

"아참, 이번 주 방송 출연 응해 준 거 정말 고마워요. 보윤
씨가 나온다면 제작진도 그렇고 시청자들도 무척 좋아할 거
예요."

가만히 얘기를 듣던 김찬이 끼어들었다.

"보윤이 너 무슨 프로에 나가는데?"

"넌 몰라도 돼."

박보윤이 김찬에게 재빨리 대답하고는 얼른 태수를 바라
봤다.

"아니에요, 제가 워낙 무서운 거 좋아하거든요. 무서움은
엄청 많이 타는데 무서운 걸 좋아하는 제가 저도 이해가 되
지 않아요."

배시시 웃는 박보윤과 달리 김찬은 태수를 보며 연신 한숨
을 내쉬었다.

"아, 진짜 아직 메이크업도 안 하고 의상도 안 입었는데
어떻게 이렇게 강혁하고 똑같을 수가 있냐? 분량 늘어난다
면서요?"

김찬의 원망스러운 질문에 박보윤이 눈을 반짝이며 반색
했다.

"정말요? 그럼 촬영을 더 하는 거예요?"

"그렇다고 하는데 저도 아직 자세히는 몰라요."

김찬이 그런 박보윤을 째려보며 말했다.

"가만 보니까 강혁 분량 늘어났다니까 너 되게 좋아하는 거 같다?"

"내가 좋아하는 게 아니라 팬들이 원하잖아."

김찬이 머리를 북북 긁으며 말했다.

"아, 짜증 나. 나 천상천하의 김찬인데 이상하게 왜 여기만 오면 이렇게 주눅이 드는 거지? 드라마 방영되고 웹툰 팬들이 나 말고 강혁 나오라고 난리치면 어떡할 거냐고?"

태수가 메이크업에 의상까지 완벽하게 갈아입고 대기실로 돌아왔다. 웹툰 속 강혁과 현실의 장태수 중에 누가 진짜 강혁인지 헷갈릴 정도였다.

"행사장 들어가야 할 시간입니다."

스태프들이 네 명이나 동원돼서 태수를 가린 채 행사장인 공개홀로 이동했고, 그 뒤를 박보윤과 김찬, 천길강 등 출연진이 터덜터덜 걸어갔다.

김찬이 걸어가면서 내내 툴툴거렸다.

"이 드라마 주연, 우리 맞지? 그동안 뭐 배역 바뀐 거 없지?"

제작 발표회장인 MBS 공개홀에 사회를 맡은 한희경 아나운서가 등장했다.

이례적인 멘트와 웹툰에 대한 소개가 이어졌고 연출과 극본을 맡은 김정훈 감독과 양정애 작가가 등장해서 이번 작품을 맡은 소감을 전했다.

이어서 원작자인 김보미가 등장했다. 배우 못지않은 비주얼에 취재진의 카메라 플래시가 쉬지 않고 터졌다.

다음으로 드라마의 주연인 이초희 역에 박보윤, 유한성 역에 김찬이 나란히 등장했다. 두 사람이 다양한 포즈를 취하며 포토타임을 가진 후 천길강을 비롯한 조연급들이 한꺼번에 등장했다.

조연급들이 취재진의 이목을 끌기 위해 나름 준비한 포즈와 필살기들을 차례로 선보였다. 천길강은 소품용 검을 들고 나와 자신의 장기인 검도 자세로 눈길을 끌었다.

보통의 제작 발표회에서는 이 정도 시점이 되면 살짝 맥이 빠지며 분위기가 조금씩 가라앉기 마련인데 〈오늘도 연애〉 제작 발표회장은 전혀 그렇지가 않았다.

오히려 열기가 점점 뜨거워졌다.

주조연들이 모두 등장하고도 아직 하이라이트가 남아 있었기 때문이다.

제작진도 그런 취재진의 의도를 잘 알고 있었기에 태수를 마지막까지 꼭꼭 숨겨 놓았다.

태수와 추가 촬영과 출연에 대한 계약을 정식으로 체결하면서 강혁을 확실하게 살리는 쪽으로 대본의 수정 방향을 새롭게 잡았다.

덕분에 드라마가 방영되면 남자 주인공은 김찬과 태수 투톱이 될 가능성이 높았다.

그래서 원래는 배우를 먼저 소개하고 하이라이트 영상을 보여 줄 계획이었는데 순서를 바꿨다. 이제 공개할 하이라이트 영상은 오직 강혁의 오프닝에만 모든 초점을 맞춘 영상이었다.

취재진이 강혁 역할을 맡은 배우를 애타게 기다리는데, 갑자기 공개홀의 조명이 꺼지더니 전면 스크린에 〈오늘도 연애〉의 OST와 함께 영상이 흘러나오기 시작했다.

영상은 강혁과 옥현옹주의 전생 이야기로, 연재된 웹툰을 편집한 화면이었다.

왕실 근위대장인 강혁과 왕의 옹주인 옥현이 남몰래 이루어질 수 없는 사랑을 나누는 애틋하고도 아름다운 그림들이 이어졌다.

달빛이 휘영청 밝은 한밤에 옹주의 방문을 지키며 장승처럼 서 있는 근위대장 강혁.

방 안에서 침소에 든 채로 방문에 드리워진 강혁의 그림자를 바라보며 사모하는 마음을 키우는 옥현옹주의 모습.

산책을 하던 옥현옹주의 앞으로 커다란 멧돼지가 달려들자 강혁은 몸을 날려 공주를 보호한다.

멧돼지를 잡는 과정에서 상처를 입어 피가 줄줄 흐르는 강혁의 팔뚝에 자신의 옷고름을 찢어서 붕대로 감아 주는 옥현 옹주.

그러다가 문득 마주친 둘의 눈빛.

그리고…… 쉽게 떨어지지 않는 눈빛.

두 사람이 처음으로 서로의 감정을 확인하고 사랑이 시작되는 장면이다.

옥현옹주가 명문가 자제와 혼인을 하루 앞두고 무녀에게 운명을 부탁한 후 자결하는 장면, 피를 토하고 쓰러진 옥현옹주의 싸늘한 몸을 끌어안고 오열하는 웹툰 속 강혁의 모습이 연이어 흘러나왔다.

강혁의 자결과 이어지는 흑천의 욕망.

온몸에서 생기가 빠져나간 듯 무심한 표정으로 죽음을 맞이한 영혼을 이끌어 가는 저승사자 강혁의 모습. 그리고 흑천이 강혁에게 그의 전생에 대해 알려 주는 장면까지.

웹툰의 컷들이 서정적인 음악과 함께 한 편의 뮤직비디오처럼 아름답고 애절한 김보미의 그림체와 어우러져서 애니메이션처럼 흘러갔다.

애절한 OST와 함께 흘러나오는 강혁과 옥현옹주의 전생 이야기는 웹툰임에도 보는 이들의 심금을 울릴 정도로 아름답고 애틋했다.

아마도 이 영상이 방송으로 공개되면 강혁바라기 카페 회원들에게는 최고의 선물이 될 것이란 걸 제작진은 믿어 의심치 않았다.

웹툰을 하이라이트로 편집한 전생의 이야기가 현대와 오버랩되면서 음악이 페이드아웃되고, 텔레비전에서 방영하게 될 오프닝 영상이 흘러나오기 시작했다.

박보윤, 아니 이초희가 친구들과 장난을 치면서 귀귀도의 아름다운 해안가 도로를 걷고 있는 장면이었다.

컷이 바뀐 후 멀리서 트럭이 달려오는 모습이 보이고, 다시 화면은 이초희로 넘어오면서, 뭔가 불길한 일이 벌어질 것처럼 분위기가 고조됐다.

바람이 불어오고 이초희의 모자가 날아간다.

모자를 줍기 위해 도로로 뛰어 들어가는 이초희의 슬로 화면.

빠르게 달려오는 트럭과 허리를 굽혀 모자를 줍는 이초희의 거리가 빠르게 줄어들며 긴박감이 높아지는 순간, 취재진은 숨을 죽이고 화면을 지켜봤다.

대부분 웹툰을 봐서 그다음 장면에 등장하는 인물이 누구라는 걸 이미 알고 있으니까.

화면을 가득 메우는 눈부신 빛과 함께 트럭과 이초희의 사이를 갈라놓듯 허공에서 등장하는 누군가의 실루엣.

그 움직임은 전생에 옥현옹주를 향해 달려들던 멧돼지의 앞을 가로막던 근위대장의 몸짓을 그대로 닮았다.

검은 머리카락과 블랙 슈트가 바람에 휘날렸고 은은한 후

퇴마하는 탑스타

광이 뿜어져 나오는 조각 같은 얼굴이 빛 속에서 서서히 드러났다.

아래로 하강하는 강혁의 움직임은 진짜 저승사자인 듯 신비롭고도 아름다웠다.

국내에서 와이어를 타고 저런 연기를 펼칠 수 있는 스턴트맨이 있다는 사실에 다들 놀라워했다. 그게 아니면 무용을 전공한 전문가에게 와이어 훈련을 시켜서 찍은 장면이던가.

그런데 인물이 하늘에서 바다로 내려올 때까지 화면은 컷 없이 롱 테이크 풀 샷으로 앵글을 잡고 계속 이어졌다. 한마디로 대역을 쓰지 않았다는 소리다.

모든 순간들이 완벽하게 아름다운 하나의 작품이었다.

빛이 사라지고 블랙 정장 차림의 강혁 얼굴이 선명하게 드러나는 순간, 취재진 사이에서 충격과 경악에 가까운 탄성이 흘러나왔다.

다들 소름이 돋는 듯 손으로 팔뚝을 쓸면서 넋이 나간 것처럼 중얼거렸다.

"진짜 강혁이야!"

"말도 안 돼, 웹툰에서 강혁이 튀어나온 것 같아. 어떻게 저렇게 완벽하게 똑같을 수가 있지?"

"CG 아냐? 대체 저게 누구야? 신인인가?"

"아냐, 낯이 익어. 어디서 봤더라?"

헤어스타일이나 메이크업을 강혁에 어울리게 했기 때문에

더더욱 강혁과 똑같은 모습이었다.

누군가가 중얼거렸다.

"혹시 저 사람 영혼남 아냐? 〈영혼을 찾아서〉의 장태수!"

"세상에 말도 안 돼, 정말로 영혼남 맞네. 영혼남이 어떻게 강혁이 됐지?"

"대체 뭐가 어떻게 된 거야? 여태까진 왜 몰랐냐고! 영혼남이 강혁하고 똑같이 생긴걸."

"아악! 미쳤다!"

그야말로 충격과 비명에 가까운 탄성이 쏟아져 나왔다.

다들 약속이라도 한 것처럼 반쯤 벌린 입을 손으로 막는 자세로 화면에 넋을 빼앗겼다.

효과음과 함께 태수가 팔을 뻗어서 세상의 시간을 멈추는 장면이 이어지자, 충격 속에서도 숨을 죽였다.

트럭이 스르르 멈춰 섰고 뒤를 돌아보던 박보윤이 휘청하고 슬로모션으로 뒤로 쓰러지는 모습이 화면을 가득 메웠다.

태수가 군더더기 없는 동작으로 팔을 뻗어 쓰러지는 박보윤의 허리를 받쳤다.

시간이 정지된 상태에서 박보윤이 태수의 팔 안으로 미끄러지듯 들어왔다.

카메라가 절절한 눈빛으로 박보윤을 내려다보는 태수의 눈빛을 클로즈업으로 잡았다.

저승사자, 아니 왕실 근위대장 강혁의 강렬하면서도 슬픈 눈빛이 화면을 하나 가득 채웠다.

시공을 넘어서 사랑했던 옥현옹주를 다시 품에 안아 바라보는 왕실 근위대장 강혁의 눈빛에 생기탐랑의 기운이 서리면서 보는 이들의 심장을 울컥하게 흔들었다.

취재진 중에 몇몇은 저도 모르게 뭉클한 감정을 이기지 못해 눈물을 흘리며 스스로도 당황했다. 이 짧은 영상에 왜 이렇게 마음이 흔들리는지 이해가 가지 않았던 것이다.

강혁과 이초희의 시선이 허공에서 미묘한 감정으로 얽혔다. 강혁과 달리 이초희는 전생의 기억을 모두 잃어버려서 시공을 건너온 연인의 얼굴을 기억하지 못했다.

자신을 알아보지 못하는 이초희, 아니 옥현옹주를 바라보는 강혁에게 아픔의 눈빛이 떠올랐다.

잠시 그렇게 시간이 멎은 듯했고, 영상을 보는 모든 이들은 영상 속에서 흐르는 생기탐랑의 능에 간접적인 영향을 받으며 저도 모르게 한마음으로 기원했다.

'옥현아, 잘 봐, 강혁이야. 언제나 너의 곁을 지켰던 근위대장 강혁! 네가 서로의 운명을 줄로 묶었던 너의 사랑 강혁이라고!'

둘 사이에 멈췄던 시간이 다시 흐르며 트럭의 바퀴가 움직이기 시작했다.

강혁은 이초희를 끌어안은 채 허공으로 훌쩍 몸을 날렸다.

내려올 때와 마찬가지로 올라갈 때도 모든 장면이 컷 없이 롱 테이크로 촬영이 이루어졌다. 태수뿐만 아니라 박보윤도 대역 없이 촬영을 강행했기에 나올 수 있는 그림이었다.

지미집에 매달린 카메라가 10미터 가까운 상공까지 두 사람을 쫓아 올라가며 미세한 눈빛의 움직임, 사소한 표정 한 줌도 놓치지 않고 카메라에 담았다.

이초희가 무서운 듯 자연스럽게 강혁의 목을 끌어안았다. 박보윤의 얼굴이 태수의 볼에 밀착되며 닿았다. 둘의 입술과 입술 사이가 닿을 듯 말 듯 했다.

박보윤이 두려움과 함께 정체 모를 친근감에 당황하며 대사를 했다.

"당신은…… 누구세요?"

화르르르륵.

태수의 부드러운 눈빛이 수많은 죽음을 인도한 저승사자의 황량한 눈빛으로 변했다. 그 황량한 눈빛에 촉촉하게 물기가 스며들었다.

저승사자가 되지 않았다면 두 사람은 후생에서 만나 아름다운 사랑을 이뤘을 터. 불행히도 둘의 운명은 어긋났고 이제 다시 수백 년의 세월을 건너 재회했다.

하지만 옥현옹주는 강혁을 알아보지 못했다.

황량하던 저승사자의 형형한 눈빛에 물기가 차올랐다.

강혁이 깊고 애절한 눈빛으로 이초희를 바라보며 입을 열었다. 진중한 목소리가 실내에 울려 퍼지는 순간 취재진 사

퇴마하는
톱스타

이에서 탄성이 흘러나왔다.

너무도 감미롭고 슬픔이 가득한 목소리였다.

"오래 전에 우린 약속했다. 어떠한 일이 있어도…… 서로의 얼굴을 잊지 말자고. 넌 잊었지만 난…… 단 한 번도 널 잊어 본 적이 없다."

그 순간 오랫동안 잠들었던 심연의 기억이 깨어나며 이초희의 눈빛이 출렁하고 흔들렸다. 무의식에 잠들었던 옥현옹주의 기억이 의식의 표면으로 떠올랐다.

이초희가 강혁을 알아보며 입을 여는 순간 운명의 저주가 작동했다.

현기증이 일어나며 저주가 옥현옹주의 기억을 다시 아득한 심연 아래로 잡아당겼고, 이초희는 그대로 정신을 잃었다.

완전 몰입해서 지켜보던 취재진 사이에서 안타까운 탄식이 흘러나왔다.

허공에 뜬 채로 이초희를 안고 내려다보는 강혁의 고통스러운 표정에서 카메라가 서서히 멀어지며 영상이 페이드아웃으로 사라졌다.

실내에 불이 들어왔을 때 이곳저곳에서 탄식이 흘러나왔다.

하지만 아직 진정한 하이라이트가 남아 있었다.

한희경 아나운서도 목이 메는지 잠시 헛기침을 하고 말했다.

"아…… 오프닝만 봤는데도 전 가슴이 미어지네요. 이 드라마를 보면서 앞으로 얼마나 많은 시청자들이 눈물을 흘리며 안타까워할지 벌써부터 걱정이 될 정도입니다. 자, 여러분도 보셨죠? 제작진인 저희도 너무나 놀랐습니다. 네, 웹툰 ≪오늘도 연애≫ 속 강혁에 대한 얘기입니다. 강혁이 웹툰 속에서 현실로 걸어 나왔다고 해도 믿을 정도로, 오프닝에서 본 강혁은 웹툰 속의 모습과 너무도 똑같았어요. 자, 이제 그 강혁이 영상 속이 아닌 바로 이곳 무대 위로 걸어 나오겠습니다. 강혁, 나와 주세요!"

드라마의 애절한 OST와 함께 블랙 정장에 완벽한 메이크업을 한 태수가 왕실 근위대장 강혁에게 빙의된 것 같은 걸음으로 성큼성큼 무대로 걸어 나왔을 때, 모든 취재진이 믿을 수 없다는 표정으로 탄성을 내질렀다.

더욱 놀라운 건 그 배우가 요즘 온라인에서 가장 뜨거운 관심을 받고 있는 영혼을 보는 남자, 장태수라는 사실이었다.

영상 속에서 이미 봤지만 실제로 눈앞에 태수가 나타나자 그 느낌은 사뭇 달랐다.

무대 한가운데로 나서는 태수의 전신에 어김없이 생기탐랑의 능이 작동하며 은은한 기운이 전신을 휘감았다.

수많은 취재진의 플래시가 봇물처럼 터졌다.

태수가 마이크를 잡고 취재진을 바라보며 잠시 숨을 고른 후에 말했다.

"음…… 안녕하세요, 강혁 역할을 맡은 장태수라고 합니다."

너무도 듣기 좋은 감미로운 음성.

태수의 목소리에 어김없이 탄성이 흘러나왔다.

한희경 아나운서가 옆으로 오더니 태수의 아래위를 살펴보고는 물었다.

"혹시 정말로 웹툰 속에서 살다가 나오신 건 아니시죠?"

"네, 아닙니다."

취재진 사이에서 가벼운 웃음이 흘렀다.

"여러분 이번 〈오늘도 연애〉에서 강혁 역할을 맡은, 영혼을 보는 남자, 장태수 씨입니다."

무수한 플래시가 끝없이 이어질 것처럼 화려하게 쏟아졌다.

태수는 꿈결인 양 눈부신 불빛들을 바라봤다. 영화 제작 보고회 때 받아 본 플래시하고는 느낌이 사뭇 달랐다. 배우로서 처음 스포트라이트를 받고 있는 셈이니까.

한희경 아나운서가 물었다.

"장태수 씨, 영혼을 보는 남자 맞죠?"

"네, 그렇습니다."

"영혼을 본다고 하니까 전 자꾸만 장태수 씨가 정말로 웹툰 속 강혁인 것 같은 생각이 드는 거예요. 강혁도 웹툰 속에서 영혼을 이끌어 가는 저승사자로 나오잖아요. 그래서 기분이 너무 이상한 거예요. 혹시 여러분도 그러신가요?"

여기저기서 동의한다는 대답이 들려왔다.

"대체 어떡하다가 제작진의 눈에 띈 거예요? 아니, 어떻게 이 드라마에 출연하게 되셨어요? 저희 드라마 오프닝 촬영할 때는 영혼 보는 남자로 알려지기 이전 아니었나요?"

"네, 맞습니다."

태수는 김보미가 자신을 학교에서 보고 캐스팅한 과정을 간단히 설명했다. 진행자가 이번엔 김보미를 불러서 처음 강혁을 봤을 때 기분이 어땠는지 물었다.

"너무 소름 돋았어요. 제가 머릿속에 항상 떠올리던 바로 그 사람이 현실에 있는 거예요, 그것도 바로 제 눈앞에요."

이어서 나머지 출연진이 나와서 취재진의 질문을 받고 답변했다.

양정애 작가에겐 웹툰 팬 카페 강혁바라기 회원들이 밖에서 시위를 벌이고 있는 걸 아는지 물었다.

양정애가 웃으면서 대답했다.

"모를 수가 없죠, 저도 그 앞을 지나왔는데."

"그럼 그동안 논란이 되었던 강혁 역할이 드라마에서는 변화가 생기는 건가요?"

"네, 당연히. 그렇지 않았으면 강혁 캐릭터를 이렇게 전면에 내세우진 않았겠죠. 아직은 대본 수정이 본격적으로 이루어지지 않았지만, 아마도 저희 드라마는 강혁과 김찬이라는 두 인물의 비중이 거의 비슷하게 다뤄지면서 진행이 될 것 같습니다."

양정애 작가의 대답에 취재진이 술렁거렸고 태수도 깜짝 놀라서 돌아봤다.

이번엔 김정훈 감독이 마이크를 받아서 대답했다.

"아마 저희 드라마를 보시게 되면 웹툰과는 많이 다르다는 걸 느끼실 겁니다. 그렇다고 스토리가 많이 변형되는 게 아니라 기존 유한성 역할을 강혁과 반씩 나눈다고 생각하시면 될 것 같습니다. 따라서 앞으로는 강혁바라기 회원 여러분들이 저희 드라마를 가장 뜨겁게 응원하는 팬이 되어 주시리라 확신합니다."

제작 발표회가 끝나기도 전에 취재진은 경쟁적으로 관련 기사를 전송했다.

기사의 타이틀은 전부 강혁 역할을 영혼을 보는 남자로 알려진 장태수가 맡았으며, 웹툰과 달리 강혁의 비중이 대폭 늘어날 것이란 내용이었다.

물론 기사에 가장 빠르게 반응한 사람들은 방송국 로비에 집결한 강혁바라기의 핵심 회원들이었다.

그들은 정식으로 기사가 뜨기도 전에 제작 발표회에 참석한 강준희 기자로부터 관련 내용을 가장 먼저 받아서 모든 내용을 이미 카페에 속도로 올렸다.

강준희 기자도 강혁바라기 카페 회원일 뿐만 아니라 스태프 중 한 명이었기 때문이다.

카페 매니저인 강혜미와 부매니저 주미란을 비롯한 회원들이 제작 발표회 소식을 듣고 서로 끌어안고 환호성을 질렀다.

경비원이 와서 여기서 이러면 안 된다고 제지를 했고, 강혜미는 즉시 미안하다고 사과를 했다. 무슨 일이 있어도 강혁에게 민폐를 끼치면 안 된다는 생각에 회원들은 놀라운 자제력을 발휘하며 질서를 지켰다.

카페 회원들이 다들 감격한 얼굴로 방송국 앞 잔디밭으로 몰려 나가 조촐한 모임을 가졌다.

다들 휴대폰으로 취재진이 보도한 기사에서 강혁으로 변한 태수의 모습을 확인하고는 비명을 질렀다. 몇몇은 너무 닮은 태수의 모습에 놀라서 울음을 터뜨렸고 몇몇은 너무 흥분해서 계속 탄성을 내질렀다.

카페 매니저 강혜미가 그녀들을 진정시켰다.

강혜미는 30대 후반의 나이에 국내 굴지의 대기업에 다니는 능력녀지만 결혼에는 전혀 관심이 없었다. 대신 그녀의 삶에서 가장 큰 즐거움이 강혁바라기 카페의 매니저 일이었다.

강혜미 역시 다른 회원들과 마찬가지로 현실에서 만나지 못한 그녀의 이상형을 웹툰에서 발견했고 그 상대가 바로 강혁이었던 것이다.

강혜미가 흥분된 표정으로 선언하듯 말했다.

"마침내 우리 강혁 님이 저주에서 풀려난 것 같습니다."

회원들이 감격스러운 표정으로 박수를 쳤다.

강혜미가 사랑하는 남친이라도 생긴 것처럼 설레는 음성으로 말했다.

"자, 우리 앞으로 강혁 님 역할을 맡은 영혼남의 호칭을 어떻게 부를까요? 장태수 님 아니면 장태수 군?"

회원 중 한 명이 소리쳤다.

"지금 스물네 살이고 드림대학에 재학 중이라고 하니까 장태수 군으로 하면 좋을 것 같아요. 여기 다들 태수 군한테는 연상 아닌가요?"

회원들 사이에 까르르 웃음이 번져 나왔다.

"네, 태수 군 좋습니다. 우리 태수 군한테 누님들의 사랑이 얼마나 뜨거운지 보여 주자고요. 그리고 다들 기사에서 보신 것처럼 강혁은 앞으로 드라마에서 유한성과 거의 같은 비중으로 출연한다고 해요. 지난 2년 여 동안 견뎌 왔던 우리들의 갈증이 이제야 해소될 것 같습니다. 그리고 우리 강준희 기자가 보내온 사진을 보면 강혁 역할을 맡은 장태수 군은 믿어지지 않을 정도로 강혁 님을 빼닮았어요. 근데 외모만 닮은 게 아닙니다. 혹시 〈영혼을 찾아서〉라는 프로그램 보셨나요? 거기 장태수 군이 출연을 했거든요."

여기저기서 '저도요'라는 소리가 연이어 들려왔다.

"역시 빠르시군요. 프로그램을 보신 분들은 아실 겁니다.

장태수 군은 단순히 강혁을 닮기만 한 게 아니라 강혁 님처럼 좋은 기운을 가진 남자라는 걸. 저는 〈영혼을 찾아서〉를 볼 때도 태수 군이 참 기운이 좋은 사람이라고 생각했거든요. 게다가 악귀를 퇴마한다고 해요. 저는 왠지 장태수 군이 저승사자 강혁 님과 운명적으로 연결이 된 사람일 것 같다는 생각이 드네요."

부매니저인 주미란이 말했다.

"앞으로는 우리가 장태수 군과 드라마에 도움이 되는 일이 어떤 게 있는지 다들 고민을 해 보고, 드라마도 모니터하면서 제작진에 우리의 의견을 적극적으로 개진했으면 좋겠습니다."

제작 발표회를 끝내고 창호와 함께 주차장으로 내려가려던 태수는 방송국 잔디밭에 모여 있는 강혁바라기 회원들을 발견했다.

"형, 잠깐만요."

"왜?"

"저기 밖에 강혁바라기 회원님들이시죠?"

"어, 그런 것 같은데, 왜?"

"잠깐 인사라도 하고 가야 하지 않을까요? 사실 강혁을 가장 사랑하고 아껴 주신 분들이잖아요. 저분들이 없었으면 아마 지금처럼 강혁 분량이 늘어나지 않았을 테고, 저도 오프닝 촬영만 하고 역할이 끝났을 수도 있는데."

창호가 고민하다가 말했다.

"그래, 그럼. 잠깐 인사만 하고 가자."

두 사람이 방송국 로비를 가로질러서 현관문을 빠져나갔다.

태수가 회원들이 모여 있는 잔디밭을 향해 걸어갔다.

가장 먼저 태수를 발견한 회원이 귀신이라도 본 사람처럼 엉거주춤 자리에서 일어났다. 또 다른 회원은 살짝 비명을 지르다가 황급히 손으로 입을 틀어막았다.

나머지 회원들이 무슨 일인가 하나둘 뒤를 돌아봤다.

마치 파도 응원을 하는 것처럼 비명에 가까운 탄성과 놀람의 소리가 회원들 사이에서 터져 나왔다.

블랙 정장을 입고 강혁 분장을 한 태수가 제작 발표회 때 모습 그대로 그들을 향해 걸어오고 있었던 것이다.

매니저 강혜미도 눈을 부릅뜨며 진짜 강혁이 웹툰 속에서 걸어 나오는 게 아닌지 의심할 정도였다.

회원들 모두가 소름을 느끼며 얼어붙었고, 마치 오프닝 속 영상처럼 현실의 시간이 정지한 느낌이었다.

회원들은 전율에 휩싸인 표정으로 다가오는 태수를 바라봤다.

태수가 회원들의 코앞까지 다가왔을 때, 앞에 서 있던 회원 한 명이 현기증을 느끼며 쓰러지는 걸 태수가 재빨리 손을 뻗어 부축했다.

오프닝 영상에서 박보윤을 안은 것 같은 움직임이었다.

모든 회원들이 손으로 입을 가리며 태수의 행동에 감동을 받았다.

"괜찮으세요?"

태수의 품에 쓰러졌던 회원 역시 감격한 표정으로 말도 잇지 못한 채 고개만 정신없이 끄덕였다.

태수가 품에 있던 회원을 일으킨 후에 나머지 회원들을 돌아보며 인사했다.

"안녕하세요, 누님들. 이번에 강혁 역할을 맡게 된 장태수라고 합니다. 앞으로 잘 부탁드립니다."

그제야 회원들 사이에서 흥분과 기쁨의 탄성이 쏟아졌다.

"어, 어, 어……어떡해!"

"이거 실화 맞아?"

"너무 똑같아, 정말 똑같아, 너무 잘생겼어요."

"나 지금 심장이 터질 것 같은데 어떡하지?"

뒤늦게 강혜미도 정신을 차리고 가슴에 두 손을 모은 채 떨리는 목소리로 말했다.

"너무 고마워요, 저희 강혁바라기를 잊지 않고 찾아 줘서."

잠시 후 충격에서 벗어난 회원들이 흥분과 설렘으로 어쩔 줄을 몰라 했다.

처음엔 다가가기도 부담스러워하던 회원들이 태수가 먼저 나서서 인사를 하고 친근하게 사진도 찍자고 하자 비로소 우르르 몰려들어 각자의 휴대폰을 내밀었다.

태수는 회원들의 요청을 일일이 다 들어주며 모든 회원들과 사진을 찍었다. 어깨동무도 하고 심지어는 백 허그도 하며 사진을 찍었다.

태수의 백 허그를 받은 회원은 얼굴이 홍당무처럼 발개져서 어쩔 줄을 몰라 했다.

태수는 그런 시간들이 피곤하다거나 귀찮다는 생각이 조금도 들지 않았다. 마치 따스한 가족들의 품에 안긴 것처럼 편안했고 누님들의 무한한 사랑이 온몸으로 느껴졌다.

정말 이곳에 있는 팬들은 자신이 무슨 일을 해도 지지해 주고 응원해 줄 것 같은 눈망울을 하고 있었다. 세상에 이보다 고마운 사람들이 어디에 있단 말인가.

물론 이전에도 호기심으로 다가온 사람들은 많았다.

그들은 태수를 유명인이나 스타라는 시선으로만 바라봤지만 강혁바라기 회원들이 태수를 바라보는 눈빛은 전혀 달랐다.

그들은 오랫동안 힘든 시간을 견디며 강혁이라는 캐릭터를 지켜 오고 캐릭터에 대한 사랑을 키워 온 사람들이었다.

따라서 강혁이라는 캐릭터를 그대로 물려받은 태수에게 그 모든 사랑과 애정을 그대로 쏟아부어 준 것이다.

이런 팬들은 쉽게 변하지 않는다. 나중에 정말로 스타가 돼서 이런 일이 일상이 되더라도 강혁바라기 회원들한테만은 초심을 잊지 말아야겠다는 마음이 저절로 들었다.

태수는 잠깐 인사만 하고 가려던 생각을 바꿔서 아예 회원들 사이에 끼어 자리를 잡고 앉았다. 뒤에서 시계를 바라보며 초조하게 서 있던 창호한테 손을 들고 소리쳤다.

"형도 이리 와요!"

창호가 됐다고 손짓을 하자 회원들이 다가가서 납치하듯 데려와 자리에 앉혔다.

"이분은 매니저신가 봐요?"

"아뇨, 저희 소속사 대표님이신데 지금은 매니저 일까지 같이 해 주고 계세요."

"어머나 정말요? 대표님도 되게 젊으시다."

창호한테 태수를 잘 대해 주라는 회원들의 당부가 쏟아졌다.

강혜미가 말했다.

"대표님, 전번 좀 주실 수 있어요? 대표님은 앞으로 저하고 연락하실 일이 많이 있을 것 같은데."

창호가 얼른 휴대폰을 꺼내서 강혜미와 전화번호를 주고받았다.

창호 입장에서도 강혁바라기는 앞으로 태수를 지지해 줄 가장 막강한 팬클럽이니 이런 관심이 고마울 수밖에 없었다.

이제 막 연기를 시작한 신인 배우가 10만 팬 카페 회원의 응원을 받으며 시작할 수 있다는 건 전생에 나라를 구하지 않고서야 절대로 가능한 일이 아니니까.

"제가 앞으로 필요한 요청 사항 있으면 연락드려도 될까요?"

현장에 있던 회원들이 약속이나 한 듯 이구동성으로 소리쳤다.

"언제든지요!"

처음 〈오늘도 연애〉 드라마화의 소식이 전해졌을 때만 해도 매체나 사람들의 관심이 크지 않았다. 웹툰이 워낙 논란이 많았던 데다 스토리도 어두웠기 때문이다.

그런 분위기가 오늘 제작 발표회로 인해 완전히 뒤집혔다.

제작 발표회에서 워낙 쇼킹한 기삿거리가 많이 쏟아졌기 때문에 기자들이 경쟁적으로 관련 기사를 썼고 온라인에도 온종일 엄청난 양의 기사들이 쏟아졌다.

웹툰 속 강혁과 완벽하게 똑같은 배우가 등장했다는 사실만으로도 관심을 끄는 이슈인 데다 그 배우가 요즘 한창 인터넷을 달구는 영혼남이란 사실에 화제가 폭발한 것이다.

하지만 네티즌들의 가장 뜨거운 관심을 받은 건 역시나 오프닝 영상이었다.

영상 속 태수의 연기와 목소리를 보고 듣는 시청자들도 생기탐랑의 능에 간접적인 영향을 받을 수밖에 없기 때문에 그 감동과 몰입도는 기대를 뛰어넘었다.

'장태수'와 '영혼남', '오늘도 연애'라는 검색어가 하루 종일 실검 상위권에서 내려올 줄 몰랐고, 뒤늦게 〈영혼을 찾아서〉 프로그램 영상을 찾아서 보는 네티즌들의 수도 엄청나게 늘었다.

강혜미는 뒤늦게 웹툰에 관심을 가진 네티즌들이 강혁바라기 카페에 줄줄이 가입을 해서 오늘 하루만 새롭게 가입한 회원 수가 8천 명을 넘었다는 카톡을 창호에게 보냈다.

뒤늦게 웹툰 스토리를 알게 된 네티즌들은 제작사에서 스토리에 수정을 가해 태수의 분량이 주연급으로 늘어났다는 소식을 접하고 드라마에 대한 기대감을 키워 나갔다.

다들 오프닝 영상에서 본 태수의 연기를 보고는 드라마를 빨리 보고 싶다고 아우성이었다. 방송이 2주 남은 상황에서 지지부진하던 광고 판매에도 갑자기 문의가 폭증했다.

그런 네티즌들의 엄청난 관심에 제작진과 방송사는 즐거운 비명을 지르면서도 한편으로는 상당한 부담을 가질 수밖에 없었다.

편성국에서는 김정훈 피디와 양정애 작가에게 수정된 대본과 촬영 계획을 빨리 제출하라는 압박을 계속해서 가했다.

퇴마하는 톱스타

특히 극본을 맡은 양정애 작가는 밥도 제대로 먹지 못할 정도로 예민해져서 하루 종일 스트레스를 받았다.

당장 모레부터 촬영에 들어가야만 하는데 첫 촬영부터 쪽대본을 내야만 하는 상황. 아마도 양정애 작가가 지난 두 작품에서 평균 시청률이 10퍼센트도 되지 않는 참담한 실패를 맛본 후가 아니라면 절대 이런 무리한 요구를 받아들이지 않았을 것이다.

집필실에서 새끼작가 둘과 대본 수정 회의를 하던 양정애 작가가 결국 머리를 움켜쥐며 비명을 질렀다.

양정애가 핏발 선 눈으로 새끼작가들을 돌아보고 물었다.

"너희들 뭐 아이디어 없어?"

새끼작가 둘이 겁먹은 표정으로 고개를 가로저었다.

하긴 아이디어 하나로 해결될 문제가 아니었다.

원래 대본은 유한성의 몸속으로 들어가면서 강혁의 존재가 사라지는 것인데, 그 강혁을 다시 끄집어내서 유한성 못지않게 분량을 새롭게 만드는 마술을 부려야만 하니까.

결국 양정애가 김정훈 피디에게 전화를 걸었다.

"내일 전체 제작 회의해서 대본 수정 방향 다시 논의해야겠어요. 만약 안 되면 모레 촬영 못 해요."

태수와 창호는 옥상 평상에 나란히 앉아 태블릿으로 오늘 공개된 〈오늘도 연애〉 오프닝에 대한 네티즌들의 실시간 반응과 인터넷에 속속 올라오는 기사들을 살펴보며 느긋하게 맥주를 마셨다. 물론 이화도 두 사람 옆에서 눈을 반짝이며 함께했다.

창호는 오늘 태수보다 더 정신없는 하루를 보냈는데 전혀 피곤한 기색이 보이지 않았다. 칭찬은 고래도 춤추게 한다는 말처럼, 좋은 기사들과 뜨거운 반응이 쏟아지니 피로를 느낄 겨를이 없었던 것이다.

이창호 역시 이런 핫한 기분을 느껴 보는 게 얼마만인지 기억도 나지 않았다.

수많은 사람들의 관심을 한 몸에 받으며 심장이 울컥하는 이 느낌은 마약보다 더 강렬해서, 겪어 본 사람만이 알 수가 있다.

"파인미디어 강 대표나 MBS 편성국에서 엄청 좋아하겠어. 기사가 어마어마하게 쏟아지고 있고 네티즌들 관심도 폭발적이야. 예상했던 것보다 훨씬 대단해."

태수도 기사와 기사 밑에 달린 응원의 댓글들을 보며 엄청난 인기를 실감하는 중이었다.

—와, 미친, 영혼남이 강혁하고 이렇게 똑같이 생겼다니.

—전 영혼남일 때부터 태수 님 응원했는데 이제 배우 데뷔까지 하신다니 너무 설레네요. 드라마 빨리 보고 싶어요. 응원하겠습니다.

—오프닝 영상 보고 너무 많이 울어서 눈이 퉁퉁 부었네요. 무슨 영상

이 이렇게 슬프게 사람의 마음을 흔들 수가 있는지. 영상 속 강혁의 눈빛이 하루 종일 잊히지가 않아요. 어떡해요?

　－태수 님, 저는 강혁바라기 카페 회원입니다. 이제야 우리 강혁 님한테 걸려 있던 저주를 태수 님이 풀어 주시네요. 드라마 정말 기대하고 있습니다. 사랑합니다.

　아무리 읽어도 질리지 않는 기분 좋은 댓글들. 한편으로는 무한한 책임감도 느껴지는 게 사실이지만 지금은 그조차도 즐기고 싶었다.

　－우우우우웅.

　오늘 하루 종일 창호의 휴대폰에 불이 났다. 거의 5분, 10분마다 휴대폰이 울려 댔으니까.

　대부분은 태수와 인터뷰를 하고 싶어 하는 신문사, 방송사에서 걸려 온 전화들.

　인터뷰 요청 전화가 올 때마다 창호는 이런저런 핑계를 대며 거절했다.

　"아이고, 죄송합니다. 정말 시간이 없어서요. 네네. 네, 관심 가져 주셔서 감사합니다. 다음에 꼭 연락 한번 주세요."

　거절은 하면서도 절대로 상대가 불쾌하지 않도록 세심하게 배려하는 태도가 돋보였다.

　전화를 끊은 창호가 고개를 흔들며 말했다.

　"아예 휴대폰을 꺼 놓는 게 낫겠다. 세상에 무슨 신인 배우가 이렇게 뜨겁냐?"

"형, 근데 그렇게 인터뷰 막 거절해도 되는 거예요? 저 아직 신인이에요."

"앞으로 우리는 무조건 신비주의 전략으로 나갈 거야."

"신비주의요?"

"응. 인터뷰도 정말 최소한만 하고 예능 출연도 자제할 거야."

태수가 고개를 갸웃했다. 보통 신인들의 경우 인터뷰가 들어오면 감사하게 생각하며 응하고, 예능에도 나가서 얼굴을 알리기 위해 개인기까지 준비하는 게 정석 아닌가.

물론 지금 태수의 경우는 더 이상 얼굴을 알리지 않아도 될 정도로 화제가 되고 있긴 하지만, 대중의 관심은 언제든 금방 식을 수가 있으니까.

"형, 그런 신비주의는 가수들한테 맞는 거 아니에요?"

가수들의 경우는 굳이 얼굴을 알리지 않아도 노래가 있기 때문에 신비주의 전략이 오히려 사람들의 호기심을 불러일으킬 수가 있다.

창호가 진지한 표정으로 말했다.

"넌 다른 일반적인 연예인들이 걸어온 길하고 완전히 다른 길을 걷고 있어. 아마 인터뷰나 예능에 나가면 보나마나 방송 얘기는 둘째 치고 다들 너의 영능력에 대해서 관심을 가지고 꼬치꼬치 물어볼 거라고. 생각을 해 봐, 일반인이 그런 능력을 가졌다고 해도 신기할 판인데 대중이 관심을 가지고 있는 스타가 그런 능력을 가졌다면 반응이 어떨지. 방송사 입장에서는 당연히 그쪽으로 몰고 갈 거라고."

"아……."

태수가 저도 모르게 고개를 끄덕였다.

"게다가 여기저기 나가서 너의 영능력과 관련된 얘기를 자꾸 하다 보면 분명히 어딘가에서 논란이 일어날 거야."

"그럴 수 있겠네요."

"보나 마나야. 예능 프로에 나가면 방송사에서는 너의 영능력을 예능으로 최대한 소비하려고 혈안이 되어 있겠지. 물론 그렇게 하면 당장은 사람들 호기심도 끌고 인지도도 올릴 수 있겠지만, 결국 마지막엔 배우 장태수는 사라지고 영능력자 장태수만 남게 될 뿐만 아니라 논란까지 만들어서 수많은 안티 팬들도 생기겠지. 사실 지금 〈영혼을 찾아서〉도 아슬아슬한 부분이 있거든. 너한테 반드시 필요한 프로그램이라서 어쩔 수가 없지만 앞으로는 분명히 그 부분에 대한 보완책이 있어야 할 거야."

냉철한 분석이었다.

얘기를 듣다 보니 앞으로 벌어질 일들이 눈에 선했다.

분명히 예능에 나가면 여기에 영혼이 있느냐, 한번 불러 봐라, 평소에 귀신이 옆에 있으면 무섭지 않냐 같은 온갖 집요한 요구와 질문 들이 쏟아질 것이다.

방송 카메라 앞에서 끝까지 못하겠다고 버티는 게 어디 쉬운 일인가. 만약 못 하겠다고 하면 네티즌들은 악플을 쏟아낼 것이다. 그럴 거면 왜 나왔냐고 하거나 능력이 아니라 연출이라고 조롱할 것이다.

신성한 영능력이 오락거리로 변질되는 것도 정말 피해야만 하는 일이다.

확실히 이창호는 오랫동안 매니지먼트 회사를 성공적으로 운영했던 노하우를 가지고 있는 사람이었다.

"내가 볼 때 앞으로 네가 가장 조심해야 할 부분이 바로 그 지점이야. 혹시 인터뷰를 하더라도 절대로 영능력에 대해 자세하게 얘기하지 말고 두루뭉술하게 넘겨. 그 사람들이 일부러 영능력을 의심하는 것처럼 말하는 건 네 대답을 유도하기 위한 질문이야. 그리고 〈영혼을 찾아서〉 관련해서도 인터뷰를 하자고 하면 아예 처음부터 선을 그어, 퇴마와 관련된 인터뷰는 하지 않겠다고."

"무슨 얘긴지 알겠어요. 앞으로 주의할게요."

"그래서 말인데……."

창호가 주위를 두리번거리며 물었다.

"혹시…… 있냐?"

태수가 바로 옆에 앉아 있는 이화를 힐끗 보고는 물었다.

"누구? 이화요?"

창호가 고개를 끄덕이자 이화가 얼른 대답했다.

－네, 저 여기 있어요.

태수가 대답을 하려고 하자 창호가 됐다고 손짓을 했다.

"이젠 나도 알겠네. 이화가 움직이거나 대답을 할 때 살짝 오싹한 기분이 드는 거. 이 느낌을 기억하면 되는 거지?"

태수가 웃으며 고개를 끄덕였다.

"알았어. 이번 〈영혼탐정〉 녹화 때 말야, 전문가를 불러서 이화의 초상화를 그린다는 게 난 자꾸만 마음에 걸리는 거야."

"왜요?"

"네가 어떻게 그 전문가에게 이화의 모습을 보여 줄지는 모르지만, 만약 그런 능력이 있었다면 지난 〈영혼탐정〉 두 화에서는 왜 그 능력을 사용을 하지 않았을까 의문을 가지는 시청자들이 분명히 많을 거라고."

"아…… 그것도 그렇겠네요."

그 부분은 태수가 미처 예상하지 못한 지적이었다.

앞으로 〈영혼을 찾아서〉는 2주에 한 번만 촬영할 예정이기 때문에, 방송 팀에서는 분량 확보를 위해 어떻게든 비하인드 스토리를 최대한 많이 찍으려고 할 것이다.

태수가 초상화 전문가가 이화를 볼 수 있도록 부적을 심어 주고 이화를 그리도록 하는 장면은 오히려 본편보다 더 많은 관심과 흥미를 불러일으킬 수 있다.

그렇게 되면 자연스럽게 왜 지난 두 화에서는 아이의 영혼과 부모의 만남, 혹은 할아버지와 할머니의 만남을 이뤄 주지 않았냐는 비난을 받을 수가 있었다.

"어떡하지?"

머리를 맞대고 고민하던 중에 좋은 아이디어가 떠올랐다.

"형, 이렇게 하면 어때요? 초상화 전문가를 부르는 대신 김보미에게 부탁을 하는 거예요."

"김보미? 웹툰 작가?"

"네. 김보미는 제 상황을 아니까 사정을 설명하면 들어줄 거예요."

태수는 새벽인 줄 알면서도 급하게 카톡을 보내 김보미에게 사정을 설명했다. 다행히 김보미가 바로 전화를 해서 자신도 이화의 초상화 그리는 작업이 재미있겠다는 반응을 보이며 흔쾌히 승낙을 했다.

"내일 양평에 있는 카페에서 제작진과 만나기로 했으니까 장소는 카톡으로 보내 줄게."

─알았어요. 근데 너무 궁금하고 설레네요. 이화의 영혼을 제가 볼 수가 있다고 하니까.

첫 촬영

태수는 〈영혼을 찾아서〉 제작진과 경기도 양평의 한적한 카페에서 만나 〈영혼탐정〉에서 사용할 이화의 초상화를 그리는 모습을 비하인드 영상으로 촬영하기로 했다.

원래 〈영혼탐정〉 녹화일은 주말이었지만 이화의 초상화는 미리 방송으로 나가야만 제보를 받을 수 있기 때문에 먼저 촬영이 필요했다.

제작진도 초상화 전문가가 아닌 김보미가 그려 주기로 했다고 하니 반색을 하며 좋아했다. 사실 김보미는 웹툰 작가지만 웹툰의 인기와 함께 빼어난 미모 덕분에 일부러 섭외하려고 해도 쉽지 않은 유명인이기 때문이다.

시청자 입장에서도 일반인 전문가보다는 김보미가 출연해

서 웹툰 형식으로 초상화를 그린다면 훨씬 흥미로운 구도가
되는 건 당연했다.

태수는 이화와 함께 창호의 차를 타고 양평에 도착했고 미
리 와 있던 김보미와 만났다.

카페로 들어서기 전 태수는 따로 김보미를 만나서 눈을 감
도록 한 후 부적을 불러냈다.

'안명부.'

화르르르륵.

허공에 나타난 노란 부적을 손으로 잡은 후 검지와 중지
두 개를 김보미의 이마에 살짝 갖다 댔다. 안명부의 기운이
손가락을 타고 김보미의 피부 속으로 스며들었다.

잠시 후 김보미의 이마에 문신처럼 안명부의 도형이 새겨
졌다.

"이제 눈 떠도 돼."

김보미가 잔뜩 상기된 표정으로 눈을 뜨고는 태수의 옆에
서 있는 이화를 바라봤다.

김보미가 너무 놀라서 손으로 입을 가리며 물었다.

"세상에, 혹시…… 이화?"

이화가 활짝 웃으면서 대답했다.

─안녕하세요, 김보미 작가님.

생전 처음으로 영혼을 직접 본 김보미는 미리 예상을 했음
에도 적지 않은 충격을 받았다.

지금까지는 사람이 죽으면 그걸로 끝이고 남는 건 아무것도 없다고 생각하며 살았는데, 사후 세계가 있다니. 저절로 많은 생각이 들었던 것이다.

반투명한 형체의 이화를 눈이 부신 듯 바라보던 김보미가 이내 잊었던 사실을 떠올린 듯 안타깝게 말했다.

"내가 그린 그림을 보고 널 알아보는 사람이 꼭 나타났으면 좋겠는데."

태수가 김보미와 함께 카페로 들어서자 기다리던 전소민과 김영아가 두 사람을 맞았다. 대기하고 있던 네 명의 VJ들도 곧바로 촬영을 시작했다.

태수와 김보미가 구석 자리에 마주 앉았고 이화는 태수의 곁에 앉았다.

이번에도 진행자로 참여한 전소민이 옆자리에 앉으려는 순간 태수가 말했다.

"여기 지금 이화가 앉아 있거든요. 전 기자님은 건너편에 앉으셔야 할 것 같은데요."

"어머나!"

전소민이 화들짝 놀라며 일어나 김보미 옆자리로 옮겨 앉으며 카메라를 향해 말했다.

"여러분도 앞으로 어디 가서 자리에 앉으실 때 서늘한 느낌이 드는지 먼저 확인을 하고 앉으시기 바랍니다. 만약 서늘한 기분이 들면 그 자리에 이미 영혼이 앉아 있을지도 모르니까요."

전소민이 태수 옆의 빈자리를 바라보며 말을 걸었다. 그동안 영혼과 몇 차례 얘기를 나눠 봤기 때문인지 이젠 보이지 않는 영혼하고도 제법 능숙하게 대화를 이끌었다.

물론 중간에 반드시 태수의 통역이 있어야 하지만.

"이름이 이화라고 했죠? 시청자들한테 혹시 하고 싶은 얘기가 있으면 하세요."

이화가 살짝 긴장된 표정으로 말했다.

─전 생전의 기억이 없어요. 그래서 이름도 모르고 저승으로 들어가지도 못해요. 여기 김보미 작가님이 제 얼굴을 잘 그려 주셔서 절 아는 분이 꼭 나타나서 제가 누구인지 알았으면 좋겠어요. 사실은 부모님 얼굴이 떠오르지 않아서 제일 힘들어요. 만약 제 부모님이 프로그램을 보신다면 금방 절 알아보시겠죠? 너무나 궁금해요. 전 어떤 사람이었고 제 부모님은 어떤 분이실지.

이화의 눈에서 투명한 눈물이 흘렀고 그 눈물은 공기와 접촉을 하자마자 이내 사라졌다.

태수가 이화의 말을 그대로 전했고, 전소민도 안타까운 표정으로 분명히 알아보는 사람이 나타날 테니 너무 걱정하지 말라고 위로했다.

김보미가 곧바로 그림을 그리기 시작했다.

퇴마하는 톱스타

태수가 생김새를 설명하면서 그림을 그리는 것처럼 연출을 했지만 사실 김보미는 이미 이화의 얼굴을 봤기 때문에 얘기를 듣는 척하면서 쓱쓱 자기 나름대로 그림을 그려 나갔다.

이따금 한 번씩 고개를 드는 것도 태수의 얘기를 듣기 위해서라기보다는 그 옆에 앉아 있는 이화의 모습을 한 번 더 확인하기 위해서였다.

태수는 시청자들을 속인다는 사실이 마음에 걸렸지만 어쩔 수 없는 선택이었다.

마침내 김보미가 그림을 완성했다.

스케치북에 이화의 모습이 예쁘게 그려져 있었다. 초상화의 느낌은 아니었지만 이화를 아는 사람이 본다면 금방 알아볼 수 있을 정도로 특징이 잘 표현된 그림이었다.

이화도 자신의 얼굴이 마음에 드는지 김보미를 향해 고마움을 표현했다.

-정말 고마워요, 작가님.

전소민이 그림을 들고 물었다.

"어때요, 태수 씨? 지금 이 그림이 이화라는 여학생 영혼과 많이 닮았나요?"

"네, 아주 닮았어요. 마치 강혁하고 저처럼요."

태수의 말에 전소민이 살짝 웃으며 농담처럼 말했다.

"강혁요? 벌써부터 타 방송사 드라마 홍보하시는 거예요?"

"아, 그건 아닌데…… 죄송합니다."

태수가 민망하게 웃었고 전소민이 이화의 얼굴 그림을 카메라를 향해 들어 보이며 설명했다.

"네. 이화는 이렇게 생긴 예쁜 여학생이라고 하네요. 지금 이화의 영혼이 장태수 씨 옆자리에 앉아서 간절한 마음으로 저희들을 지켜보고 있다고 합니다. 다시 한번 더 말씀드릴게요, 이 그림 속의 주인공의 이름은 이화이고 교복을 입은 채 죽음을 맞이했습니다. 안타깝게도 이화는 죽음의 순간에 생전의 기억을 잃어버렸다고 해요. 여러분들의 관심이 필요합니다. 지금 이 시간 자신이 누구인지도 모른 채 이승을 떠돌고 있는 한 가엾은 영혼이 있다는 걸 기억해 주세요. 혹시 이 얼굴을 알고 있고 그녀의 이름이 이화라는 여고생이라면 지금 하단으로 흘러가는 연락처로 즉시 연락을 주시면 감사하겠습니다."

＊

어제 전체 제작 회의를 통해 논의된 〈오늘도 연애〉의 스토리 수정 방향은 이야기의 큰 틀은 건드리지 않으면서 유한성이 맡은 역할을 자연스럽게 강혁에게 나눠 주는 설정을 찾아내는 것이었다.

최종적으로 수정된 건, 강혁이 유한성의 몸속에 들어가지만 이초희가 위험에 처할 때는 반드시 강혁의 진짜 모습으로 나타나야만 저승사자의 능력이 발현되고 이초희도 구할 수 있다는 설정이었다.

약간의 무리가 있긴 했지만 어차피 판타지 로맨스인 데다 스토리를 크게 바꾸지 않고 강혁의 캐릭터도 살릴 수가 있어서 최종 합의를 본 것이다.

대신 강혁은 자신의 모습을 드러낼 때마다 반대급부로 위험에 처하게 된다. 천기누설을 한 죄로 강혁을 잡기 위해 찾아다니는 다른 저승사자들에게 발각될 위험이 그만큼 커지는 것이다.

덕분에 이전 웹툰에서는 유한성이 어려움에 처한 이초희에게 현실적인 방법으로 도움을 줬다면, 수정된 스토리는 좀 더 판타지적이고 액션이 많이 가미되는 분위기로 바뀌게 된 것이다.

그리고 이초희에게도 더 거대하고 강력한 위험이 다가오게 되는 것이고.

액션이 늘어나면서 편당 제작비도 자연스럽게 30퍼센트 가까이 올라가게 되는데, 그 부분에 대해서는 방송사와 제작사가 협의를 거쳐 해결이 됐다.

양정애 작가가 하루 종일 수정한 쪽 대본을 어제 밤늦게 배우들에게 메일로 발송했다.

태수는 수정 대본을 받아 보고 오히려 스토리가 더 재미있어졌다는 느낌을 받았다. 물론 연출을 어떻게 하느냐에 따라 달라지긴 하겠지만, 이전보다 오히려 극적인 요소도 많아졌고 캐릭터도 분명해졌다.

이전에는 유한성의 몸을 빌린 강혁이라는 단순한 구성이었다면 지금은 강혁은 강혁대로, 유한성은 유한성대로 각각 자기 캐릭터를 연기하면 되는 것이다.

그 결과 어쩔 수 없이 강혁과 유한성이 대결 구도를 가지게 되는 점도 흥미로웠다.

덕분에 이번 수정에서 가장 크게 변화하는 부분은 강혁이 아닌 유한성의 캐릭터였다.

원래 웹툰에서 유한성의 캐릭터는 무명 소설가로 삶을 비관해 스스로 자살하는 것으로 되어 있었다. 그래야만 강혁이 유한성의 영혼을 신경 쓰지 않고 육신을 마음대로 부릴 수가 있기 때문이다.

하지만 바뀐 설정에서는 유한성과 강혁이 번갈아 가면서 육체를 공유하게 된다. 따라서 유한성의 확실한 캐릭터가 필요했다.

수정 결과 유한성은 무명의 소설가가 아닌 중견 기업 '유성'의 후계자로 설정이 됐고, 이초희는 막 대학을 졸업한 후 유성 그룹에 입사한 신입 사원으로 설정이 됐다.

극중에서 유한성은 이초희의 마음을 얻기 위해 애를 쓰지만, 정작 이초희는 무엇이든 멋대로 하는 거만한 유한성을 좋아하지 않는다.

그러다가 유성 그룹의 경쟁사에서 유한성을 죽이려고 사고를 내고, 죽어 가는 유한성의 몸으로 강혁이 들어가게 된다.

몸이 빠르게 회복이 된 유한성은 평소엔 자신의 생각대로 살다가, 강혁이 저승사자의 영능력을 발휘하면 어느 순간 기억을 잃고 강혁에게 육신을 내어주게 된다.

마치 다중 인격처럼 말이다.

처음엔 무슨 일인지 몰랐던 유한성이 자꾸만 기억을 잃게 되자 조금씩 의심을 하게 되고, 결국 강혁의 존재를 눈치채게 된다.

양정애 작가는 이야기가 진행되어 후반부로 가면, 자신의 육신을 누군가 조정한다는 걸 알게 된 유한성과 강혁 두 사람이 하나의 육체를 두고 경쟁하는 구도까지도 염두에 두고 스토리를 썼다고 했다.

따라서 유한성의 입장에서도 강혁의 흉내가 아닌 진짜 유한성의 캐릭터로 연기를 하면 되기 때문에, 캐릭터가 이전보다 훨씬 분명해졌고 연기자 입장에서도 좋은 일이었다.

근러나 김찬의 소속사인 GD기획과 김찬의 생각은 달랐다. 김찬이 분량도 줄어들고 이초희를 구해 내는 멋진 장면은 모두 강혁의 차지가 됐다면서 불만을 쏟아 낸 것이다.

표면적인 수정 사항만 보고 깊이 있게 캐릭터를 분석하지 않았기 때문에 나온 반응이었다.

어쩔 수 없이 김정훈 피디는 GD기획 박형식 이사를 만나 현재 드라마에 대한 반응이 워낙 뜨거운 데다 유한성의 캐릭터도 이전보다 훨씬 매력적으로 바뀌었다는 점을 별도로 설명해야만 했다.

더불어 이초희를 사이에 두고 강혁과 유한성의 대결 구도가 성립되고 나중에는 하나의 육체를 두고 두 영혼이 대결을 하게 되는 상황까지 가게 되면, 강혁과 유한성 두 캐릭터 모두 힘을 얻을 수 있는 구도로 갈 수밖에 없다고 설득했다.

김 피디는 이전 대본과 비교해서 김찬한테 절대 손해 나는 일이 없다는 점을 특히 강조했다.

"정말 찬이가 제대로 몰입해서 연기만 한다면 오히려 유한성이 강혁을 잡아먹을 수도 있어요. 재벌 집안의 망나니 후계자라는 캐릭터가 시청자들에게 각인되기도 좋고 존재감도 얼마나 확실합니까?"

박형식 이사도 곰곰이 생각해 보니 크게 인기가 없는 드라마에서 원 톱으로 연기하는 것보다, 관심이 집중된 드라마에서 라이벌 구도를 형성하며 팽팽한 연기 대결을 펼치는 게 그리 나쁘지 않을 것 같다는 판단을 내렸다.

게다가 장태수는 이번에 처음 연기를 하는 신인이라고 하니, 충분히 김찬이 기선을 제압할 수 있으리란 자신감도 있었다.

문제는 김찬.

김찬은 마지막 순간까지 툴툴거리면서 촬영을 못 하겠다고 버티다가 소속사 대표의 설득으로 겨우 촬영에 나섰다.

경기도 외곽의 국도.

마침내 〈오늘도 연애〉 첫 촬영일이다.

태수도 계속 예능 다큐인 〈영혼을 찾아서〉만 촬영하다가 드라마를 찍는다고 생각하니 새삼 마음이 설레었다. 귀귀도에서의 오프닝 촬영은 드라마라기보다는 한편의 뮤직비디오를 찍는 느낌이 훨씬 강했던 것이다.

현장에 앉아 있는 김정훈 피디 뒤쪽으로 의자가 세 개 준비되어 있었다.

의자에는 김찬 배우님, 박보윤 배우님, 장태수 배우님이라는 이름표가 달려 있었다.

생각지도 않은 의자를 보고 비로소 자신이 배우라는 게 실감이 났다. 첫 작품부터 주연으로 당당히 대접을 받은 셈이라서 과연 자신이 저 의자에 앉아도 되는지 의구심이 들었다.

물론 이따금 신데렐라처럼 등장한 신인이 주연을 꿰차는 경우가 있긴 하지만, 이번 드라마의 태수와는 사뭇 다르다.

기존 강혁바라기 팬 카페 회원들을 실망시키지 말아야 한다는 생각과 함께 저 의자를 준비해 준 제작진의 기대에 누가 되지 않도록 최선을 다한 연기를 보여 줘야 한다는 생각에 무거운 책임감이 느껴졌다.

사실 의자에 이름표가 적힌 세 사람 중에서 객관적으로 가장 불안해 보이는 사람은 태수일 수밖에 없었다.

박보윤은 말할 것도 없고 김찬은 배우로서 이번이 두 번째 작품이다.

반면에 태수는 아예 완전한 신인이나 다름이 없었다. 비록 오프닝에서 놀라운 연기를 보여 줬지만, 연기라는 게 그런 한 장면만 보고 판단하기엔 여러 변수들이 너무도 많으니까.

오늘 촬영할 첫 번째 씬은 유한성이 유성 그룹의 적대 세력에 의해 사고를 당해서 숨을 거두기 직전, 강혁이 유한성의 몸으로 들어가는 장면이다.

바로 오프닝 바로 다음에 붙게 될 연결 씬이다.

첫 장면이니만큼 시청자들에게 드라마에 대한 첫인상을 강렬하게 심어 주고 싶었던 김 피디는 영화와 같은 규모 있는 액션 씬을 구상했고, 덕분에 꽤 많은 물량이 투입될 예정이었다.

차량 액션이다 보니 스태프들은 혹시라도 사고가 나지 않을까 잔뜩 긴장한 얼굴로 촬영 현장을 체크하기에 여념이 없었다.

태수는 어제 양정애 작가로부터 받은 대본을 읽으며 머릿속에 오늘 촬영할 분량에 대한 그림들을 미리 그려 놓고 이미지 트레이닝을 반복했다.

물론 김정훈 피디가 태수가 생각한 영상과 똑같은 연출

을 할 리는 없을 테지만 그래서 오히려 흥미로운 부분이 있었다.

과연 김정훈 피디는 어떻게 자신과 다른 연출을 할지 궁금했던 것이다.

영화 연출을 했던 경험은 이렇게 연기에 여러모로 많은 도움이 되고 있었다.

태수는 쪽 대본을 손에 들고 한때는 왕실 근위대장이었던 저승사자 강혁의 감정을 끌어올리기 위해, 고등학교를 중퇴하고 어린 나이에 비장한 마음으로 알바 하던 시절을 떠올렸다.

가족들이 찜질방을 전전하기도 했고, 친구도 없었고, 학교도 가지 못한 채 어른들의 살벌한 눈초리 속에서 살아남기 위해 버둥거리던 시절.

그때 태수의 마음은 저승사자 강혁 못지않게 황량했고, 미래에 대한 아무런 희망도 보이지 않았다.

그런 시절들을 생각하자 태수에게 서서히 저승사자 강혁의 눈빛과 표정이 떠오르기 시작했다.

반면 유한성 역의 김찬은 분위기 파악을 못한 채 혼자 계속 장난을 치며 촬영장을 기웃거리며 다녔다.

다행히 말끔한 슈트 차림의 날카로운 눈빛을 지닌 김찬의 외모는 유성 그룹의 거만한 후계자 이미지에 비교적 잘 어울리는 편이었다.

저렇게 까불거리는 모습도 그렇고.

그야말로 유한성은 강혁과는 양극단에 있는 인물이었다.

"아놔, 나 오늘 첫 장면부터 정말로 죽는 거야? 죽기 싫은데."

늘 자신만 바라보고 환호해 주는 팬들 사이에만 있던 김찬이기에 이곳에서도 그런 습성을 완전히 버리지는 못했다.

조연출이 김찬에게 소리쳤다.

"유한성, 차량 탑승해 주세요!"

유한성이 준비된 벤츠에 탑승을 했고, 반대편 트럭에는 유한성을 테러하기 위한 경쟁사의 살인 청부업자가 탑승했다.

도로를 통제한 채 다른 차량의 스턴트맨들도 모두 차량에 탑승하자, 카메라 감독이 마지막으로 카메라를 장착한 차량에 탑승했다.

이런 액션 씬은 그야말로 두 번 기회가 없기 때문에 사전에 스턴트와 피디가 모여서 충분한 리허설을 거쳤고, 카메라도 여섯 대나 동원돼서 촬영할 예정이었다.

김 피디가 확성기를 들고 소리쳤다.

"자, 원 테이크에 가야 합니다. 두 번 기회 없어요, 다들 긴장하세요!"

굳이 그런 말을 하지 않아도 현장에는 이미 팽팽한 긴장감이 감돌고 있었다.

"카메라 롤!"

"올 스탠바이!"

"레디…… 액션!"

마침내 우여곡절이 많았던 16부작 〈오늘도 연애〉의 촬영이 시작됐다.

유한성이 탑승한 벤츠 승용차가 국도 사거리를 향해 진입하고 있으면, 갓길에 서 있던 그랜저에 타고 있던 킬러가 반대쪽 트럭에 타고 있는 또 다른 킬러에게 무전을 한다.

유한성은 벤츠 차량 뒷자리에 앉아 같은 재벌가 자제들과 낄낄거리며 통화를 하는 중이다. 어젯밤 룸살롱 마담이 예쁘던데 오늘 저녁에 한 번 더 가서 놀자는 통화 내용.

유한성의 벤츠 차량이 사거리로 진입하는 순간 반대편에서 달려오던 트럭이 신호등을 무시하고 정면으로 달려든다.

물론 충돌 장면에서 벤츠 차량에 타고 있는 사람은 유한성이 아닌 스턴트맨이다.

그사이 유한성은 조금 전의 멋진 슈트 차림에서 온몸이 피투성이가 된 사고 후의 유한성으로 분장한 채 도로 갓길에서 자신이 죽음을 맞이하는 장면을 숨을 죽인 채 지켜봤다.

박보윤도 자신의 촬영 순서가 아니었지만 현장 분위기를 익히기 위해 일찌감치 나와서 현장을 지켜보고 있었다.

콰쾅!

정말로 사고가 난 게 아닐까 싶을 정도로, 트럭이 벤츠의 옆면을 실감나게 들이받은 후 옆에 있던 두 대의 다른 차량들도 연이어 들이받으며 유유히 도로를 빠져나간다.

　일순간 아수라장이 된 사고 현장.

　옆면이 엉망으로 구겨진 벤츠가 도로 위에서 한 바퀴 돌다가 가까스로 멈춰 섰고 벤츠의 본네트에서 연기가 피어오르며 정적이 흐르자 김정훈 피디가 소리쳤다.

　"컷, 오케이!"

　오케이 사인이 떨어지자마자 스태프들이 달려가서 사고 난 벤츠와 다른 차량들의 문을 열었다.

　차량에서 스턴트맨들이 밖으로 기어 나왔다.

　화면상으로는 엄청난 충돌처럼 보였지만 실제 충돌 시 속도는 시속 30~40킬로미터 정도여서 다행히 다들 부상을 입지는 않은 상황.

　"유한성 분장 끝났으면 차량 탑승요."

　김찬이 스턴트맨과 바꿔치기하며 얼른 벤츠에 올라탔다.

　역시 드라마는 영화와 다르게 속도전이라는 말이 실감이 났다. 더구나 이 드라마의 경우는 이미 여러 일들이 겹치면서 본방 시간이 코앞이라 더더욱 시간이 부족한 상황.

　이제 태수도 차례가 됐다.

　공교롭게도 오늘 역시 와이어를 타는 씬으로 첫 촬영을 시작했다. 아무래도 강혁이 저승사자인 탓이다.

　지난번 와이어 장면이 워낙 잘 나와서 오늘 제작진은 처음부터 대역보다는 태수가 직접 와이어 타기를 은근히 기대했고, 태수는 그런 제작진의 기대에 부응했다.

김정훈 피디가 다가와서 물었다.

"괜찮겠어?"

"네."

강혁의 감정에 몰입된 태수는 어느새 말수도 줄어들었고 눈빛도 황량해졌다. 그런 태수의 감정선을 건드리지 않기 위해 스태프들도 다들 조심하는 분위기가 느껴졌다.

박보윤은 귀귀도 생각이 나는지 태수가 와이어 조끼를 입는 모습을 바로 곁에서 걱정스럽게 지켜봤다. 그렇다고 조심하라는 말 한마디 건네기도 조심스러웠다.

태수는 이미 강혁이 되어 있었다.

바로 곁에 자신이 있다는 사실조차 전혀 알지 못하는 사람 같았다.

어떻게 연기를 전혀 해 보지 않은 신인 배우가 저토록 완벽하게 몰입을 할 수 있는지, 주위에서 부산스럽게 촬영 준비를 하고 있었지만 태수는 완전히 다른 세상에 있는 사람 같았다.

"강혁 올라갑니다!"

블랙 슈트를 입고 강혁으로 분장한 태수가 오프닝에서처럼 허공으로 솟구쳐 올라가는 장면을 모든 스태프들이 걱정스러운 시선으로 지켜봤다.

태수가 촬영할 장면은 저승사자의 자격을 박탈당한 강혁

이 허공에서 사고가 난 현장을 지켜보다가, 지상으로 내려와 유한성의 몸속으로 들어가는 장면.

원래 와이어 씬은 NG가 많이 난다. 한 번에 오케이되는 경우가 드물다. 또한 NG가 나면 다시 준비하는 데 시간도 많이 걸린다.

그래서 모든 스태프들이 오늘만큼은 NG가 많이 나지 않기를 간절한 마음으로 빌었다.

워낙 시간이 없기 때문에, 김정훈 피디도 만약 NG가 많아지면 강혁이 허공에서 내려오는 씬 대신 지상에서 나타나는 장면으로 대체할 계획까지 세우고 있었다.

하지만 그렇게 되면 너무 CG 티가 나는 데다 허공에서 바라보는 사건 현장의 스펙터클한 분위기를 제대로 카메라에 담을 수가 없어서 앞의 강렬한 충돌 사고의 여운이 반으로 줄어들 수밖에 없었다.

김정훈 피디는 허공에서 놀라울 정도로 안정된 자세를 잡고 있는 태수를 바라보며 마음으로 빌었다.

'태수야, 오프닝 때처럼 한 번만 더 가자. 모든 시청자들이 이 첫 장면을 주시하고 있어. 우리 있어 보이게 멋진 장면 한 번 만들어 보자고!'

물론 그렇게 빌긴 했지만 한 번에 오케이 날 확률이 얼마나 될까.

"숏 들어갑니다!"

"카메라 롤…… 스탠바이…… 액션!"

숏이 들어가자 강혁이 무심한 표정으로 사고 현장을 내려다봤다. 마침 불어온 바람이 강혁의 머리카락과 블랙 슈트를 적당한 세기로 휘날리게 만들었다.

지미 집 카메라가 허공에서 사고 난 현장을 내려다보는 강혁의 무심한 표정을 카메라에 담았다. 카메라가 무빙을 해서 강혁의 등 뒤로 돌아가자, 오버숄더 샷으로 사고 난 현장이 비춰졌다.

부감으로 보이는 사고 현장에서 부서진 벤츠의 뒷문이 열렸다. 벤츠 안에서 피투성이가 된 김찬, 아니 유한성이 기어 나왔다.

멀리서 갓길에 대기한 채 사고 현장을 지켜보고 있던 또 다른 킬러의 그랜저가 서서히 움직이기 시작했다.

강혁의 눈빛에 예리한 빛이 번뜩였다.

달려오는 킬러의 그랜저에 마치 귀기처럼 검은 기운이 피어오르고 있는 모습이 보였던 것이다. 물론 그 기운은 추후 CG로 입힐 예정이다.

강혁의 메마른 목소리가 혼잣말처럼 대사로 흘러나왔다.

"죽음의 그림자…… 살의의 기운이다."

강혁이 블랙 슈트를 휘날리며 아래로 내려가기 시작했다.

피투성이가 된 유한성이 쓰러졌다 일어서기를 반복하며 주위를 두리번거리고는 겁먹은 목소리로 소리친다.

"사, 사람 살려…… 으아아아…… 누구…… 없냐고……!"

뒤쪽에서 그랜저가 빠르게 달려오고 있었지만 유한성은 알지 못한다.

그런 유한성을 향해 빨려 들어가듯 내려가는 강혁이 중얼거린다.

"조용히 하고 옆으로 비켜서!"

달려오는 그랜저와 아래로 하강하는 강혁.

오프닝의 장면과 거의 유사한 장면이다. 물론 실제로는 이 장면을 컷으로 찍어서 이어 붙일 예정이라 오프닝 때만큼 위험하지는 않다.

태수는 긴박한 느낌을 구현하기 위해 이번 장면도 오프닝 때처럼 롱 테이크 샷으로 촬영하고 싶었지만, 김찬이 자기는 위험해서 도저히 못 한다고 버티는 바람에 어쩔 수 없이 컷으로 잘라 붙이기로 한 것이다.

태수가 허공에서 하강하며 도로에 서 있는 김찬을 붙잡아 멀리 내던지는 장면.

김찬 대신 스턴트맨이 대역을 맡았다.

언뜻 쉬워 보이지만 꽤 난이도가 필요한 장면이다.

태수는 사전에 리허설을 세 번밖에 못하고 곧바로 촬영에 들어왔다.

그림이 나오지 않으면 스턴트맨으로 대체하거나 아예 장면을 빼고 갈 예정.

태수가 와이어를 타고 빠르게 지상으로 하강했다.

하강하는 속도가 생각보다 빨랐고, 순식간에 눈앞으로 스턴트맨이 다가왔다. 타이밍을 맞추지 못하면 태수와 스턴트맨 둘 다 큰 부상을 당할 수도 있는 상황.

태수는 두 사람이 스치는 찰나의 순간에 재빨리 스턴트맨의 멱살을 잡아서 매트리스가 깔려 있는 허공으로 집어 던졌다.

달려오던 그랜저가 스턴트맨이 서 있던 자리를 지나쳤고 스턴트맨이 무사히 매트리스 위로 떨어졌다.

스턴트맨이 날아간 높이도 딱 적당했다.

김정훈 감독이 그 어느 때보다 만족스러운 얼굴로 소리쳤다.

"컷! 오케이!"

순간 숨죽이고 지켜보던 스태프들이 일제히 박수를 쳤고, 긴장한 채 바라보던 박보윤도 그제야 안도의 한숨을 내쉬었다.

태수가 매트리스에 쓰러져 있는 스턴트맨에게 다가가 오히려 괜찮은지 확인을 했다. 겉으로 보기에는 무난해 보였지만 태수가 멱살을 잡을 때 적지 않은 충격을 받았을 것 같았기 때문이다.

스턴트맨이 웃으며 말했다.

"솔직히 촬영 전에는 스턴트맨이 했으면 해서 살짝 겁이

나긴 했는데, 정말 액션 잘하시네요."

스턴트맨이 태수를 향해 엄지를 치켜들었다.

이어지는 씬은 태수가 허공으로 집어 던진 유한성의 몸으로 강혁이 들어가는 장면.

유한성이 비틀거리며 일어나 주위를 두리번거리며 대사를 했다. 재벌가 자제 특유의 징징거리는 비굴함이 드러나는 연기가 필요했다.

의외로 김찬한테 그런 연기가 잘 어울렸다.

"아아악…… 으흑, 아파…… 어떤 놈이…… 나 집어 던진 거야? 누구야?"

이어서 김찬이 빠지고 유한성이 서 있던 자리를 향해 전력으로 질주하는 강혁. 이 장면은 나중에 유한성과 강혁을 합성할 예정이다.

태수가 주저 없이 허공으로 몸을 날렸다. 전문 액션을 배우지 않고서는 도저히 나올 수 없는 자세.

반대편 매트리스에 태수가 떨어지며 오케이 사인이 나왔다.

거침없는 태수의 액션 덕분에 촬영이 오히려 예상보다 빠른 속도로 진행이 되자, 촬영장을 감돌던 막연한 불안감이 걷히면서 활기가 돌기 시작했다.

양정애 작가도 다른 스태프들과 마찬가지로 찜찜한 마음으로 촬영을 지켜보고 있었다.

갑작스러운 스토리 변동에, 첫 화부터 쪽 대본이 동원됐고 주연은 연기 경력이라곤 없는 신인 배우라니.

거의 자포자기하는 심정으로 대본을 썼고, 어수선한 현장 분위기에 이 작품이 제대로 될 수 있을까 의구심을 지울 길이 없었던 것이다.

근데 기대하지 않았던 태수가 마치 전문 액션 배우 같은 뛰어난 연기를 보여 주면서, 양정애가 대본을 쓰며 머릿속에 그렸던 그림들이 눈앞에서 하나하나 구현되고 있었다.

수많은 사람들이 드라마의 오프닝과 강혁과 닮은 장태수의 등장으로 드라마에 대한 기대감을 한층 높일 때도, 정작 양정애는 밤잠조차 이루지 못할 정도로 스트레스와 불안에 시달렸었다. 수정된 대본도 방향이 맞는지 확신이 가지 않았고.

근데 오늘 장태수의 연기를 보면서, 어쩌면 이 드라마가 자신이 걱정하는 것보다 훨씬 잘될지도 모른다는 희망이 생기기 시작했다.

다음 찍을 씬은 유한성의 몸에 들어간 강혁이 다가온 킬러와 싸우는 액션 씬.

킬러 역할을 맡은 배우는 액션을 전문으로 하는 단역배우 겸 스턴트맨.

사전에 잠깐 리허설을 하며 합을 맞춰 봤지만, 이런 액션 장면은 충분한 연습을 하지 않으면 자칫 상대를 다치게 만들

수가 있다.

정두연이 강혁 역할이 되어 킬러와 주고받는 액션의 합을 선보이며 말했다.

"이 액션은 실감도 나야 하지만, 멋지게 보여야 하기 때문에 힘든 거야. 이렇게 팔을 뻗을 때도 각이 드러나야 하고 눈빛이 살아 있는 게 중요해."

이전의 와이어 액션은 태수 혼자만 잘하면 문제가 없지만, 이번 액션은 상대와의 약속된 합을 잘 지키면서 연기를 하는 게 중요했다.

태수는 정두연 무술 감독이 킬러와 주고받는 합을 마치 공식처럼 머릿속에 각인시켰다.

비록 방송 시간으로는 짧지만 그 순간에 주고받는 주먹질과 발 차기 등의 동작들은 수십 가지가 넘었기에 전문 액션 배우도 구현하기가 쉽지 않은 연기다.

하지만 제대로 구현만 된다면 아주 멋진 액션 장면이 완성된다.

정두연이 열심히 설명을 한 후에 고개를 흔들며 중얼거렸다.

"아니다, 아무리 생각해도 지금 이걸 신인 배우한테 그대로 따라 하라는 건 진짜 무리야. 이 정도 합을 맞추려면 이틀은 꼬박 체육관에서 살아야 해. 차라리 정교한 액션보다는 동작을 간단하게 줄이고 임팩트 있는 쪽으로 초점을 맞춰서

가는 게⋯⋯."

"한번 해 보겠습니다."

정두연이 살짝 미소를 지으며 말했다.

"태수 씨, 이거 멋진 동작은 고사하고 아이큐 200도 기억하기 어려운 액션 합이야."

태수가 대답 대신 혼자서 보이지 않는 상대가 있다는 생각을 하며 순서대로 지정된 액션 연기를 수행했다. 한 동작도 빼먹지 않았고, 주먹을 뻗고 몸을 피할 때 흔히 말하는 멋진 각이 저절로 나왔다.

또한 싸우면서 상대에게서 눈을 떼지 않는 눈빛 연기도 생생하게 살아 있었다.

정두연이 믿기지 않는 눈으로 보다가 킬러 배역의 배우를 돌아보고 말했다.

"영일아, 합 한번 맞춰 봐."

킬러와 둘이서 실제 연기처럼 자세를 잡았고 정두연이 소리쳤다.

"액션."

큐 사인이 떨어지자마자 킬러와 태수의 정해진 동작들이 기계처럼 맞물려 돌아가면서, 순식간에 주고받는 멋진 액션 씬이 리듬을 타며 완성됐다.

정두연이 할 말을 잊은 채 입을 벌리고 태수를 돌아봤다.

"야, 너 뭐냐? 어떻게 그 동작을 다 외웠어?"

킬러 역할의 영일도 상기된 표정으로 태수를 보고 말했다.

"와, 진짜 액션 배운 적 없어요? 리듬이 살아 있어서 전문 액션 배우고 신나게 합을 맞춘 것 같았어요."

정두연의 입꼬리가 귀밑까지 올라갔다.

"이야, 장태수 너 물건이다."

"실전에서 잘해야죠."

태수가 킬러 역할의 김영일에게 웃으면서 말했다.

"잘 부탁드립니다."

태수가 액션 합을 맞추는 모습을 지켜보고 있던 김찬이 옆에 박보윤을 향해 짜증스럽게 중얼거렸다.

"쟤 뭐야? 완전 액션 배우잖아. 아놔, 미치겠네 진짜."

"미치긴 네가 왜 미쳐, 태수 씨 덕분에 우리 드라마 살겠구먼."

"물론 드라마는 살겠지, 난 죽을 거고."

스태프들이 다시 정 위치에 섰고 촬영이 시작됐다.

"레디…… 액션!"

유한성의 몸에 강혁의 영혼이 들어간 이후의 장면에서 촬영이 시작됐다.

비틀거리던 유한성이 힘겹게 중심을 잡는데, 어느새 다가온 킬러가 고개를 갸웃했다. 유한성이 아닌 강혁으로 모습이 바뀌어 있었기 때문이다.

사실 이렇게 유한성에서 강혁으로 순식간에 모습이 변하

는 이 장면이 이번에 변화된 설정의 핵심이었다.

킬러가 들고 있던 소품용 칼로 강혁을 찔렀다. 순간 강혁이 옆으로 피하면서 킬러의 칼 든 손을 내리치고 곧바로 자세를 낮추며 한 바퀴를 돌아 다리로 킬러의 종아리를 걸어찼다.

킬러의 몸이 허공으로 떴다가 바닥으로 떨어지면 강혁이 다리로 그런 킬러의 가슴을 찍어 누르며 묻는다.

"웬 놈이냐?"

순간 킬러가 다시 강혁의 다리를 잡아 던지며 몸을 일으켜서는 둘의 화려한 액션 장면이 펼쳐진다. 주먹과 주먹이 서로의 얼굴을 스치고 강혁의 긴 다리가 킬러의 복부를 걷어찬다.

하지만 상대 역시 최고의 킬러.

쓰러진 킬러가 몸을 한 바퀴 돌려 일어나며 다리에 숨겨놓은 단검을 강혁에게 던진다.

어깨에 비수를 맞은 강혁이 주춤하며 무릎을 꿇으면 바닥에 떨어진 칼을 들고 다가오는 킬러.

이때 멀리서 경찰차의 사이렌 소리가 들려온다.

킬러, 강혁을 노려보다가 돌아서서 그랜저를 타고 달아난다.

강혁, 어깨에 맞은 칼을 뽑아내고는 지친 듯 천천히 도로에 드러눕는다.

이 장면이 텔레비전으로 방영될 때는 강혁의 모습이 서서히 흐려지다가 유한성으로 변하게 된다.

김 피디의 신이 난 목소리가 촬영장을 울렸다.

"컷, 오케이!"

<영혼탐정> 시화 편

　태수가 옥상 평상에서 야경을 내려다보며 맥주를 들이켰
다.

　"크으, 이 맛이지."

　창호도 맥주를 마시고는 기분이 좋은지 싱글벙글 웃으며
맞장구를 쳤다.

　"그래, 인생 뭐 별거 있냐? 이런 게 사는 맛이지."

　극도의 긴장과 고된 노동을 치른 후 마시는 시원한 맥주
맛은 어디에도 비할 수가 없다.

　창호가 말했다.

　"첫 촬영이라서 네가 실수하지 않을까 계속 조마조마했는
데…… 후우…… 어쨌든 모든 연기가 잘 나와서 정말 다행이

야. 김찬이도 걱정했던 것보다는 연기가 괜찮던데? 이전에 했던 〈옆집남자〉 때는 정말 발연기였는데."

태수도 동의했다.

"네, 맞아요. 생각보다 연기 잘하더라고요."

"연기를 잘하는 게 아니라 걔 평소 모습이 원래 그런 거 아냐?"

"그런가."

"야, 마지막에 너 킬러하고 싸운 후에 도로에 누워 있는데, 난 어디 다친 줄 알고 정말 심장이 멎는 줄 알았어."

태수도 무슨 얘기인지 금방 알아들었다.

킬러와의 대결은 그날 태수의 마지막 촬영분이었다.

킬러와의 대결을 마치고 오케이 사인이 나오자, 그때까지 몸 안에 남아 있던 팽팽한 긴장감이 한순간에 풀리며 맥이 탁 풀렸던 것이다.

아마 스스로는 의식하지 못했지만 첫 촬영이라서 생각보다 긴장을 많이 했던 모양이었다. 특히 강혁바라기 팬 카페 회원들을 생각하면서 무조건 잘해야겠다는 부담감이 컸다.

액션 씬도 남들이 보기엔 쉽게 연기한 것처럼 보이지만 영능력의 기운까지 빌려서 초집중을 한 덕분에 가능했던 연기다.

다행히 퇴마를 하면서 자연스럽게 익힌 무술 동작들이 생각보다 큰 도움이 됐다.

태수가 마지막 연기를 끝낸 후 긴장이 풀려서 숨을 고르며 누워 있는 걸, 다친 걸로 오해한 스태프들이 놀라서 우르르 주위로 몰려들었던 것이다.

창호가 웃으면서 말했다.

"그때 네가 괜찮다고 하고 일어나는 순간 진짜 촬영장에 있던 거의 모든 사람들이 다 안도하는 한숨을 내쉬더라고. 촬영 하루 만에 무슨 중견 배우도 아니고, 촬영장에 중심을 잡으면서 분위기를 완전히 휘어잡았다니까."

"에이, 형이 그렇게 보신 거죠."

"내 말 맞아, 내가 촬영장 한두 번 가는 것도 아니고. 아무튼 내가 아무래도 전생에 나라를 구했나 보다. 너 같은 복덩이를 다 만나고, 흐흐흐."

노트북으로 인터넷을 검색하던 태수의 눈에 '공포 영화 〈모텔 파라다이스〉 100만 관객 돌파!'라는 기사가 보였다.

사실 이번 주중으로 관객 수 100만은 돌파하겠다는 예상을 하고 있었다. 위브라더스 측에서도 100만 관객 돌파하면 조촐한 파티라도 열자는 말이 나왔으니까.

만약 오늘 100만 관객을 돌파했다면 생각했던 것보다도 속도가 더 빠른 셈이다.

'대체 오늘 관객이 얼마나 들었기에?'

개봉 2주 차에 접어들면서 〈오래된 기억〉은 온라인에서 기사의 수도 눈에 띄게 줄어들었고 스크린 수도 절반 이하로 줄었다. 반면 〈모텔 파라다이스〉의 개봉 2주 차 스크린 수는 800개 이상으로 늘어났다.

"형, 12시 넘었죠?"

"왜? 관객 스코어 보게?"

"네."

태수가 노트북을 켜서 영화진흥위원회 홈페이지에 접속했다.

오늘의 박스 오피스로 들어가자 영화 목록이 줄줄이 나타났고, 이젠 아주 당연하다는 듯 맨 위에 〈모텔 파라다이스〉가 자리하고 있었다.

2위는 〈오래된 기억〉.

옆에서 화면을 보던 창호가 놀란 목소리로 말했다.

"와, 평일인데도 스코어가 괜찮네."

개봉 첫날 8만여 명 남짓이던 관객 수가 2주 차 수요일인 오늘 17만 명으로, 거의 두 배를 넘어섰다.

"어제까지만 해도 10만 조금 넘었는데 오늘 갑자기 왜 이렇게 늘었지?"

"그저께 제작 발표회 기사 나갔잖아. 네가 〈오늘도 연애〉 강혁 역할 맡았다는 기사가 온라인을 거의 도배했으니까 그렇지 뭐. 이것저것 서로 시너지 효과가 생겨서 좋네. 여기 리뷰 봐 봐, 어제 리뷰부터 영혼남이 사라지고 강혁이란 이름이 계속 등장하고 있잖아."

창호가 태블릿을 태수에게 건넸다.

정말 창호의 말대로 리뷰를 남기는 게시판에 어제까지 자주 보이던 영혼남 대신 강혁이란 이름이 자주 눈에 띄었다.

　-다음 영화에선 시나리오 말고 영화에 출연한 태수 님 보고 싶어요.

　-태수 님, 강혁 나오는 시나리오 한 편 쓰시고 직접 출연하면 안 되나요? ㅋㅋ

　-천녀유혼 같은 공포 영화에 강혁 나오면 재밌을 것 같은데.

창호가 리뷰들을 보다가 고개를 흔들며 말했다.

"역시 대중들은 이렇게 무섭다니까. 금방 금방 변해."

반면 〈오래된 기억〉의 관객 수는 4만 3천 명.

일주일 전과 비교하면 도무지 믿기지 않는 놀라운 수치였다.

평점 역시 〈오래된 기억〉은 어제 7.0점에서 오늘은 6.9점까지 떨어졌고 〈모텔 파라다이스〉는 8.9까지 올랐다.

공포 영화가 평점 9점을 넘긴 적이 있었던가.

오늘 관객이 17만 명이나 들어온 덕에 현재까지 〈모텔 파라다이스〉의 누적 관객 수는 120만에 육박하고 있었다. 120만은 〈모텔 파라다이스〉의 손익분기점이었다.

창호와 영화 스코어를 살피던 태수는 살짝 위화감을 느꼈다.

다른 날 이 시간이면 창호가 아닌 이화가 옆에 앉아서 미주 알고주알 수다를 떨고 함께 영진위 홈페이지를 보며 즐거운 대화를 나눴을 것이다. 근데 오늘은 이화가 보이질 않았다.

'얘가 어딜 갔지?'

주위를 살피는 태수의 시야에 옥상 난간에 걸터앉아 있는 이화가 보였다.

'쟤가 오늘따라 왜 저러지, 무슨 일이 있는 건가?'

태수가 이화를 불렀다.

"이화야, 너 거기서 뭐 해? 무슨 일 있어?"

창호가 주섬주섬 자리에서 일어나며 말했다.

"그럼 난 이만 간다. 너무 늦게 자지 말고 쉬어."

"알았어요. 잘 가요, 형."

창호가 허공을 바라보며 말했다.

"이화한테도 안부 전해 주고."

창호가 옥상을 내려가자 이화가 스르르 옆으로 다가왔다.

"왜 거기 그러고 혼자 앉아 있었어? 창호 형이 옆에 있으니까 불편해서 그런 거야?"

이화가 고개를 흔들고는 말했다.

─이제 곧 내가 누군지 알게 된다고 생각하니까 갑자기 겁이 나서요.

"겁이 나다니?"

─모르겠어요. 예전 기억을 떠올리려고 하면 괜히 심장이

쿵쿵거리고 자꾸만 무서운 생각이 들어요. 그냥 내가 누군지 알려고 하지 말고 지금처럼 살면 안 될까요?

"응, 안 돼. 그렇게 되면 계속 귀기가 쌓이고 악귀가 돼서 나중엔 정말로 네가 누군지 잊어버리게 돼. 아무리 안 좋은 기억이라도 이제 넌 죽은 영혼이니까 모든 한을 훌훌 털어 버리고 천도되는 게 가장 좋은 방법이야."

이화가 힘없이 고개를 끄덕였다.

〈영혼탐정〉 녹화일.

태수가 창호의 차를 타고 그 어느 때보다 긴장된 마음으로 QBS 방송국으로 향했다.

창호의 카니발 차 안에는 이미 카메라가 설치되어 있어서 태수가 차에 타는 순간부터 일거수일투족이 촬영되고 있었다.

태수가 방송국 주차장에 도착하자 미리 연락을 받은 VJ들이 대기하고 있다가 촬영을 시작했다.

확실히 프로그램이 특별 편성으로 개편되면서 규모가 달라졌다는 걸 느낄 수가 있었다.

지난주까지만 해도 〈영혼탐정〉 녹화는 파인미디어 사무실에서 촬영을 진행했는데, 이번 주부터는 아예 방송국 스튜디오에서 진행하기로 방침이 바뀌었다.

VJ들의 수도 훨씬 늘어났고.

태수가 〈영혼을 찾아서〉 녹화장인 A 스튜디오 쪽으로 걸어가는 동안 카메라를 보고 멘트를 했다. 메인 작가 김영아가 어젯밤 대략적인 구성안과 기본적인 멘트가 적힌 대본을 보내 줬던 것이다.

시청자들의 감성을 자극할 감미로운 태수의 목소리가 카메라에 담겼다.

"지금 여러분 눈에는 보이지 않겠지만, 지금 제 옆으로는 기억을 잃어버린 한 소녀의 영혼이 함께하고 있습니다. 이화야, 시청자 여러분들한테 인사해."

태수가 이화가 있는 위치를 VJ에게 알려 줬고, 이화가 카메라를 보며 인사를 했다.

-안녕하세요. 저는 기억을 잃어버린 여고생 영혼, 이화라고 합니다.

태수가 이화의 말을 그대로 전한 후에 말했다.

"지금 김보미 작가가 이화의 얼굴을 그린 그림이 화면 좌측 상단에 나가고 있을 텐데요. 이화는 그렇게 예쁜 여고생 영혼입니다. 오늘 저는 이화가 잃어버린 기억을 찾고 가족들에게도 작별 인사를 나눈 후 편안한 마음으로 이승을 떠나기를 간절히 기원하고 있습니다."

앞쪽에 녹화장인 A 스튜디오가 보이자 태수가 카메라를

돌아보고 멘트를 이어 나갔다.

"저기 앞에 오늘 방송을 녹화하게 될 스튜디오가 있네요. 근데 전 평소와 다르게 오늘 몹시 긴장이 됩니다. 오늘 이화가 기억을 무사히 찾을 수 있을지도 걱정이 되고, 또 찾은 기억이 나쁜 기억이면 어떡하나 솔직히 불안하기도 하네요."

스튜디오로 들어가자 김영아와 전소민이 태수를 맞았다. 이화는 방송국이 신기한지 연신 이리저리 둘러보며 혼자 스튜디오를 돌아다녔다.

태수가 재빨리 두 사람의 눈치부터 살폈다.

"어떻게 됐어요?"

전소민이 김영아에게 말하라고 눈짓을 했고 김영아가 애매한 표정으로 말했다.

"일단 이화를 알고 있다는 사람들 10명 정도한테서 연락이 왔어요."

"정말요? 이화의 부모님은요?"

"이화의 부모님은 아직 연락이 없었는데, 아마 저희 프로그램이 젊은 사람들이 주로 시청을 하는 프로라서 못 보신 것 같아요."

그 소리를 들은 이화가 어느새 옆으로 다가와서 눈을 반짝이며 김영아의 다음 얘기를 기다렸다.

김영아가 선뜻 다음 얘기를 꺼내지 못하고 허공을 살피는 모습이, 아무래도 이화의 눈치를 살피는 모양.

태수가 말했다.

"괜찮아요. 어떤 얘기든, 어차피 이화도 알아야만 하니까요."

이화도 그런 태수의 말에 동의한다는 듯 고개를 끄덕였다.

김영아가 조심스럽게 자신이 메모한 내용들을 살펴보며 입을 열었다.

"그럼 제보받은 내용들을 그대로 말씀드릴게요. 일단 가장 많은 제보를 준 사람들은 성운여고의 여학생들이었어요."

"성운여고요?"

"네. 이화가 다니던 학교예요. 여기 보세요."

김영화가 노트북을 클릭하자 이미 준비한 화면이 나타났다. 성운여고의 홈페이지 화면이었다. 학교의 전경이 화면에 하나 가득 보였다.

태수가 이화를 돌아보고 물었다.

"이화야, 기억나니?"

이화가 가만히 화면을 보다가 애매하게 고개를 가로저었다.

- 잘 모르겠어요.

이번에는 김영아가 다른 화면을 클릭했다.

화면을 본 태수와 이화가 동시에 탄성을 내질렀다. 화면에는 성운여고의 교복이 하나 가득 떠 있었던 것이다.

이화가 자신의 교복과 화면의 교복을 비교하며 떨리는 목

퇴마하는 톱스타

소리로 말했다.

－교복은 맞는 것 같은데 그래도 기억이 잘 떠오르지 않아요.

태수가 이화의 얘기를 그대로 전했고 이번에는 전소민이 끼어들었다.

"충분히 그럴 수 있어요. 아는 사람을 만난다거나 하지 않는 이상 저런 객관적인 사실만으로는 기억이 떠오르지 않을 수 있죠. 제보 내용을 종합해 보면 일단 이화의 성은 '권'씨예요. 그러니까 이화의 이름은 권이화가 되는 거죠."

전소민이 이화가 있는 곳으로 생각되는 허공을 보며 물었다.

"권이화, 네 이름이야. 기억나니?"

이화의 눈빛이 파르르 떨리더니 갑자기 머리를 움켜쥐고 몸을 부들부들 떨었다.

전소민도 그런 기운을 느낀 듯 팔을 문지르며 중얼거렸다.

"갑자기 주위가 추워졌어요. 무슨 일이에요?"

"이화가 지금 갑자기 기억이 떠오르는지 좀 힘들어하고 있어요."

태수가 이화를 돌아보고 말했다.

"이화야, 많이 힘들면 조금 이따가 할까? 아니면 너 없는 자리에서……."

이화가 고개를 흔들며 말했다.

─괜찮아요, 계속 말씀해 주세요.

어딘지 모르게 이화의 얼굴이 이전과 살짝 달라진 느낌이 들었다.

이전에는 얼굴에서 감정이 많이 배제되어 표정이 단순한 느낌이 들었는데, 지금은 무척 풍부하게 여러 다양한 감정들이 표정에 드러나고 있었다.

덕분에 얼굴이 이전보다 훨씬 예쁘다는 생각이 들었지만 반면 무척 불안해 보이기도 했다.

태수가 고개를 끄덕이자 전소민이 계속 말을 이어 나갔다.

"학교는 성운여고 3학년. 이름은 권이화."

전소민이 잠시 숨을 멈췄다가 조심스럽게 말을 이어 나갔다.

"현재 이화는…… 석 달째 실종 상태라고 해요."

전소민의 말에 이화는 물론 태수도 충격으로 잠시 말을 잇지 못했다. 실종이란 말이 전해 주는 여러 불길한 상상들이 태수의 머릿속에서 한꺼번에 떠올랐다.

물론 이화 역시 같은 생각을 하고 있을 것이고, 이 프로그램을 시청하게 될 시청자들도 같은 생각을 떠올리게 될 것이다.

전소민이 힘겹게 말을 이어 나갔다.

"그래서 제가 생전에 이화를 알고 있다면서 제보를 해 준 친구들을 이곳 스튜디오로 모셨습니다."

양손으로 입을 가리는 이화의 두 눈이 두려움으로 파르르 떨렸다.

전소민이 말했다.

"그 친구들을 부르기 전에 먼저 이화 양에게 의사를 물어보는 게 좋을 것 같은데요."

태수가 이화를 돌아보고 물었다.

"친구들…… 만나 볼 거니?"

이화가 금방이라도 울 것 같은 얼굴로 대답을 하지 않은 채 어쩔 줄을 몰라 했다.

이화가 있다고 생각되는 허공을 카메라가 잡았고 반대편 방 안에 대기하고 있는 이화의 친구 세 명도 역시 카메라가 촬영을 하는 중이었다.

아마도 방송 당일 날에는 스튜디오의 모습과 친구들이 있는 방이 교차로 한 화면에 띄워질 것이다.

"이화야."

태수의 말에 이화가 고개를 끄덕이고는 들릴 듯 말 듯한 소리로 대답했다.

―……만날래요.

태수가 고개를 끄덕이자 옆쪽 방의 문이 열렸다. 스텝이 이화의 친구 세 명을 스튜디오로 데리고 나왔다. 세 명 모두 이화가 입고 있는 것과 똑같은 교복을 입고 있었다.

친구 세 명이 얼떨떨하면서도 살짝 겁먹은 표정으로 주위를 두리번거렸다.

친구들을 바라보는 이화의 두 눈에서 눈물이 흐르기 시작했다. 이화의 어깨가 들썩이기 시작했고 한번 흐른 눈물은 멈출 줄을 몰랐다.

－으흐흐흐흑.

이화의 눈에서 흘러내린 눈물이 스튜디오의 공기를 만나 스르르 허공으로 사라졌다.

태수는 전소민에게 잠시 멈추라는 눈짓을 했고, 친구들 세 명은 영문을 모른 채 겁먹은 표정으로 허공을 두리번거렸다.

이화가 손으로 입을 가린 채 친구들을 향해 흐느끼며 중얼거렸다.

－혜선아…… 효인아…… 정화야…….

이화가 친구들에 대한 기억이 떠오르는지 더욱 서럽게 울면서 이름을 불렀다.

－혜선아…… 효인아…… 정화야…… 나야…… 이화…… 내 목소리 안 들려?

마치 폐부를 찌르는 것 같은 이화의 울음 섞인 목소리.

태수도 이화의 목소리에 순간 울컥해서 눈물이 차올랐다.

태수가 고개를 돌리고 입술을 깨물자 전소민이 조심스럽게 물었다.

"지금 무슨 일이 일어나고 있는지 설명을 좀 해 주실래요?"

이화의 친구 세 사람도 눈을 동그랗게 뜨고 숨을 죽인 채 태수를 바라봤다.

태수가 감정을 진정시킨 후 낮은 목소리로 말했다.

"지금 이화의 영혼이…… 친구들의 이름을 부르면서…… 울고 있어요."

순간 전소민과 김영아는 숙연해졌고 이화의 친구들은 서로의 얼굴을 바라보면서 놀라더니 금방이라도 울 것 같은 표정이 됐다.

"어, 어떡해? 그럼 이화의 영혼이…… 지금 여기에 있어요?"

태수가 고개를 끄덕이자 한 친구는 허공을 두리번거리면서 금방 울먹이며 말했다.

"이화야…… 너 여기에 있어? 나야, 효인이. 나 보여? 이화야, 대답 좀 해 봐."

이화가 효인의 앞으로 다가와 흐느끼며 말했다.

―보여, 잘 보여, 효인아.

이화가 효인을 안으려고 팔을 뻗었지만 소용이 없었다.

이화가 훌쩍이며 효인을 바라보고 말했다.

―너 왜 머리 잘랐어? 그 전에 긴 머리가 더 예뻤는데. 물론 지금도 예쁘지만.

태수가 이화의 말을 대신 전해 줬다.

"이화가 효인 양이 머리 자른 얘기를 하네요. 그 전에 긴

머리가 더 예쁘긴 하지만 지금도 여전히 예쁘대요."

"……이화야."

효인이 떨리는 손을 앞으로 내밀며 울음을 터뜨렸다. 옆에 있던 두 친구도 덩달아 울음을 터뜨렸다. 급기야 이화도 울음을 터뜨리며 스튜디오가 금방 울음바다로 변했다.

전소민과 김영아도 눈물을 훔치며 고개를 돌렸다.

태수가 잠시 호흡을 진정시킨 후 카메라를 보고 말했다.

"이제 이화가 누구인지 우리는 알게 됐습니다. 그리고 이화는 현재 3개월째 실종 상태로 있다는 사실도 알게 됐습니다. 네, 여러분이 어떤 걱정을 하시는지 저도 충분히 알고 있습니다. 저 역시 이화의 기억을 찾는 일이 솔직히 두렵고 겁이 납니다. 하지만 이화의 영혼을 좋은 곳으로 천도하기 위해서는 그녀가 어떤 일을 겪었는지, 이화의 시신이…… 지금 어디에 있는지……."

태수가 거기까지 얘기했을 때 여학생들의 울음소리가 더욱 커졌다. 아마 시신이란 얘기가 여학생들의 가정을 자극한 것 같았다.

"네. 두렵지만 저희는 반드시 이화의 시신을 찾아서 부모님과 친구들의 품으로 돌려줄 것입니다. 시청자 여러분도 저희들이 이화를 찾을 수 있도록 용기와 격려를 주시면 감사하겠습니다."

다들 감정이 어느 정도 진정이 된 후 태수가 물었다.

"이화야, 너는 네가 어떻게 죽게 됐는지 아직도 기억이 전혀 없어?"

-네. 친구들만 기억이 나고 여전히 부모님이나 제가 살던 집, 다른 사람들, 제가 어떻게 죽게 됐는지 같은 기억은 하나도 나질 않아요. 그 기억을 하려고 하면 자꾸만 몸이 떨리고 머리가 아파요.

"그래, 알았어. 그럼 우리하고 함께 기억을 찾아보도록 하자. 괜찮지?"

이화가 고개를 끄덕였다.

태수가 이화의 친구들을 돌아보고 말했다.

"저희가 가능하면 이화의 기억을 찾은 후 천도하기 전에 친구들과 만남을 한 번 더 가질 수 있도록 자리를 마련해 보겠습니다. 오늘 여기까지 나와 줘서 고마워요."

친구들은 이화의 얼굴을 보지 못하는 게 못내 아쉬운 모양. 다들 스튜디오를 나가면서 계속 허공을 두리번거리며 말했다.

"이화야…… 갈게. 우리 또 만나, 꼭."

이화 역시도 친구들과 헤어지는 게 싫어서 계속 흐느꼈다.

-잘 가…… 혜선아, 효인아, 정아야…….

이화의 친구들이 빠져나가고 태수가 말했다.

"이화야, 우리가 회의를 할 동안 여기 앉아서 좀 기다릴래? 아니면 같이 회의에 참석해서 얘기를 들어 볼래?"

이화가 고개를 흔들며 말했다.

－저는 그냥 밖에 복도에 앉아 있을래요.

태수는 금방 이화의 마음을 읽었다.

자신이 생각해도 답답한 스튜디오보다는 연예인들이 오가는 방송국 복도에 있는 게 나을 것 같았다. 영혼이라도 여고생의 마음은 그대로니까.

"그럼 그렇게 해."

이화가 스튜디오를 빠져나갔고 제작진은 별도로 회의를 가졌다. 물론 그 회의 내용도 VJ들이 카메라로 모두 담았다.

전소민이 말했다.

"제가 이화 양의 실종 사건을 담당하고 있는 성운경찰서에 문의해 본 결과 이화 양은 3개월 전인 지난 5월 초에 학교에서 야간 자율 학습을 마치고 집으로 가던 도중에 실종됐다고 해요. 처음엔 단순 가출로 생각해서 바로 수사를 하지 않다가 일주일이나 지나서 수사를 시작했대요."

태수가 물었다.

"그럼 실종 당시 CCTV나 이화의 휴대폰 신호 같은 부분에 대해 경찰이 조사를 했나요?"

그 부분은 김영아가 대답했다.

"네. 그 주변이 낙후된 곳이라서 CCTV가 별로 없었고, 경찰이 실종되고 일주일이나 지나서야 이화의 휴대전화 신호가 끊어진 곳을 중심으로 수색을 시도했는데 이화는 물론 휴대폰도 찾지 못했대요."

김 피디가 물었다.

"그럼 현재 우리가 기대할 수 있는 건 이화의 기억이 떠오르는 것뿐이네?"

전소민이 대답했다.

"그렇죠. 제 생각에는 이화의 휴대폰 신호가 마지막으로 끊겼던 곳을 찾아가 보면 이화가 뭔가 기억할 수 있지 않을까요?"

얘기를 듣고 있던 태수도 동의했다.

"맞아요. 지금은 아무것도 떠오르지 않지만 실종 장소에 가면 아마 뭔가가 떠오를 거예요. 지금 당장 이화를 데리고 그곳으로 가 보도록 하죠."

마음이 급한 태수와 제작진이 일어나려는데 김 피디가 말했다.

"근데 문제가 좀 있어요."

"문제라니요?"

모두의 시선이 김 피디를 향했다.

"지금 이화 편 같은 경우 저희가 범죄 탐사 프로그램이 아닌데 사건을 추적하는 형식이 되고 있잖아요. 그러면 앞으로 범죄와 관련된 문의들이 많이 들어올 것 같은데, 그렇게 되면 여러 가지로 문제가 좀 생길 것 같거든요."

태수도 공감했다. 오늘 이화가 실종 상태라는 얘기를 듣는 순간 태수도 그 부분을 걱정하고 있었다. 구석에서 회의를 지켜보던 창호도 공감한다는 듯 고개를 끄덕였다.

자칫 지금 방향을 잘못 잡으면 프로그램을 계속 이어 가기도 어렵고 태수도 힘든 상황이 올 수가 있었다.

어떤 식으로든 프로그램의 방향을 결정하고 넘어가야 하는 시점이다. 또한 다들 말은 하지 않았지만 언젠가 이런 문제가 불거질 것이라는 걸 막연하게 걱정하고 있었다.

그 시점이 생각보다 일찍 찾아왔을 뿐.

모두의 시선이 태수를 향했다.

이 프로그램을 기획한 사람도, 앞으로 어떤 방향으로 이끌어 갈지 결정할 수 있는 사람도 태수밖에 없으니까.

"알겠습니다. 앞으로 가능한 한 〈영혼탐정〉은 특별한 경우가 아니면 범죄와 관련된 소재는 배제하기로 하죠. 처음 기획도 우리의 일상에서 작은 감동을 줄 수 있는 영혼 이야기라는 방향이었으니까요."

멀리서 창호가 엄지를 치켜들었고 김 피디가 안도하는 표정으로 말했다.

"솔직히 난 걱정했어요, 태수 씨가 혹시라도 일상 범죄를 해결하겠다고 나설까 봐."

물론 태수도 그런 생각이 없는 건 아니었다. 그 문제는 방송 이전에 처음 영능력을 가지게 됐을 때부터 고민하던 문제였다.

영능력을 세상을 위해 좀 더 대단한 일에 사용해야 하지 않을까 하는 고민이 내내 태수를 괴롭혔던 것이다.

기다렸다는 듯 노인의 목소리가 들려왔다.

-잘 생각했네. 영능력은 현실의 문제에는 개입하지 말고 영적인 문제를 해결하는 데만 사용하는 게 옳아. 현실의 문제는 사람들에게 맡겨 둬야 해. 앞으로도 영능력을 사용할 때는 늘 신중에 신중을 기해야만 그 능력을 오래도록 유지할 수가 있다네.

영능력은 영적인 문제를 해결하는 데만 사용하라는 노인의 말을 태수는 한 번 더 가슴에 새겼다. 그 기준이 흔들리는 순간 모든 게 뒤죽박죽이 될 수 있으니까.

제작진과 함께 스튜디오를 나서자 복도 의자에 앉아 멍하니 오가는 사람들을 바라보고 있는 이화가 보였다.

태수가 말했다.

"이화야, 가자."

이화가 의아한 표정으로 물었다.

-어디를요?

"네가 실종됐을지도 모르는 장소."

⟶⟵

전소민이 지도를 보며 말했다.

"이 근처인 것 같아요. 여긴 아직도 공사 중이네."

큰 건물을 짓다가 중단된 듯 뼈대만 앙상하게 남은 공사 현장이 어둠 속에 흉물스럽게 방치되어 있었다. 경찰에 따르면 이화가 실종될 당시에는 한창 건물 공사가 진행 중이었다고 했다.

태수가 이화를 돌아봤다.

"뭐 기억나는 거 없니?"

이화가 불안한 표정으로 어두컴컴한 주위를 두리번거렸다.

"여기서 네 휴대전화의 신호가 마지막으로 끊어졌대."

이화가 고개를 흔들었다.

─모르겠어요, 기억이 나지 않아요. 제가 왜 이렇게 무서운 곳에 왔을까요?

가장 우려하던 상황이었다. 이곳에 오면 기억이 날 줄 알았는데. 아마도 실종 당시 공사가 진행 중이었다면 이곳의 모습이 지금하고는 많이 달랐을 수도 있다.

이화가 여전히 기억을 찾지 못한다는 태수의 말을 전해 들은 제작진이 난감한 표정을 지었다.

전소민이 카메라를 바라보며 말했다.

"시청자 여러분, 많이 안타까운 상황인데요. 이 사건은 사건 발생 3개월이 지나도록 경찰도 아직 해결하지 못한 사건입니다. 그래서 저희가 믿을 수 있는 건 직접적인 피해자인 이화 양의 영혼이 당시의 기억을 되찾는 것인데…….”

－잠시만요.

이화의 말에 태수가 손가락을 입술에 갖다 대고 전소민의 멘트를 중지시켰다.

이화가 고개를 위로 치켜들고 캄캄한 밤하늘을 바라보며 중얼거렸다.

－저기 십자가요.

“십자가?”

이화가 바로 옆 달동네 위쪽으로 보이는 교회의 빨간 십자가를 가리켰다.

－저 십자가를 본 기억이 떠올라요. 저 십자가가…… 그날 밤에…… 아악!

이화가 갑자기 머리를 움켜쥐고 귀곡성을 질렀다. 주위에 있던 모든 제작진이 오싹한 기운을 느낄 정도로 강력한 초저주파가 발생했다.

“왜 그러니, 이화야?”

이화의 동공이 불안하게 흔들리며 주변을 살피기 시작했다.

－맞아요, 여기! 여기가 맞아요! 여기에 그 아이들과 제가 있었어요.

“그 아이들이라니? 누구를 말하는 거야?”

이화가 몸을 부들부들 떨면서 말했다.

─그 아이들이…… 아…… 무서워…… 지금도 너무 무서워요.

"이화야, 진정하고 차근차근 말해 봐. 어떤 아이들을 말하는 거야?"

─김정미…… 양미희…… 그리고…… 하아…… 박혜지…….

태수가 전소민을 향해 재빠르게 말했다.

"전 기자님 적으세요. 김정미, 양미희, 박혜지."

전소민은 다시 김영아에게 이화가 말한 이름을 알려 주면서 이화 친구들에게 이 아이들이 어떤 아이들인지 알아봐 달라고 했다.

태수가 다시 이화를 돌아보고 물었다.

"그 애들 모두 너희 학교 애들이니?"

이화가 두려움에 몸을 떨며 고개를 끄덕였다.

"그날 그 애들하고 여기에 왔었구나?"

이화가 두려운 듯 어깨를 감싸며 다시 고개를 끄덕였다.

─무서워…… 그 애들이…… 그러니까 그날 밤에…….

"괜찮아, 이화야. 이젠 아무도 널 괴롭히거나 해칠 수가 없어. 그러니까 차분하게 그날 무슨 일이 있었는지 나한테 얘기해 봐."

기억을 더듬던 이화가 고개를 흔들며 말했다.

─못 하겠어요. 기억을 하려고 하면 머리가 너무 아프

고…… 너무 고통스러워요. 으흐흐흐흑.

이화가 끝내 울음을 터뜨리자 태수가 이화가 말한, 산비탈
에 서 있는 교회 십자가를 바라봤다.

고개를 거의 90도 이상 꺾어서 올려다봐야만 십자가를 볼
수가 있다. 저 십자가가 기억에 남는다는 건 그저 한 번 스쳐
지난 기억은 아니라는 얘기다.

'저 십자가가 눈에 계속 보이려면……?'

태수가 주위를 살피다가 물었다.

"그 애들을 기억하는 게 무섭다면 저 십자가를 어떻게 보
게 됐는지를 기억해 봐. 아니면 십자가가 보인 방향이나 위
치도 괜찮으니까 기억을 해 봐."

이화가 십자가를 보며 이리저리 움직이더니 한 지점에서
멈췄다.

─여긴 것 같은데…… 맞아요, 여기서 보는 것처럼 십자가
가 세로로 보였어요.

십자가가 거의 머리 위에 있었기 때문에 이화는 고개를 완
전히 뒤틀어서 십자가를 올려다봤다.

태수도 이화가 가리킨 자리에 서서 십자가를 올려다봤다.
고개를 거의 뒤로 젖혀서 올려봐야만 십자가를 볼 수 있는
각도다. 서 있는 자세로 저 십자가를 이렇게 쳐다본다는 건
너무도 부자연스럽다.

문득 떠오른 생각에 태수가 그 자리에 드러눕자 제작진은

물론이고 이화도 놀라서 눈을 휘둥그레 떴다. 태수가 드러누운 자세에서 십자가를 올려다보고는 일어나서 말했다.

"이화야, 나처럼 여기 드러누워서 십자가를 다시 올려다볼래?"

이화가 어리둥절한 표정으로 태수가 누워 있던 자리에 그대로 누워서 십자가를 올려다봤다. 이전과 달리 십자가가 편안하게 아주 잘 보였다.

순간 이화가 떨리는 목소리로 중얼거렸다.

─이제…… 이제 기억이 나요…… 모든 게 전부 다 기억이 나요!

이화가 자리에서 벌떡 일어나더니 말했다.

─여기예요, 아니 더 아래쪽에 제가 누워 있었어요.

"아래쪽에 누워 있었다고?"

─네, 이 밑에요!

그러면서 이화가 바닥을 가리켰다.

생각에 잠겨 있던 태수가 공사장 자재가 흩어져 있는 바닥을 발로 쿵쿵 굴렀다.

놀랍게도 나무판자를 덧댄 것 같은 바닥에서 아래가 비어 있는 것처럼 퉁퉁거리는 소리가 났다.

태수가 말했다.

"이 아래에 빈 공간이 있는 것 같아요."

태수가 다급하게 말했다.

"이화의 실종 사건을 담당했던 형사님한테 연락해 봐요."

전소민은 즉시 이화의 실종 사건을 담당한 성운경찰서 강력반 박형식 형사한테 전화를 걸었다.

"네, 형사님, 어제 통화했던 〈영혼을 찾아서〉 전소민 기자예요. 잠깐 저희 제작진 좀 바꿔 드릴 테니 통화 좀 부탁드릴게요."

전소민이 태수에게 전화를 넘겼다.

"안녕하세요. 다름이 아니라 저희가 지금 이화 양의 휴대폰 신호가 끊어진 공사장에 나와 있는데요. 여기 바닥에 보니까 판자를 덧댄 곳이 있는데 혹시 알고 계신가 해서요."

—바닥에 판자를 덧댄 곳이 있다고요? 글쎄, 그때는 그런 거 없었던 것 같은데.

"그럼 바닥 아래쪽은 수색을 해 보지 않으셨겠네요?"

—그, 그렇죠. 왜요, 뭐가 나왔습니까?

"아뇨, 알겠습니다."

—뭐 나오는 게 있으면 나한테 먼저 좀 알려 줘요. 알았죠?

"그럴게요."

태수가 바닥을 쿵쿵 굴리며 카메라를 보고 말했다.

"이 아래에 빈 공간이 있는 것 같습니다. 그리고 이화의 말을 빌리면 이곳에 누운 상태에서 저기 보이는 교회의 십자가를 본 기억이 있다고 합니다. 그래서 저희는 지금 임시로 막아 놓은 나무를 떼어 내고 아래에 뭐가 있는지 살펴보려고 합니다."

제작진이 급하게 인부를 구해 바닥에 임시로 덧대어 놓은 판자를 뜯어냈다. 칠흑 같은 어둠 속에서 나무 바닥을 부수는 소리가 요란하게 울렸다.

쾅쾅쾅쾅!

다들 긴장된 표정으로 바닥이 드러나기를 기다렸다.

마침내 나무가 뜯겨 나갔고 인부가 뒤로 물러났다. 바닥에 시커먼 구멍이 괴물의 아가리처럼 모습을 드러냈다.

카메라가 다가와 그 컴컴한 구멍을 비췄고, 랜턴으로 아래를 비추던 태수의 입에서 탄식이 흘러나왔다. 아래에서 서늘한 바람과 함께 말로 표현하기 힘든 아픈 감정이 심장을 할퀴고 지나갔다.

태수가 뒤로 물러나자 전소민도 두려운 눈빛으로 다가와서 구멍 아래를 보고는 탄식을 뱉어 냈다.

이화는 구석에 웅크리고 앉아서 양쪽 귀를 막은 채 흐느끼고 있었다.

카메라가 불빛을 드리우며 구멍 아래를 비추자 교복을 입은, 온몸이 피투성이인 이화의 시신이 약 5, 6미터 바닥에 반듯하게 누워서 창백한 얼굴로 위를 올려다보고 있었다.

신기한 건 실종된 지 세 달이 지났지만 육신이 전혀 부패되지 않고 생전의 모습을 그대로 유지하고 있다는 점이었다.

정확한 이유는 알 수 없지만, 아래쪽의 기온이 낮고 통풍

이 잘되는 공간이라 그런 것 같았다.

태수가 부들부들 떨고 있는 이화의 옆으로 다가가서 물었다.

"아직도 기억이 나지 않니?"

이화가 고개를 흔들었다. 기억이 나지 않는 게 아니라 너무 무서운 기억이라서 이화의 무의식이 기억을 하지 못하도록 방해를 하는 것 같았다.

어쩔 수 없이 태수가 구멍 옆에 쪼그리고 앉아 아래쪽 이화의 시신을 향해 손바닥을 펼치고 주문을 외웠다.

'사이코메트리.'

보통 잔류사념은 한 달 정도 시간이 지나면 사념이 흐릿해져서 읽기가 힘들어진다. 하지만 살인의 현장은 한 달이 아니라 1년이 지나도 강한 사념이 남아 있는 경우가 많다.

아마도 이화는 기억하지 못하겠지만 저 아래에 있는 이화의 시신은 그날의 일을 또렷하게 기억하고 있을 것이다.

화르르르륵.

공기가 흔들리며 허공에 환상처럼 영상이 나타났다.

어두컴컴한 밤.

장소는 바로 이곳 공사장이다. 어둠 속에서 한 여학생이 다른 세 명의 여학생들한테 폭행을 당하고 있었다. 폭행을 가하는 세 명의 여학생들은 얼마 전 이화가 말했던 김정미,

양미희 그리고 박혜지였다. 그들은 성운여고의 유명한 일진들이었다.

그들에게 폭행을 당하는 여학생은 이화의 중학교 때 친구인 한상미였다.

일진 중에서도 짱인 김정미는 한상미가 자신의 남친에게 꼬리를 쳤다는 이유로 야심한 시각 공사장으로 끌고 와 폭행을 가하는 중이었다.

나머지 두 명이 한상미의 팔을 잡았다. 김정미가 피우던 담배를 버둥거리는 한상미의 팔뚝에 대고 지졌다.

한상미는 고통에 발버둥 치면서도 두려움에 비명조차 지르지 못했다.

이화가 그런 그들의 만행을 구석에서 휴대폰으로 촬영하고 있었다. 야간 자율 학습을 마치고 집으로 가는 도중에 한상미가 일진한테 끌려가는 걸 봤던 것이다.

평소 정이 많았던 이화는 그걸 그냥 넘기지 못하고 따라가서 촬영을 하다가 일진들에게 걸리고 말았다.

김정미가 이화의 머리채를 붙잡고 공사장으로 끌고 들어왔다. 그들은 한상미를 돌려보내면서 여기서 이화를 봤다는 소리를 하면 죽여 버린다고 협박했다.

한상미는 일진들의 보복이 너무 무서워서 신고할 생각조차 하지 못했다.

한상미가 돌아간 후 김정미와 패거리들은 이화를 폭행하

기 시작했다. 벽돌로 다리를 찍고 담뱃불로 온몸을 지지고. 폭행은 자그마치 5시간 동안이나 지속됐다.

이화는 몇 번이나 정신을 잃었다 깨어나기를 반복했다.

지옥이 있다면 바로 이곳이란 생각이 들 정도였다.

마지막에 이화는 아예 정신을 차릴 수가 없었고 눈도 뜰 수가 없었다. 자신이 죽었는지 살았는지도 분간이 가지 않았다. 다만 자신의 몸이 어딘가로 끌려가고 있다는 건 알았다.

김정미와 패거리들이 나누는 대화도 들려왔다.

'이년 보니까 어차피 죽을 거야.'

'그럼 어떡해?'

'저기 구멍 속에 넣어 버리자.'

'상미는 어떡하고?'

'그년은 겁이 많아서 적당히 위협만 하면 절대로 주둥이 놀리지 않을 거야.'

'만약 걸리면 어떡해?'

'야, 우리 아빠가 검사야, 그것도 부장검사. 아마 알아서 해결해 줄 거야. 여태까지도 그랬잖아.'

셋이 정신을 잃은 이화를 질질 끌고 가서 구덩이 속으로 던져 넣었다. 이화는 머리에 둔탁한 충격을 느꼈고 그 자리에서 숨을 거뒀다.

그리고 그녀의 영혼이 눈을 떴다. 누워서 위를 바라보는데 작은 구멍 사이로 빨간 십자가가 보였다. 하지만 이내 그 구멍조차 김정미 패거리에 의해 막혀 버렸다. 김정미 패거리가 주위에 있던 나무판자로 구멍을 막은 것이다.

이후 공사가 진행되면서 인부들이 구멍을 완전하게 막아 버렸다. 그 아래에 이화의 시신이 있으리라고는 상상도 하지 못했다.

잔류사념으로 이화가 어떤 일을 당했는지 알고 나니 분노와 슬픔이 전신을 휘감았다.

태수는 구석에 쪼그리고 앉아서 울고 있는 이화의 영혼 곁으로 다가갔다.

태수는 복받치는 감정을 간신히 억누르며 말했다.

"이화야…… 이제 네가 무슨 일을 당했는지 알았어. 너…… 얼마나 아프고 무서웠니?"

이화의 어깨가 점점 격렬하게 들썩이고 있었다.

"너도 다 기억하고 있지? 기억나지 않는다는 말은 거짓이었지?"

이화가 흐느껴 울면서 고개를 끄덕였다.

"그동안 저 아래에서 혼자 얼마나 무섭고 외로웠니?"

이화의 울음이 더욱 커졌다.

─으흐흐흐흑.

태수가 팔을 뻗어서 이화의 뺨에 손을 갖다 댔다. 비록 영체이긴 하지만 태수에겐 이화의 존재가 어렴풋이 느껴졌다.

카메라가 그런 태수의 모습과 행동을 카메라에 담았다.

태수가 칠성의 능을 불러냈다.

생기탐랑의 능은 사람은 물론이고 영혼에게도 영향을 미쳤다. 영상으로 태수의 연기를 보는 시청자가 생기탐랑의 기운을 느끼게 되는 것과 비슷한 이치였다.

태수는 영력을 최대치로 끌어 올려서 생기탐랑의 기운을 최대치로 발산시켰다.

허공에 메시지가 떠올랐다.

생기탐랑의 능이 작동합니다.

화르르르륵.

태수의 손에 그 어느 때보다 푸른 생기탐랑의 기운이 맺혔고 그 기운이 이화의 뺨으로 옮겨 갔다. 이화가 겪은 모든 고통과 외로움을 치유할 수 있는 따스한 기운이다.

이화의 울음이 잦아들었고, 파랗게 질려 있던 표정에는 조금씩 온화한 기운이 감돌았다.

"이제 마음이 좀 편하니?"

이화가 화사하게 웃으면서 고개를 끄덕였다. 이제 이화는 편안해졌지만 태수는 아직 할 일이 남아 있었다.

태수가 카메라를 돌아보고 말했다.

"전 방금 이화가 이곳에서 어떤 끔찍한 일을 당했는지 알게 됐습니다. 하지만 이 사실을 지금은 밝힐 수가 없습니다. 대신 수사를 통해 이화를 이렇게 만든 그 악마들이 반드시 처벌을 받을 수 있도록 할 것입니다."

태수는 잔류사념 속에서 김정미 패거리가 이화의 휴대폰을 버리는 장면을 봤다.

태수가 주변을 살피다가 건물 공사장 뒤편으로 돌아갔다. 공사장 뒤편에는 나지막하게 흙더미가 쌓여 있었다.

김정미는 이화의 휴대폰을 저 흙더미 속에 파묻었다. 만약 공사를 하면서 저 흙을 사용했다면 휴대폰은 이 건물 어딘가의 벽 속에 파묻혔거나 인부가 버렸을 가능성이 높았다.

태수는 신을 모시지 않지만 이번만큼은 어떤 신에게든 애원하며 빌고 싶었다. 휴대폰이 그 자리에 그대로 남아 있도록 해 달라고.

태수는 옆에 있던 삽을 들고 흙더미를 파헤치기 시작했다.

전소민이 옆으로 다가와서 조심스럽게 물었다.

"지금 뭘 찾고 있는 건가요?"

"지금 이화의 휴대폰을 찾고 있습니다. 만약 휴대폰을 찾을 수만 있다면 그 휴대폰 안에 이화가 누구한테 왜 이런 끔찍한 죽음을 당하게 됐는지 알 수 있는 증거들이 들어있을 겁니다."

이화도 옆으로 와서 물끄러미 태수의 행동을 지켜봤다.

카메라와 조명이 태수가 파헤치는 흙더미를 비췄다.

퇴마하는 톱스타

흙더미를 파헤치던 태수의 눈에 반짝하는 물체가 보였다. 삽을 집어 던지고 손으로 흙을 파헤쳐서 그 물체를 꺼냈을 때 이화의 탄성이 들려왔다.

태수가 휴대폰을 들고 이화를 돌아봤다.

이화가 고개를 끄덕였다.

겉으로 봐서 휴대폰은 거의 멀쩡한 형태를 유지하고 있었다. 혹시 손상이 됐다고 해도 요즘은 워낙 기술이 발달해서 거의 모든 자료를 완벽하게 복원할 수 있다고 알고 있다.

휴대폰 안에는 이화가 죽임을 당한 날 김정미 패거리가 한상미를 폭행하던 영상이 고스란히 남아 있을 것이다. 태수가 제작진을 돌아보고 소리쳤다.

"혹시 보조 배터리 가지고 있으신 분?"

제작진 중 한 명이 보조 배터리를 건넸다.

태수가 휴대폰에 보조 배터리를 연결해서 전원을 켜자 휴대폰에 불이 들어왔다. 주위에서 탄성이 들려왔고 갤러리에 들어가자 컴컴한 밤에 찍은 마지막 동영상이 남아 있었다.

태수가 동영상을 재생하자 김정미 패거리가 한상미를 폭행하는 영상과 함께 차마 들을 수가 없을 김정미의 더러운 욕설이 흘러나왔다.

태수가 휴대폰을 끄고 말했다.

"경찰에 연락하세요."

제작진의 제보로 이화의 시신은 물론 이화의 휴대폰까지 넘겨받은 경찰은 그날 밤 즉시 김정미를 비롯한 일진 세 명을 검거했고 그들로부터 범행에 대한 모든 자백을 받아 냈다.

　일진들에게 협박을 받은 이화의 중학교 친구 한상미에 대해서는 처음엔 원망스러운 마음이 들었지만 확인해 본 결과 한상미는 그날 이후로 학교를 그만두고 정신과 치료를 받고 있다고 했다.

　경찰은 한상미에 대한 폭행 부분까지 다시 수사하겠다고 했다.

　이화의 집으로도 연락이 갔다.

　이화의 엄마는 딸의 시신을 찾았다는 경찰의 연락을 받고 허겁지겁 현장에 도착했다. 태수를 비롯한 제작진은 이화와 함께 현장에 남아서 이화의 엄마를 기다렸다.

　이화가 비로소 입을 열었다.

　ー이제 엄마의 얼굴이 기억이 나요. 제 엄마는 제가 어릴 때 아빠와 이혼하고 혼자서 절 키우셨어요.

　이화는 현장에 도착한 엄마를 보자마자 울음을 터뜨렸다.

　현장에 도착한 이화의 엄마는 밖으로 나온 이화의 시신을 보자마자 그대로 엎드려 통곡하며 울부짖었다. 그동안 얼마나 마음고생을 했고 어떤 고통의 시간을 보냈을지 충분히 짐작이 갔다.

　카메라가 사전에 허락을 받은 후 그런 이화의 엄마를 촬영했다. 물론 방송이 나갈 때는 모자이크 처리를 할 예정이었다.

이화는 옆에서 엄마를 지켜보면서 하염없이 눈물만 흘렸다.

이화의 엄마가 시신을 찾게 된 경위를 경찰한테 듣고 제작진을 찾았다.

"우리 딸의 시신을 찾아 준 장태수 님을 만나 보고 싶네요. 혹시 여기에 계신가요?"

태수가 앞으로 나서서 인사를 했다.

"안녕하세요, 장태수라고 합니다."

얼마 전 이화를 치유하기 위해 생기탐랑 능을 워낙 많이 끌어 올려서 그 기운이 아직도 태수의 몸 안에 남아 있었다.

태수는 그 기운을 이화 엄마에게 전했다.

직접 접촉을 하지 않아도 될 정도로 많은 기운이 이화 엄마에게 넘어갔다. 이화 엄마의 심적인 고통과 찢어진 마음을 상당 부분 치유할 수 있는 양이었다.

딸의 시신을 확인한 후 파랗게 질린 얼굴로 사시나무처럼 떨던 이화 엄마의 표정에도 조금씩 온기가 돌아왔다.

이화의 엄마는 다행히 〈영혼을 찾아서〉란 프로그램을 알고 있었고 태수에 대해서도 알고 있었다.

이화의 엄마가 눈물을 흘리며 말했다.

"그 프로그램 보면서 만약 우리 딸이 영혼이 되었다면 영혼남을 꼭 만났으면 좋겠다는 생각을 얼마나 많이 했는지 몰라요. 감사합니다. 정말 감사합니다."

태수가 말했다.

"저희 프로그램을 보셨다면 아마 제 옆에 지금 이화의 영혼이 있다는 것도 짐작하실 수 있겠네요?"

이화의 엄마가 고개를 번쩍 들고는 기절할 것 같은 얼굴로 되물었다.

"네? 바, 방금 그 말은……?"

이화가 옆으로 와서 엄마한테 속삭였다.

—엄마…… 나 여기에 있어, 엄마 바로 옆에.

이화의 엄마가 뭔가를 느낀 듯 간절한 시선으로 주위를 두리번거렸다.

"방금 전 살짝 서늘한 기분을 느끼셨을 거예요. 이화가 어머니한테 자기가 옆에 있다고 말을 했거든요."

이화의 엄마가 팔로 허공을 휘저으며 흐느꼈다.

"이화야…… 내 딸 이화야…… 으흐흐흐흑."

—엄마…… 엄마…….

둘이 애타게 서로를 찾는 모습을 지켜보며 태수는 문득 부적을 써서 두 사람을 서로 볼 수 있도록 해 주고 싶다는 충동을 느꼈다. 그러자 어김없이 노인의 목소리가 들려왔다.

—모습은 볼 수가 없어도 저 둘은 서로의 존재를 이미 느끼고 있을 것이네. 생과 사가 갈라졌으니 부질없는 미련을 가지도록

하는 건 그리 좋은 일이 아닐세.

　노인의 말을 듣고 보니 이번에도 자신의 생각이 짧았다는 생각이 들었다. 인간이기에 순간적인 감정에서 자유롭지 못한 것 또한 어쩔 수 없는 일.

　'네, 알겠습니다.'

　정해 놓은 원칙을 깨트린다는 건 둘째 치고 노인의 말대로 서로의 얼굴을 확인하고 나면 오히려 헤어지기가 더 어려울 것 같았다.

　이승에 남겨진 부모나 연인에 대한 미련으로 저승으로 들지 못하고 주위를 맴돌다가 결국 악귀로 변하는 영들이 얼마나 많은가.

　태수는 두 사람 사이에서 꼭 하고 싶은 이야기를 주고받도록 해 준 후 이화에게 말했다.

　"이화야, 이제 가야 할 시간이야. 친구들을 만나고 싶다면 얘기해. 내가 친구들을 만나러 함께 가 줄 테니까."

　이화가 고개를 저으며 말했다.

　─아니에요, 이제 마음이 좀 편안해졌어요. 나중에 친구들한테 절 무서워하지 않고 찾아와 줘서 너무 고마웠다고, 사랑한다는 말을 꼭 전해 주세요.

　태수가 고개를 끄덕이고는 말했다.

　"그래, 잘 가라."

　─전 오빠를 만나서 너무 다행이었어요. 정말 감사했어요.

"그래, 이화야. 부디 극락왕생해라."

이화가 희미하게 웃으며 손을 흔들었다.

태수가 천도를 위한 부적을 부르는 주문을 읊었다.

'금강경부 권이화. 2000년 3월 27일생.'

화르르르륵.

이화의 생년월일이 새겨진 노란 기운을 뿜어내는 금강경부가 허공에 떠올랐다.

태수는 금강경과 법화경의 게송을 암송한 후 봉송을 위한 마지막 주문을 외웠다.

"화탕풍요천지괴…… 요요장재백운간……."

부적이 노란 불길에 휩싸이더니 하늘에서 눈부신 빛이 쏟아져 이화의 영체를 감싸 안았다.

편안하게 웃는 이화의 영체가 환한 빛 속으로 스르르 스며들며 사라졌다.

대체 불가의 배우

　〈영혼을 찾아서〉는 이번 주까지 〈영혼탐정〉과 〈흉가탐방〉을 동시에 방송하고, 다음 주부터는 두 개의 코너를 별개로 분리해서 일주일마다 번갈아 방송할 예정이었다.

　근데 생각지도 않게 〈영혼탐정〉 코너의 분량이 엄청나게 늘어나면서 방송국에서 긴급회의를 했고, 결국 이번 주부터 두 코너를 분리 방송하기로 결정을 내렸다.

　따라서 이번 주에는 〈영혼탐정〉 코너만 방영하고 생방송 〈흉가탐방〉은 다음 주 생방송으로 진행하기로 편성이 바뀌었다.

　안내 방송이 나갔고 다행히 박보윤도 다음 주에 스케줄이 괜찮다고 해서 큰 문제는 생기지 않았다.

이번 〈영혼탐정〉 이화 편 방송의 시청률은 12%. 순간 최고 시청률은 이화의 시신을 찾는 장면에서 17%까지 치솟았다.

〈흉가탐방〉에 비하면 상대적으로 시청률이 적었지만 케이블 프로그램 중에서는 압도적인 시청률이었고 대상을 공중파로 넓혀도 동시간대 2위의 시청률이었다.

방송이 나간 후 시청자들의 반응은 뜨거웠다. 이화의 영혼에 대한 안타까움과 김정미 일당에 대한 분노로 온 나라가 들끓었다.

김정미 일당의 폭력에 괴롭힘 당한 아이들이 더 있을 것이라며 철저한 조사를 요구하는 한편 그런 일이 벌어지도록 방치한 학교에 대한 비난도 이어졌다.

김정미 아빠가 모 지검 부장검사라는 사실이 알려지면서 자기 딸도 제대로 가르치지 못한 사람이 다른 사람의 범죄를 어떻게 수사하냐며 사퇴를 요구하는 비난이 거세게 일었다.

또한 동영상 속에서 김정미가 이전에도 아빠가 문제를 해결해 줬다는 발언에 대해서도 철저한 조사가 이뤄져야 한다는 여론이 드높았다.

개중에는 사형 제도를 부활시켜서 악마 같은 김정미 일당을 사형에 처해야 한다는 국민 청원까지도 올라왔고 소년법을 적용해서는 안 된다는 여론이 비등했다.

"마음이 휑하네요."

집으로 돌아온 태수가 옥상을 돌아보며 툭 던진 말에 창호가 고개를 갸웃했다.

"그동안 집으로 돌아오면 이화가 늘 반겨 줬거든요."

그제야 창호가 무슨 얘기인지 알겠다며 고개를 끄덕이고는 말했다.

"그래도 난 마지막에 이화가 환하게 웃으며 하늘로 올라갔다는 네 얘기 듣고 얼마나 다행스러웠는지 몰라. 아마 방송 본 시청자들도 같은 마음이었을 거야."

둘은 약속이나 한 듯 편의점에서 사 온 캔 맥주를 따서 마셨다.

태수는 아직도 옥상 난간에 걸터앉아 있던 이화의 모습이 눈에 선했다.

창호가 태블릿으로 방송에 대한 반응들을 살펴보며 말했다.

"사람들이 이렇게 뜨거운 반응을 보이는 건 우리 사회가 그만큼 공정하지 않다는 증거겠지? 가만 있자…… 주작이니 연출이니 하던 글들은 이젠 거의 사라졌네."

〈영혼을 찾아서〉 방송 초반에 조작과 연출을 의심하며 꾸준히 악플을 달던 네티즌들의 글도 이번 방송에서는 찾아볼 수가 없었다.

이화의 시신을 찾은 건 누가 뭐라고 해도 의심할 수 없는 팩트였으니까.

이화를 천도해 준 태수에게 고맙다는 말을 전하며 어서 〈오늘도 연애〉 첫 방송을 보고 싶다는 글들도 많이 눈에 띄었다.

또한 처음에는 배우보다 잘생긴 얼굴에 영능력까지 갖춘 태수의 외형을 보고 시청자들이 호감을 가졌다면, 방송이 거듭되면서 불쌍한 영혼의 한을 풀어 주고 천도를 시켜 주는 태수의 따스한 내면에 대한 시청자들의 호감도가 대폭 상승했다.

그렇게 쌓인 긍정적인 이미지는 실수 한 번으로 무너질 수 있는 스타들의 인기하고는 달랐다. 웬만한 실수와 논란을 일으켜도 팬들은 태수를 신뢰하고 지지해 줄 테니까.

신기한 건 태수도 그런 팬들의 기운에 영향을 받는다는 것이다.

생기탐랑의 능은 팬들이 원하는 이미지로 태수의 외형을 바꿔 줄 뿐만 아니라 내면의 생각까지도 사람들이 바라는 쪽으로 영향을 받는다.

실제로 태수는 최근 들어서 지금 하고 있는 일이 조금 더 성공을 거두면, 자신이 얻은 영능력과 팬들의 사랑에 대한 보답으로 세상에 도움이 될 수 있는 선한 일들을 많이 하고 싶다는 생각을 자주 하게 됐다.

금전적인 기부나 재능 기부 같은 것도 가능하겠지만, 귀기만 충분하다면 생기탐랑의 능을 적극 활용하기만 해도 아픔이나 슬픔을 겪고 있는 많은 사람들의 마음을 위로해 줄 수가 있기 때문이다.

'어르신, 제가 엄청나게 많은 귀기를 보유하면 제가 나오는 드라마나 프로그램을 보는 것만으로도 사람들이 마음의 상처를 어느 정도 치유받는 효과가 있을까요? 일전에 드라마 제작 발표회 때 보니까 오프닝 영상을 보던 취재진이 정도의 차이는 있었지만 생기탐랑의 능이 작동한 부분에서 유독 강혁의 감정에 몰입하는 것 같았거든요.'

노인의 목소리가 들려왔다.

─가능하지. 물론 귀기도 많이 필요하지만 네가 생기탐랑의 능을 그런 쪽으로 자주 사용하다 보면 사람들도 너에게 그런 것들을 기대하게 되면서 자연스럽게 칠성의 능도 그런 방향으로 점점 진화를 하게 돼.

생기탐랑의 능은 사람의 감정에 영향을 미치는 영능력이고, 수많은 대중과 소통하면서 서로 점점 더 밀접한 영향을 받게 된다는 소리다.

그런 의미에서 배우라는 직업을 가지게 된 건 최선의 선택이라고 할 수 있다.

배우는 수많은 대중의 관심과 시선을 한 몸에 받게 되면서 생기탐랑의 능이 저절로 작동할 수 있게 해 준다. 또한 그렇게 생겨난 기운은 태수의 연기를 통해 대중에게 전해질 수가 있는 것이다.

부족한 귀기는 〈영혼을 찾아서〉를 통해서 꾸준히 보충할 수가 있다.

창호가 태블릿으로 스케줄을 체크하며 말했다.

"참, 내일 오후 3시부터 〈오늘도 연애〉 촬영 있는 거 알고 있지?"

"네, 알고 있어요. 전 내일 아침부터 촬영장에 가 보려고요."

"아침부터? 왜?"

"딱히 오전에 할 일이 없으니까 일찍 가서 촬영장 분위기도 익히고 다른 배우들 연기하는 것도 좀 보려고요."

아무리 영능력의 도움을 받는다고 해도 신인이기에, 늘 긴장하지 않으면 수많은 팬들이 손꼽아 기다리는 강혁 캐릭터를 연기하는 데 부족함이 생길 수 있다.

김찬과 박보윤은 지난주 내내 〈오늘도 연애〉 촬영장에서 살아야 했던 반면 태수는 첫날 촬영한 이후 계속 촬영이 없었다.

아무리 강혁의 분량이 늘어났다고 해도 초반에는 유성 그룹 후계자인 유한성의 인간관계나 주변 이야기가 드라마의 중심이 될 수밖에 없기 때문이다.

"너무 오랜만에 촬영이라서 강혁의 감정을 제대로 떠올릴수 있을지 모르겠네요. 이번 주 수요일이 첫 방이죠?"

"응, 맞아. 난 엄청 긴장되는데 넌 의외로 여유로워 보인다?"

그럴 리가 있겠는가.

〈오늘도 연애〉는 태수의 연기 데뷔작이다. 보통 신인 배우들은 데뷔작의 첫 방송을 앞두고 있으면 며칠 전부터 잠을 못 이루기 마련이다.

겉으로 드러나지 않았을 뿐 태수도 마찬가지다. 아니, 태수는 오히려 다른 신인 배우들보다 훨씬 무거운 책임감과 부담감을 느끼고 있었다.

어쩌면 그런 마음도 생기탐랑 능의 영향인지도 모른다.

사람들의 기대에 어긋나지 말아야겠다는 부담감, 기다리고 있는 수많은 사람들에게 그들이 원하는 행복과 기쁨을 선사하고 싶은 간절함 같은 것들이 태수를 초조하게 만들었던 것이다.

오프닝 촬영 때는 정말 얼떨결에 촬영을 했는데, 강혁바라기 회원들을 비롯해 드라마를 기다리는 수많은 시청자들을 직접 대하고 보니 아무리 마음을 편하게 먹으려고 해도 긴장이 되지 않을 수가 없었다.

게다가 언론에서도 다른 드라마와 달리 유독 많은 관심과 기사를 쏟아 내고 있었다.

심지어는 〈오늘도 연애〉 웹툰을 몰랐던 일반 시청자들조차도 태수가 웹툰 속 주인공과 똑같이 생겼다며 호들갑을 떠는 수많은 언론의 기사들로 인해 호기심을 가지지 않을 수 없게 만들었다.

〈영혼을 찾아서〉를 통해 태수를 먼저 만난 시청자들 역시도 연기자 장태수에 대한 기대와 궁금증을 가지게 됐다.

개중에 몇몇 시청자들은 태수가 연기를 하지 않고 심령 프로그램에만 올인했으면 좋겠다는 의견도 있었지만 소수에 불과했다.

"첫날 촬영했던 분량도 어떻게 나왔을지 걱정이에요. 당시엔 나름 괜찮았다고 생각했는데 지금 생각해 보니까 부족했던 점들이 많았던 것 같아서 시간이 지날수록 불안하고 그러네요."

창호가 빙긋 웃으며 말했다.

"그건 걱정 안 해도 될 것 같은데."

"어? 왜요?"

"내가 들은 얘기가 있거든."

창호가 다른 말은 하지 않고 혼자 빙긋 웃으며 맥주를 들이켰다.

첫 촬영을 할 때 긴장한 사람은 태수만이 아니었다. 창호역시 태수가 혹시라도 실수하지 않을까, 다치지 않을까 잔뜩 긴장하며 액션 연기를 지켜봤다.

이후에도 창호는 첫날 태수가 촬영한 액션 씬이 어떻게 나왔는지 궁금해서 방송국에 여러 경로를 통해 분위기를 알아봤다.

반응은 기대 이상이었다.

촬영 첫날 짧은 출연만으로도 태수의 존재감은 이미 방송이 나가기도 전에 제작진 사이에서 회자가 되고 있을 정도였다.

창호가 태수 연기 괜찮았냐고 물어보면 다들 주저 없이 엄지손가락을 치켜세웠으니까.

현장에서 태수의 액션 연기를 직접 본 제작진은 말할 것도 없고, 편집된 영상을 본 방송국 관계자들조차 신들린 것 같은 태수의 액션 연기에 다들 흥분했다는 후문.

박찬성 CP는 편집된 영상을 보며 몇 번이나 물었다고 한다.

"저 친구 진짜 전문 액션 배운 적 없대?"

김 피디가 대답했다.

"네, 따로 배운 적 없다고 하던데요."

"진짜 대박이네. 근데 어떻게 저렇게 완벽한 자세가 나올 수가 있지? 저런 자세가 절대 단기간에 나올 수 있는 게 아닌데."

마침 방송국에 방문한 양정애 작가도 만났는데, 입꼬리가 귀밑까지 올라간 채로 입이 마르도록 태수의 칭찬을 이어 갔다.

"솔직히 대본 쓰면서 대본의 50퍼센트만 나오면 좋겠다고 생각했는데 100퍼센트, 아니 그 이상 나온 것 같아요. 우리 태수는 정말 볼 때마다 사람을 놀라게 하네요. 예뻐서 죽겠어요. 외모도 수려하지만 액션도 그렇고…… 하여간 그림이 너무 잘 빠졌어요. 이번 주 〈영혼탐정〉 보니까 마음도 너무 예쁜 것 같아, 호호호."

창호는 양정애 작가가 〈영혼탐정〉까지 챙겨 본다는 소리에 작가가 태수를 정말 좋아한다는 확신을 가졌다. 사실 처음 강혁 분량을 늘리기 위해 대본을 급조한다고 했을 때만 해도 양정애 작가가 노골적으로 불편해하는 모습을 여러 번 보여서 신경이 쓰였던 것이다.

근데 지금과 같은 반응이라면 하지 말라고 해도 태수의 분량은 계속 늘어날 것 같았다.

창호가 혹시라도 참고할 얘기가 있을지 양정애 작가에게 이런저런 얘기를 꼬치꼬치 묻고 있을 때, 마침 옆으로 지나가던 김 피디가 창호를 돌아보고 말했다.

"태수 연기요? 두말할 필요 없고 편집 영상 한번 보실래요?"

"아이고, 감사합니다."

방송 전에 배우의 소속사 대표나 매니저에게 편집 영상을 보여 주는 경우는 거의 없다. 오히려 편집실 근처를 얼쩡거리는 소속사 관계자가 있으면 눈총을 받기가 십상.

하지만 연기 잘하는 복덩이 배우를 둔 창호는 어딜 가나 환영을 받았다.

창호는 김 피디를 따라 편집실에 들어가서 편집이 끝난 태수의 첫날 촬영분을 봤다.

화면에 태수, 아니 강혁의 모습이 하나 가득 떠오르는 걸 보는 것만으로도 창호의 얼굴에는 만면의 미소가 피어났다. 그야말로 눈에 넣어도 아프지 않을 보물이었다.

수요일 첫 방송을 앞두고 편집은 거의 마무리 단계.

교통사고를 당하고 쓰러졌던 유한성이 강혁으로 변해 일어나는 장면도 이미 CG 작업까지 끝난 상태였다.

이어지는 밀도 있는 액션 씬.

킬러 역할의 황진성은 원래 스턴트맨 출신으로, 국내에서 가장 액션을 잘하는 배우로 알려져 있다.

근데 태수는 그런 황진성과 마치 맞짱이라도 뜨는 것처럼 합에서 전혀 밀리지 않을 뿐만 아니라 오히려 기세에서 압도하는 느낌이 들었다.

이유가 뭘까.

창호가 그 이유를 찾으려는 듯 눈을 부릅떴다.

사실 액션 장면만 놓고 보면 아무래도 황진성이 좀 더 세련되고 화려하다.

하지만 황진성에게는 없는 요소가 태수에겐 있었다.

황진성은 오직 액션에 치중한 반면 태수는 액션 연기 중에도 눈빛이 살아 있어서 동작 하나하나에 감정이 실렸고 덕분에 같은 동작이라도 느낌이 있었다. 그야말로 '액션 연기'가 뭔지를 보여 주는 교본 같았다.

이곳이 방송국 편집실만 아니라면 수없이 반복해서 돌려

보고 싶을 정도,

아직 첫 방송이 나가기도 전이지만 제작진과 방송사에는 들뜬 분위기가 역력했다. 촬영 전만 해도 제작진에는 불안한 기운이 감돈 게 사실이었다.

제작 발표회에서 오프닝 영상이 공개되고 태수가 강혁을 맡았다는 소식이 전해지며, 강혁을 등장시키라는 엄청난 여론의 압박에 떠밀려 대본이 급조됐고, 첫날부터 검증도 되지 않은 신인 배우를 데리고 위험한 액션 씬을 촬영해야만 했기 때문이다.

하지만 첫날 촬영장의 분위기를 단숨에 휘어잡은 태수의 탁월한 액션 연기로 분위기가 180도 달라졌다.

첫 화에서는 유한성의 아버지인 유성 그룹 유일성 회장에게 원한을 품은 조폭 출신 기업인 정택수가 유일성의 아들인 유한성을 교통사고로 위장해 살해하려는 시도가 펼쳐졌다.

아마 방송이 나가면 강혁의 영혼이 사고를 당한 유한성의 몸으로 들어가서, 유한성을 죽이려는 킬러와 화려한 액션 대결을 벌이는 장면부터 시청자들은 눈호강을 하게 될 것이다.

태수와 킬러가 벌이는 싸움 씬은 그야말로 손에 땀을 쥘 정도로 긴박했고, 보나마나 유튜브에 하이라이트 영상이나 짤방이 돌아다닐 게 분명했다.

도입부부터 펼쳐지는 화려한 액션 씬은 뒷이야기에 대한 시청자들의 기대감을 한껏 끌어올릴 테고.

워낙 강렬한 강혁의 등장으로 이후 유한성의 스토리나 다른 주변 이야기들이 다소 맥이 빠졌지만 강혁이 등장할 순간을 생각하면서 나름 흥미롭게 지켜볼 수가 있을 것이다.

강혁이 몸속으로 들어간 유한성은 킬러가 던진 칼을 어깨에 맞고 정신을 잃게 되고 경찰이 병원으로 옮기게 된다.

병실에 입원한 김찬은 자신을 치료하는 의료진에게 말도 안 되는 엄살과 트집을 부리면서 온갖 갑질을 일삼고, 원래 자신의 수행비서이자 운전기사였던 배영도에게는 왜 하필이면 그런 때에 휴가를 갔냐면서 고래고래 고함을 지르고 생떼를 썼다.

다행히 철없는 어린애처럼 징징거리는 유한성의 캐릭터를 김찬은 의외로 맛깔스럽게 잘 표현했다. 평소 김찬의 성격이 유한성의 성격과 비슷한 부분이 많은 탓도 있었다.

그래서 박보윤이 처음엔 바뀐 대본을 보고 태수에게 이런 말을 했었다.

"찬이는 오히려 이전에 무명 소설가 유한성보다 이번에 바뀐 재벌 후계자 연기를 더 잘할 것 같아요."

"왜요?"

"그동안 제가 옆에서 지켜본 결과에 의하면 지금 유한성 캐릭터는 따로 연기를 하지 않아도 찬이 평소 성격이랑 엄청 비슷하거든요. 허세 쩌는 것도 그렇고."

당시 태수도 박보윤의 의견에 공감했다.

예전에 의상 선택할 때 김보미와 의상 팀장이 무명 소설가에 어울리는 의상을 선택해 줘도 계속 화려한 의상을 고집하던 김찬의 모습이 떠올랐던 것이다.

"다 왔어."

창호와 촬영장에 도착한 태수는 차에서 내리자마자 스태프들에게 일일이 인사를 건넸다. 김 피디가 뒤늦게 태수를 발견하고는 물었다.

"너 왜 이렇게 일찍 왔어? 오후 촬영 아닌가?"

"네. 맞는데…… 다른 배우님들 연기하는 것 좀 보려고요."

굳어 있던 김 피디의 얼굴이 활짝 개이며 말했다.

"오호…… 그런 자세 좋아. 굿!"

태수는 촬영장 한쪽에서 자신의 순서를 기다리며 다른 배우들이 연기하는 모습을 지켜봤다.

지금까지 촬영한 내용은 경찰이 김찬의 테러 사건을 수사하는 내용과 함께, 유성 그룹 본부장 직책을 맡고 있는 김찬이 어깨에 붕대를 감고 병실에서 퇴원해 회사로 복귀하는 이야기였다.

오늘은 유한성이 신입 사원 이초희와 처음으로 마주치고 그 과정에서 강혁의 인격이 유한성의 육신을 지배하는 장면이 그려질 예정.

문제는 외모는 유한성이지만 내면은 강혁의 인격이기 때문에 김찬이 1인 2역의 연기를 해야 하는데, 평소 가벼운 김찬의 성격을 생각하면 과연 잘할 수 있을지 걱정이 됐다.

　자칫 김찬이 강혁의 호흡을 잘못 잡으면 나중에 자신이 연기할 때도 톤을 잡기가 어려워진다. 최악의 경우 김찬으로 인해 강혁의 캐릭터가 변할 수도 있는 상황.

　이전 드라마에서 김찬의 연기를 본 김정훈 피디나 양정애 작가도, 겉으로 드러내진 않았지만 역시나 그 부분을 걱정하고 있었다.

　유성 그룹 본사 8층에서 유한성과 이초희가 처음으로 조우하는 장면.

　"씬 12-3!"

　"카메라 롤…… 레디…… 액션!"

　슛이 들어가자 전략기획실이라는 팻말이 붙은 사무실에서 후다닥 급하게 뛰쳐나오는 이초희. 바쁘게 어딘가로 달려가는데, 보면 화장실이다.

　이초희가 화장실로 가기 위해 막 모퉁이를 도는 순간 화장실에서 볼일을 마치고 나오던 유한성과 부딪친다.

　유한성이 붕대를 감은 부분을 이초희가 어깨로 부딪친 것.

　"으아악!"

　김찬의 출랑대는 오버 연기가 시작됐다.

이초희가 별일 아닌 것처럼 사과를 한다. 이초희는 유한성이 다쳤다는 사실을 모르기에 살짝 부딪친 걸로 왜 저렇게 오버를 하나 싶었던 것이다.

"죄송합니다."

하지만 참을성이라곤 손톱만큼도 없는 유한성이 온갖 오버를 하며 고통스럽게 몸을 비비 꼰다. 김찬이 바로 소문으로만 듣던 사이코 본부장이란 사실을 꿈에도 알지 못하는 이초희는 이상한 눈으로 유한성을 바라보다가 속으로 혼잣말을 한다.

'뭐야? 남자가 그거 부딪친 거 같고 왜 저런대? 변태냐? 치이.'

이초희가 화장실로 뛰쳐 들어가면 유한성이 비틀대면서 팔을 뻗고 '아으…… 야…… 아으…… 저, 저게…….' 하고 오버하며 연기를 펼친다.

김찬이 얼마나 오버 연기를 잘하는지, 지켜보던 스태프들은 물론이고 태수도 웃음을 참느라 입술을 실룩거려야 할 지경이었다.

촬영장 오기 전에 창호한테 미리 얘기는 들었지만 평소 무대 위에서 온갖 카리스마를 뿜어내며 노래하던 천상천하의 리더 김찬이라고는 상상하기 힘든 모습이었다.

이어서 화장실 씬.

이초희가 시원하게 볼일을 마친 후에 세면대 앞에 선다. 거울을 보며 가볍게 화장을 고친 후 밖으로 나가는 이초희.

화장실을 나오던 이초희가 흠칫 놀란다. 복도 입구를 막고 유한성이 식식거리며 째려보고 있었기 때문이다.

이초희가 모른 척 지나가려는데 앞을 가로막는 유한성.

이초희가 눈을 치켜뜨고 대사를 한다.

"뭐죠?"

"뭐죠? 사람을 죽을 만큼 고통스럽게 했으면 너도 대가를 치러야지."

"대, 대가라니요?"

"난 빚지고는 못 사는 사람이야. 내가 아팠던 만큼 나도 너의 발등을 발로 밟아야겠어. 발 내밀어."

이초희가 황당해서 바라보면 얄밉게 웃으면서 재촉하는 유한성.

"어서 발 내밀라니까."

이초희가 가만히 눈치를 살피다가 유한성을 확 밀치고 지나가며 소리친다.

"치한이야! 치한요!"

다시 붕대로 감은 상처 부위를 가격당한 유한성이 비명도 지르지 못한 채 바닥에 누워서 오징어처럼 몸을 비틀면서 바닥을 뒹군다.

여기저기서 스태프들이 웃음을 참느라 애를 먹고 있었다.

뒤늦게 박하성 전무와 남자 사원들이 이초희와 함께 빗자루를 들고 우르르 몰려나온다.

"뭐? 치한이라고? 어디야, 어디?"

이초희가 쓰러진 유한성을 가리키며 흥분해서 말한다.

"저, 저기 저놈요, 여자 화장실 앞에서 계속 얼쩡거리면서……."

그러자 박하성 전무가 갑자기 이초희에게 조용하라고 손을 번쩍 치켜든다. 그러고는 엎어져 있는 유한성을 향해 특유의 느끼한 표정과 목소리로 말한다.

"호…… 혹시 본부장님이 아니십니까?"

유한성이 휙 뒤를 돌아보는데 눈에서 이글이글 불꽃이 튄다.

순간 박 전무를 비롯한 모든 사원들이 귀신이라도 본 것 같은 얼굴로 사색이 된다.

박 전무가 울상이 되어 말한다.

"아이고, 본부장님! 뭣들 하는 거야, 어서 본부장님 모시지 않고!"

사원들이 우르르 몰려가서 유한성을 부축하면 이초희의 커다란 눈이 더욱 커지면서 혼잣말을 중얼거린다.

"보, 본부장? 그 사이코 본부장? 어, 어떡해?"

모니터를 보던 김 피디가 소리쳤다.

"컷, 오케이!"

스태프들이 돌아가면서 김찬에게 코믹 연기를 하면 어울리겠다는 둥 한마디씩 칭찬을 했다.

태수도 의외로 실감나는 김찬의 연기에 마음을 놓았다. 박보윤은 말할 것도 없고 각자 자신의 캐릭터를 잘 연기하면 자연스럽게 드라마의 인기도 올라갈 테니까.

어쨌든 지금까지는 김찬이 주도하는 코믹한 분위기로 촬영이 잘 진행이 됐다.

이제 본부장실에서 진행되는 문제의 장면을 촬영해야만 하는 시간이.

바로 김찬이 강혁의 인격이 돼서 1인 2역을 해야만 하는 씬이다.

유한성이 거만하게 본부장 자리에 앉아 있고 이초희가 고양이 앞에 쥐처럼 서서 당하는 장면이다. 촬영 전부터 김찬은 박보윤을 몰아붙일 생각에 아주 신이 난 표정이다.

박보윤이 불안한 표정으로 김찬에게 한마디 했다.

"야, 그렇게 까불면서 강혁 감정 어떻게 잡으려고 그래?"

김찬이 구석에서 연기를 지켜보는 태수를 힐끗 쳐다보고는 말했다.

"솔직히 강혁 연기가 뭐 어렵냐? 그냥 무게만 잡으면 되는데. 오히려 유한성처럼 가벼운 역할이 캐릭터 잡기 어렵다고."

사실 태수는 오늘 촬영할 분량도 몇 컷밖에 되지 않았다. 유한성에서 잠시 강혁으로 변해 혼자 회상하는 장면 같은 인

서트 컷들이 대부분이다.

그럼에도 불구하고 일찌감치 촬영장에 나온 건 김찬이 강혁의 느낌을 어떤 호흡으로 가져가는지 보기 위해서였다.

그래야만 자신이 그 호흡을 그대로 이어받을 수가 있으니까.

근데 김찬은 그런 강혁의 역할을 너무 쉽게 생각하고 있었다. 지금 김찬이 말한 강혁의 모습은 그야말로 겉으로 드러난 외향에 불과하다.

옥현옹주를 사랑하던 왕실 근위대장이자 수백 년 동안 죽음의 사도로 영혼들을 인도했던 저승사자 강혁의 감정은 절대 그렇게 단순하지가 않았다.

우선 강혁의 감정은 황량한 눈빛에서부터 시작된다.

그 황량한 눈빛을 떠올리는 것도 어렵지만 옥현옹주, 즉 이초희를 대할 때 그 황량하던 눈빛이 온화하면서 애틋하게 변하는 연기는 이번 씬에서 가장 중요한 포인트라고 할 수 있고 앞으로도 유한성에서 강혁으로 변할 때마다 반복될 연기다.

이번에 잘못하면 앞으로도 계속 문제가 생기기에 절대 쉽게 생각해선 안 된다. 그런 복잡한 강혁의 감정을 단순히 무게만 잡으면 된다고 생각하다니.

"레디…… 액션!"

거만하게 본부장 자리에 앉아 있던 유한성이 앞에서 바들바들 떨고 있는 이초희에게 명령한다. 마치 철부지 어린애가 힘없는 친구한테 갑질 하는 것 같은 유치함이다.

"무릎 꿇어. 무릎 꿇고 빌라고!"

고개를 숙인 채 어쩔 줄 몰라 하던 이초희가 얼굴을 번쩍 들고 말한다.

"제가 본부장님을 몰라뵌 건 정말 죄송합니다. 하지만 이건 좀 아닌 것 같아요. 아무리 제가 잘못했다고 해도……."

"닥쳐! 넌 아무 말도 하지 마, 생각도 하지 마! 무조건 죽을죄를 지었다고 빌란 말야! 으아악!"

순간 유한성이 화를 참지 못하고 앞에 있던 서류 더미를 이초희에게 집어 던졌다. 그래도 직성이 풀리지 않는지 식식거리며 이초희의 앞으로 다가서는 유한성.

본부장실 밖에서는 부속실 여직원 두 명이 숨을 죽인 채 본부장실 방문에 귀를 바싹 대고 안에서 들려오는 소리를 듣다가 이제 큰일 났다고 인상을 쓴다.

다시 본부장실.

"무릎 안 꿇어? 무릎 꿇어, 무릎 꿇으란 말야, 무릎!"

이초희는 찢어지게 가난한 데다 가족들이 말썽만 피우는 최악의 집안에서 태어나 고생하고 있지만, 그녀의 전생은 옥현옹주라는 고귀한 신분이었다.

생이 몇 번이나 바뀌었다고 해도 이초희의 영혼 속에는 여전히 왕족의 고귀한 기운이 흐르고 있었다. 이초희가 유한성을 똑바로 바라보며 또박또박 말했다.

그렇게 말하는 박보윤의 동그란 동공에는 총명함과 옹주의 기품이 흐르고 있었다.

"죄송합니다, 본부장님. 그렇게는 못 하겠어요, 차라리 제가 회사를 그만두겠습니다."

그러면서 인사하고 돌아서는 이초희의 손목을 거칠게 낚아채는 유한성.

"이런 썅!"

이초희의 따귀를 때리려고 팔을 들어 올리던 유한성이 갑자기 멈칫한다. 허공에서 뭔가가 팔을 붙잡고 있는 것처럼.

순간 유한성의 두 눈이 파르르 떨리더니 표정이 차분하게 변한다. 유한성이 어정쩡하게 팔을 내리더니 이전과 다르게 나름 무게를 잡으며 대사를 했다.

"용서해 주십시오. 제가 방금 했던 모든 행동…… 사과드리겠습니다."

갑자기 유한성이 꾸벅 인사를 하자 이초희는 물론이고 밖에서 소리를 엿듣던 여직원들도 경악한다. 이초희가 당황하며 동공이 파르르 떨리는 장면에서.

"컷! NG!"

NG 소리가 나자마자 한껏 몰입해 있던 박보윤이 김찬을 노려보며 인상을 찡그렸다.

퇴마하는
톱스타

"아, 진짜. 강혁 느낌이 하나도 안 나오잖아. 그러니까 나도 감정이 안 살고."

김찬은 자신이 뭘 잘못했는지 모르겠다는 듯 어깨를 으쓱했다.

"대체 뭐가 잘못됐다는 건지."

김 피디가 김찬을 불러서 모니터를 보여줬다.

"찬이야, 봐 봐. 여기 유한성에서 강혁으로 바뀐 다음에 표정이나 눈빛. 유한성일 때와 크게 다른 점이 없잖아. 그냥 유한성에서 인상만 쓰고 있는 것 같다고. 대사할 때 목소리도 너무 가볍고."

김찬은 굳은 표정으로 모니터를 지켜보면서도 여전히 뭐가 문제인지 잘 모르겠다는 표정.

"그리고 여기 보윤이 표정 봐 봐. 지금 유한성에서 한순간에 강혁의 느낌으로 변했잖아, 이 변화가 초희를 깜짝 놀라게 만들었잖아. 근데 초희 반응이 그렇게 나오면 안 돼. 그게 아니라 뭔지는 모르지만 이전과 다른 유한성의 기운이 초희의 감정을 지그시 누르며 감성을 자극하는 그런 느낌이란 말야. 이건 보윤이 잘못이 아니라 네 연기에 따라서 보윤이 연기도 달라지는 거야."

김찬이 점점 더 난해하다는 표정을 지었다.

"무슨 말인지 모르겠니?"

김찬이 고개를 갸웃하고는 말했다.

"알았어요, 한 번만 더 가면 되잖아요."

다시 촬영이 재개됐지만 역시나 NG.

김찬이 지난번보다 더 무게를 잡고 목소리를 깔았지만 강혁의 황량하면서도 진중한 감정과는 거리가 멀었다.

다시 테이크를 여섯 번이나 더 갔지만 결과는 마찬가지.

김찬의 연기는 강혁의 감정을 손톱만큼도 살려 내지 못했다. 그만큼 이전에 태수가 연기한 강혁의 모습이 압도적이기도 했고.

결국 김정훈 피디가 촬영을 중지시키고 양정애 작가와 상의를 했다. 양정애 작가도 심각한 표정으로 말했다.

"찬이가 태수의 느낌으로 강혁의 감정을 이끌어 낸다는 건 아무리 생각해도 무리일 것 같아요. 태수가 강혁을 너무 잘 표현했던 것도 있고. 어떡하죠?"

김정훈 피디도 양정애가 하는 말이 무슨 얘기인지 너무도 잘 알고 있었다. 강혁 역할은 연기 잘하는 중견 배우한테도 결코 쉬운 연기가 아니다.

근데 태수의 강혁 연기는 그 이상이었다.

양정애가 말했다.

"그러지 말고 태수한테 연기를 한번 해 보라고 하죠. 찬이가 보고 참고하도록."

김정훈 피디가 고개를 끄덕이고는 태수를 불렀다.

"태수야."

김 피디의 부름에 구석에서 걱정스럽게 촬영 장면을 지켜보던 태수가 벌떡 일어나며 대답했다.

"네, 감독님."

"네가 강혁 느낌으로 찬이 대신 연기해 볼래?"

태수가 무슨 소리냐는 듯 되물었다. 왜냐하면 이번 씬에서는 강혁이 연기하는 게 아니라 유한성에서 강혁의 감정으로 넘어오는 연기이기 때문이다.

"제가요? 유한성에서 강혁으로 어떻게 넘어오죠?"

태수가 유한성의 까불거리는 재벌 연기를 하다가 방금 긴찬이 했던 것처럼 강혁의 감정으로 넘어오라는 건지.

김 피디가 말했다.

"그게 아니라…… 유한성이 이초희의 따귀를 때리려고 팔을 들어 올리잖아."

"네."

"그때 네가 뒤에 있다가 유한성의 팔을 붙잡으면 찬이가 뒤로 빠질 거야. 그럼 네가 그때부터 유한성인 것처럼 강혁의 감정이 돼서 연기를 하라고. 찬이한테 강혁의 연기를 보여 준다는 느낌으로."

무슨 말인지 알 것 같았다.

태수가 고개를 끄덕이자 김 피디가 김찬을 돌아보고 말했다.

"찬이도 알았지?"

김찬이 못마땅한 표정으로 고개만 까딱했다.

"자, 레디…… 액션!"

다시 연기가 이어졌고 이초희가 눈을 동그랗게 뜨고 같은 대사를 했다.

"죄송합니다, 본부장님. 그렇게는 못 하겠어요, 차라리 제가 회사를 그만두겠습니다."

"이런 쌍!"

유한성이 돌아서는 이초희의 팔을 낚아채서 따귀를 때리려는 순간 유한성이 멈칫한다. 뒤에서 강혁이 팔을 붙잡고 있었던 것이다.

김찬이 팔을 들고 부들부들 떠는데 김 피디가 사인을 준다.

김찬이 앵글 밖으로 나가고 태수가 앞으로 나선다.

'훅.'

태수의 눈빛을 본 박보윤은 연기가 아닌 정말로 심장이 저리는 기분을 느꼈다.

이전에 김찬이 같은 연기를 할 때는 당황스러운 기분이 들었는데, 지금은 옥현옹주의 감정이 살아나며 동공이 저도 모르게 촉촉하게 젖어 들었다.

강혁의 황량함과 그리움, 안타까움의 감정을 모두 담은 태수의 눈빛이 생기탐랑의 기운으로 물들며 박보윤은 물론이고 모니터로 지켜보는 김 피디와 다른 스태프들의 마음까지 아프게 자극했다.

다들 저도 모르게 숨을 죽이고 태수의 다음 연기를 기다렸다.

저절로 생기탐랑의 능이 작동하면서 강혁의 메마른 듯하면서도 중후하게 심장을 울리는 목소리가 한 호흡 늦게 입술 사이로 천천히 흘러나왔다.

"……용서해 주십시오. 제가 방금 했던 모든 행동…… 사과드리겠습니다."

태수는 이 장면에서 강혁이 이초희에게 하는 인사가 단순한 인사가 아닌 강혁이 자신의 눈에 맺히는 눈물을 감추기 위한 행동일 수도 있다고 생각했다.

오프닝에서 잠시 만난 이후 강혁이 옥현옹주를 마주하는 건 이번이 처음이다.

전생에 목숨을 바칠 만큼 사랑했던 여인을 눈앞에 두고도 자신이 누구인지 밝히지 못한 채 담담하게 대해야만 하는 강혁의 심정이 얼마나 고통스럽고 안타까웠을까.

그런 강혁의 심정을 떠올리자 자연스럽게 태수의 두 눈에는 눈물이 맺힐 수밖에 없었다. 실제로 태수는 자신의 눈에 비친 눈물을 감추기 위해 얼른 고개를 숙였다.

대본에 그런 묘사가 없었기 때문이다.

태수의 인사하는 동작에는 저 옛날 왕실 근위대장이던 강혁의 절도 있고 기품 있는 몸짓이 그대로 배어 나왔다.

　박보윤은 태수의 두 눈에 물기가 살짝 비치는 걸 놓치지 않았다.

　그녀는 태수의 연기에 저도 모르게 혹하고 빨려 들어가는 기분을 느꼈다. 박보윤의 두 눈에도 어느 사이 눈물이 그렁거리고 있었다.

　전혀 의식하지 않은 눈물이었고 대본에는 없는 감정이었다.

　'이게 뭐지?'

　박보윤은 당황스러웠지만 멈추지 않고 계속해서 연기를 했다.

　이유는 알 수 없지만, 눈물이 맺힌 것도 강혁을 마주하는 과정에서 이초희가 느끼는 감정의 일부이고, 그렇다면 그 또한 진실한 연기라고 생각했다.

　또한 자신이 그렇게 느꼈다면 시청자들 역시 같은 감정을 공유할 수 있으리란 믿음이 있었다. 그리고 그건 강혁이 불러낸 감정이기도 했다.

　갑자기 돌변한 본부장.

　그에게서 밀려드는 낯설고도 익숙한 이 감정.

　무의식의 심연 어딘가에서 자신도 모르게 반응하는 어떤 감정에 이초희는 너무도 당혹스러웠다.

당황하는 이초희의 두 눈에 물기가 맺히면서 '이 사람 뭐야?' 하는 표정이 떠올랐다.

고개를 든 태수, 아니 강혁의 얼굴에는 어느새 조금 전 감상적이던 눈빛이 흔적도 없이 사라지고 본부장으로서의 사무적인 표정이 떠올라 있었다.

강혁은 알고 있었다.

이초희가 자신에 대한 전생의 기억을 떠올리는 순간 죽음을 맞게 된다는 것을.

강혁의 절제된 목소리가 애써 이초희를 밀어내듯 말했다.

"제가 사과드렸으니…… 회사는 계속 다니세요."

이초희가 강혁에게서 눈을 떼지 못하다가 뒤늦게 상황을 깨닫고는 얼른 고개를 숙인 후 돌아서서 본부장실을 나갔다.

"컷! 오케이!"

너무 몰입한 나머지 김 피디는 방금 전의 연기가 리허설이었다는 사실조차 잊어버리고 오케이라고 외쳤다.

하지만 그런 착각을 한 사람은 김 피디만이 아니었다.

모든 스태프들이 당연히 이 장면이 오케이 컷이라고 생각했다가, 뒤늦게 김찬에게 강혁의 연기를 보여 주기 위한 리허설이었다는 사실을 깨달았다.

박보윤 역시 아직도 감정의 여운에서 헤어나지 못한 채 태수를 간절한 눈빛으로 바라보며 눈물을 훔쳤다.

그저 바라보는 것만으로도 마음이 심쿵해지는 이 절절한

감정이 다시 마음속에서 소용돌이치기 시작하자 벌써부터 걱정이 되기 시작했다.

'나 어떡해? 귀귀도 이후로 이제 좀 나아졌나 했는데 또다시 시작됐어. 장태수만 보면 왜 이렇게 심쿵하고 마음이 설레는 거야. 미치겠네, 정말.'

극 중에서 사랑하는 연인이니 그런 기분이 드는 건 좋은 현상이지만, 문제는 현실에까지 그런 감정이 이어진다는 사실이었다.

김 피디가 방금 촬영한 장면을 모니터로 돌려서 확인을 했다.

'이 장면 무조건 살려야 하는데. 다시 연기해도 이런 감정 뽑아내기 어려운데.'

리허설이었음에도, 다행히 카메라도 돌았고 조명이나 오디오 모두 큰 이상 없이 녹화가 돼서 오케이 컷으로 쓸 수가 있을 것 같았다.

'후우, 다행이다.'

김 피디가 양정애 작가를 불러서 상의를 했다.

"이 장면 그대로 쓰면 어떨까요?"

양정애 작가가 무슨 소리냐는 듯 쳐다봤다.

"여기 김찬이 손을 들어 올리고 따귀를 때리려는 장면 있잖아요? 이 장면에서 CG 효과를 주면서 자연스럽게 강혁으로 인물을 바꿔서 태수 연기를 갖다 붙이면 얼추 맞을 것 같은데."

양정애도 가만히 화면을 보다가 뒤늦게 김 피디의 의도를 알아차리고 고개를 끄덕였다.

"괜찮겠네요. 이번에 태수하고 보윤이 연기가 너무 좋아서, 어후…… 저도 가슴이 먹먹해져서 지금도 여운이 남네요. 그런 연기를 그냥 묻을 수는 없죠."

양정애 작가가 의미심장한 표정으로 김 피디를 보면서 물었다.

"그럼 앞으로도 찬이가 강혁한테 빙의되는 장면은 전부 이런 식으로 가는 건가요?"

김 피디가 멀리서 퉁퉁 부어 있는 김찬의 눈치를 슬쩍 살피고는 말했다.

"작가님도 봤잖아요. 찬이가 강혁 연기 절대로 못 해요, 아까처럼 연기하면 시청자들 반응 어떨지 뻔히 보이잖아요. 찬이가 강혁한테 빙의만 되면 몰입 안 된다고 아우성칠 텐데."

양정애가 웃으며 고개를 끄덕였다.

"하긴 그래요, 훤하게 보이죠."

"찬이를 위해서도 이게 최선인 것 같아요."

"오, 그럼 태수 분량이 확 늘어나는 거네요. 앞으로 이런 장면 되게 많을 텐데, 당장 오늘도. 호호."

"찬이한테는 그런 표정 보이지 마세요."

"무슨 표정요?"

"태수 분량 늘어난다고 좋아하는 티가 너무 나잖아요. 작가님까지 그러면 찬이 정말 기죽어요."

"알았어요. 호호호."

대답은 그렇게 하면서도 양정애의 표정에는 좋아서 어쩔 줄 모르겠다는 표정이 그대로 드러났다.

왜 그렇지 않겠는가.

찬이가 1인 2역으로 강혁의 연기를 한다는 생각을 하면 대본을 쓸 때는 감정도 잘 잡히지 않고, 이런 감정을 제대로 표현할 수 있을지 걱정이 돼서 당장 자신부터 몰입이 되지 않는데.

그런데 이제 강혁이 유한성의 육신을 지배하는 장면에서 매번 태수가 연기를 한다고 생각하면 굳이 몰입을 하지 않아도 저절로 감정이 살아날 것 같았다.

또한 자신의 대본으로 연기하는 강혁의 모습이 어서 보고 싶어서 마음이 설렐 정도였다.

양정애 작가는 앞으로 등장할 유한성의 몸을 빌린 강혁과 이초희의 애틋한 로맨스는 시청자의 애간장을 끓게 만드는 이 드라마의 가장 중요한 매력 포인트임을 의심하지 않았다.

김 피디가 물었다.

"아무래도 찬이한테는 내가 가서 설명하는 게 낫겠죠?"

"그럼요, 작가가 가서 얘기하면 찬이 정말 기죽어요."

김 피디가 김찬을 불러서 에둘러 상황을 설명했다.

퇴마하는 톱스타

"절대로 네가 연기를 못해서 그런 게 아냐, 너 아니라 박보금, 백중기가 왔어도 똑같았을 거야. 어떻게 금방 촐랑대는 유한성 역할 하다가 갑자기 강혁의 감정으로 넘어갈 수 있겠냐? 이건 나하고 양 작가가 미스한 거야, 우리 잘못이라고."

김찬이 살짝 미심쩍은 눈빛으로 물었다. 이미 이전보다 기가 죽은 모습이었다.

"그럼 유한성 역할은…… 지금처럼 계속하면 되나요?"

"어? 어, 어. 그럼그럼. 유한성 역할은 지금이 딱 좋아, 딱! 지금처럼만 하면 시청자들 사랑 듬뿍 받을 것 같아. 그럼 이제부턴 그렇게 간다?"

김찬이 고개를 끄덕였고 김 피디가 이번엔 태수에게 가서 상황 설명을 했다.

태수가 놀라서 물었다.

"그럼 제 분량이 엄청 늘어나는 거네요?"

원래 대본대로라면 태수의 분량은 김찬의 절반 정도밖에 되지 않았다. 하지만 김 피디의 말대로라면 김찬과 거의 비슷해지거나 오히려 더 늘어날 수도 있었다.

"분량이 늘어도 특별한 사정만 없으면 녹화 날인 월, 화이틀이면 충분할 테니까 스케줄에는 지장 없을 거야."

"녹화일 늘어나는 건 상관없어요. 〈영혼을 찾아서〉하고 겹치지만 않으면 됩니다."

"오케이, 그럼 오늘은 네 분량 끝났으니까 내일 아침 일찍 나와."

"아니에요, 어차피 다른 일 없으니까 다른 배우들 촬영하는 거 보고 갈게요."

김 피디는 어디서 이런 복덩이가 굴러들어 왔는지 태수를 보면 볼수록 신기하고 즐거웠다.

전문 배우도 하기 힘든 액션 연기를 척척 해내고, 실사도 아닌 웹툰 속 인물인 강혁이라는 캐릭터가 정말 현실에 있는 것처럼 연기를 하니까.

웹툰을 드라마로 만들 때 가장 큰 문제가 캐릭터의 싱크로율인데.

태수는 연기의 맛을 알게 된 덕인지, 강혁의 캐릭터에 빠져 있어서 그런지, 자신이 연기하지 않더라도 드라마의 모든 장면들이 흥미로웠다.

덕분에 다른 배우들은 자기 순서 기다리는 시간이 가장 지루하고 힘들다고 하는데 태수는 전혀 그렇지 않았다.

곧바로 다음 씬의 촬영이 이어졌다.

본부장실 문에 귀를 대고 있다가 밖으로 나오는 이초희를 보고 동시에 뒤로 벌러덩 넘어지는 부속실 직원들.

본부장실에서 일어난 일은 삽시간에 회사 전체로 퍼지고 본부장실 자신의 의자에서 정신을 차린 유한성은 조금 전에 무슨 일이 있었는지 도무지 기억이 나지 않는다. 이초희를 본부장실로 부른 기억만 나는 유한성.

유한성이 본부장실 문을 열고 부속실 강민경한테 왜 이초희를 불렀는데 안 오냐고 화를 내면, 강민경이 황당한 표정으로 조금 전에 이초희가 다녀갔고 본부장님이 미안하다고 사과까지 하지 않았냐고 한다.

어릴 때부터 재벌가의 철부지 아들로 자란 유한성은 남한테 사과하고 고개 숙이는 걸 가장 치욕으로 생각하는 캐릭터다.

대본상에는 유한성이 두 눈이 튀어나올 것 같은 표정을 지으며 강민경에게 다가간다고 되어 있었다.

김찬은 그야말로 정말 눈알이 튀어나오는 게 아닐까 걱정이 될 정도로 치켜뜨고 강민경을 몰아붙이듯 다가갔다.

그 모습이 너무 무서워서 무슨 공포 영화의 살인마를 보는 것 같았고, 강민경이 연기가 아니라 실제로 무서운 듯 실감나게 비명을 질렀다.

"아악!"

유한성이 눈을 번들거리며 손가락을 강민경의 입술에 갖다 대며 '쉿!' 하고 말한다.

부들부들 떠는 강민경에게 얼굴이 닿을 것처럼 바싹 들이대고 정말 사이코인 것처럼 으르렁거리는 목소리로 말한다.

"다시 말해 봐, 내가 그 계집애한테 미안하다고 사과를 했다고? 고개를 숙였다고?"

겁먹은 강민경이 마구 고개를 끄덕이면 유한성, 어쩔 줄 몰라 하다가 갑자기 책상 위에 있는 서류를 확 잡아 뜯더니 짐승처럼 이빨로 마구 물어뜯으며 괴성을 지른다.

"으아아아아!"

놀란 강민경이 후다닥 밖으로 도망가고.

미친 듯이 종이를 물어뜯으며 맹수처럼 으르렁거리는 유한성의 모습에서.

"컷! 오케이!"

김 피디가 오케이를 외치자마자 스태프들 모두 웃음을 터뜨렸다.

태수와 박보윤도 웃음을 참을 수가 없었다.

사람의 눈알이 그렇게 커질 수 있다니.

김찬이 입에 하나 가득 물고 있던 종이를 입에서 뱉어 냈다. 김찬이 자신이 생각해도 창피하다는 듯 중얼거렸다.

"미쳤나 봐, 나 방금 뭐 한 거야? 나 천상천하 김찬인데."

김 피디가 웃으며 말했다.

"찬이야, 아주 잘했어. 와서 모니터 봐 봐, 아주 배꼽을 뺀다."

방금 김찬이 한 연기는 원래 대본에는 없던 연기였다. 대본에는 김찬이 머리를 움켜쥐고 괴성을 지른다고 짧게 묘사가 됐는데 스스로 애드리브를 친 것이다.

강민경 역할을 맡았던 김혜영이 정말로 몸서리를 치며 말했다.

"찬이 씨, 방금 저 진짜 무서워 죽을 뻔했어요. 막 눈 치켜 뜨고 다가오는데 정말로 저 어떻게 하려는 줄 알았다니까요? 방금 그거 연기 아니고 평소 성격 아니었어요?"

김혜영의 말에 다시 여기저기서 웃음보가 터졌다.

사실 김찬도 이렇게까지 처절하게 망가질 생각은 없었다.

드라마에 출연하기 전까지만 해도 가벼운 마음이었고, 평소 카리스마를 유지하기 위해 예능 프로에도 잘 나가지 않았던 그다.

근데 태수의 분량이 계속해서 늘어나고 스태프들은 물론 박보윤까지 태수한테만 관심과 시선이 집중되자 저도 모르게 오기와 경쟁심이 불타오르기 시작한 것이다.

게다가 발연기라고 아직까지도 놀림을 받는 전작의 캐릭터가 자신과 맞지 않아서 어쩔 수 없었다면, 〈오늘도 연애〉의 유한성은 자신의 평소 성격하고도 비슷해서 연기하기도 편했고, 대본에 있는 것보다 더 재미있는 아이디어들이 끊임없이 떠올라서 솔직히 연기하는 재미도 있었던 것이다.

결국 김찬은 어차피 자신은 강혁처럼 무게 잡는 역할은 소질도 없고 할 수도 없으니, 최대한 망가져서 코믹 쪽으로라도 자신의 존재감을 키워야겠다고 마음을 먹었던 것이다.

그러다 보니 이전에는 몰랐던 연기에 대한 재미도 조금씩 생겨나고 있었다.

다음은 29씬 회사 앞 횡단보도.

"레디…… 액션!"

이초희가 횡단보도 앞에서 신호를 기다리고 있으면 유한성의 벤츠가 회사 주차장을 빠져나와 이초희의 앞을 지나간다. 백미러로 이초희를 확인한 유한성이 차를 후진시켜서 이초희 앞에 선다.

유한성이 창문을 열고 이초희를 부른다.

"너 집이 어디야?"

다짜고짜 반말을 하며 원래 모습으로 돌아온 유한성의 모습에 다시 혼란을 느끼는 이초희.

"데려다줄 테니까 타!"

"아니에요, 전 그냥……."

"너 회사 그만두고 싶어? 얼른 타라면 타라고!"

이초희가 어이가 없다는 듯 혀를 차는데 횡단보도 건너편에 박창희가 보인다.

박창희는 이초희의 오빠한테 사채를 빌려준 사채업자로, 이초희한테 대신 사채를 갚도록 압박하려고 회사를 찾아오는 길이다.

박창희가 이초희를 발견하자 이초희가 얼른 유한성의 차에 올라탄다. 마침 신호가 바뀌고 이초희가 소리를 지른다.

"어서 출발해요, 빨리요!"

유한성이 갑자기 돌변한 이초희의 태도에 당황하며 말한

다.

"너, 너 지금 나한테 명령하는 거야?"

이초희가 금방 무슨 일이라도 저지를 사람처럼 무서운 표정으로 으르렁거린다.

"말했죠? 어서 출발하라는 말 안 들려요? 빨리 출발하라고요!"

이초희의 기세에 겁먹은 표정의 유한성이 얼른 액셀을 밟았고, 박창희가 아슬아슬하게 벤츠를 놓친다.

"컷, 오케이!"

오케이 사인이 나오자 박보윤이 깔깔 웃으며 김찬을 놀렸다.

"방금 너 진짜 겁먹었지?"

"아, 아냐, 무슨."

김 피디가 말했다.

"내가 보기에도 정말 겁먹은 표정이던데? 연기라고 하기엔 너무 리얼했어. 와, 보윤이 화내는 거 보니까 살벌하다. 큭큭."

김 피디까지 놀리자 김찬이 미치겠다는 표정.

"자, 오늘은 여기까지 하겠습니다. 수고들 하셨습니다."

태수도 김 피디와 양정애 작가는 물론 모든 스태프들에게 일일이 돌아다니며 인사를 했다. 김찬에게도 가서 인사를 했다.

"오늘 연기 정말 좋던데요? 완전 물 만난 고기 같았어요. 방송 나가면 시청자들이 엄청 좋아할 것 같아요."

옆에 있던 박보윤도 동의했다.

"그러게. 평소 찬이 성격이 그대로 들어가 있는 캐릭터였어, 크큭큭."

"아, 진짜 그러지 말라고. 나 원래 분위기 있는 남자라고, 으아아아! 진짜!"

유한성이 눈을 부릅뜨고 씩씩대는 모습을 마침 옆을 지나가던 강민경 역할의 김혜영이 보고는 화들짝 놀라며 말했다.

"헐, 소름. 유한성이랑 싱크로율 백 퍼네."

창호가 캔 맥주를 들고 평상 위에서 대본을 뒤적이며 말했다.

"찬이가 강혁 역할을 제대로 소화할 수가 있나? 평소 연기하는 거 봐선 이건 무리일 것 같은데. 어떻게 오늘 촬영장에서는 찬이가 1인 2역 연기 잘했어?"

"그 역할 제가 하기로 했어요."

맥주를 입으로 가져가던 창호가 놀라서 물었다.

"그게 무슨 소리야?"

태수는 오늘 촬영장에서 있었던 일들을 창호에게 자세하

게 들려줬다. 얘기를 듣는 창호의 입꼬리가 귀밑까지 올라갔다.

"그런 중요한 소식을 이제 얘기하면 어떡해? 잠깐만."

창호가 갑자기 대본을 막 뒤적여 보더니 말했다.

"만약 김찬 1인 2역 장면을 전부 네가 하면 김찬이랑 분량 거의 비슷한데? 이거 대박이다. 나도 강혁 연기는 정말로 네가 했으면 했거든, 찬이 걔 워낙 어설퍼서 1인 2역 절대 못한다고."

태수도 고개를 끄덕이며 말했다.

"좋으면서 부담 되는 것도 사실이에요. 너무 갑자기 결정돼서 연기 연습도 거의 못 했고. 하지만 김찬이 강혁 연기를 하는 건 저도 정말 아니라고 생각했거든요. 오늘 감독님하고 작가님도 직접 눈으로 보고는 그렇게 결정을 내린 것 같았어요."

"그래, 찬이 걔는 지금 유한성 역할이 딱이야. 가만, 그럼 이러고 있을 때가 아니잖아. 너 대본 분석도 해야 하고 대사도 외워야 하잖아. 내일 촬영 준비해야 하는 거 아냐?"

태수는 연기하기 전에 늘 대본 분석을 철저하게 한다. 때론 영능력을 발휘해서 환상 속에서 자신이 연기하는 모습을 미리 확인하기도 하고.

워낙 집중력이 좋아서 그 시간이 터무니없이 적게 걸릴 뿐이다.

태수가 웃으며 고개를 끄덕이자 창호가 말했다.

"아이 자식, 그래서 아까부터 뭘 물어보면 대답이 전부 단답형이었구먼. 앞으로는 그런 거 미안해하지 말고 바로 얘기해, 알았지?"

"그럴게요."

태수는 창호가 가자마자 얼른 대본을 들고 연기 분석을 시작했다. 사실 진즉부터 빨리 하고 싶었는데 창호한테 바로 가라고 하려니 미안해서 말을 못 꺼낸 것이다.

새벽까지 대본을 분석한 태수는 잠깐 눈을 붙인 후 간단한 운동으로 몸을 풀고 일찌감치 촬영장으로 향했다.

창호는 오늘도 뭐가 그렇게 바쁜지 촬영장까지 오는 동안에도 휴대폰이 쉴 틈이 없었다. 창호가 바쁘다는 건 앞으로 태수가 더 바빠진다는 소리였다.

창호는 태수만 촬영장에 내려 주고 일 보러 간다며 서둘러서 떠났다.

드라마는 초치기로 촬영한다는 얘기를 들었지만 실제 현장은 생각보다 더 심했다.

조연출이 촬영 일정표를 주는데, 수목 2회분 분량을 4, 5일에 모두 찍으려니 그야말로 숨 돌릴 틈조차 없는 빡빡한 일정의 연속이었다.

그렇잖아도 잠을 많이 못 자서 따스한 커피 생각이 간절한데 스태프들마다 커피를 한 잔씩 들고 있었다.

'근처에 커피숍이 있나?'

근데 커피를 들고 가는 스텝들이 다들 태수를 향해 이렇게 말하는 게 아닌가.

"커피 잘 마실게요."

태수가 의아하게 고개를 갸웃하는데 박보윤도 커피를 들고 오며 말을 걸었다.

"나왔어요?"

"네. 근데 근처에 커피숍 있나 봐요? 다들 커피를 들고 계시네."

박보윤이 웃으면서 말했다.

"따라와요, 제가 한 잔 사 줄게요."

박보윤의 뒤를 따라가자 촬영장 안에 작은 봉고에서 파는 커피차가 들어와 있었다.

박보윤이 웃으며 말했다.

"저기 커피차요."

"와, 저게 말로만 듣던 커피차구나."

신기한 표정으로 다가가는데 커피차 위에 커다란 플래카드가 걸려 있었다. 그리고 거기에 익숙한 얼굴이 인쇄되어 있었다.

바로 태수 자신의 얼굴과 웹툰 속 강혁의 얼굴이 나란히 들어 있었다.

"어? 저기에 왜 내 얼굴하고 강혁이 있지?"

인쇄된 자신의 사진 아래로 하트 그림과 함께 이런 응원의 문구가 적혀 있었다.

왕실 근위대장 강혁의 후생, 영혼을 보는 남자 장태수!
〈오늘도 연애〉' 벌써부터 두근두근
사랑해요, 태수 님. 화이팅! -강혁바라기 회원 일동-

그제야 그 커피차가 어떤 커피차인지 알 것 같았다. 사람들이 왜 지나가면서 자신에게 잘 마시겠다는 인사를 건넸는지도.

'아…… 이런 감동이!'

심장이 찌르르 울리더니 벅찬 감동의 물결이 밀려왔다.

옆에서 지켜보던 박보윤이 말했다.

"어? 태수 씨 눈물 맺혔다."

"이런 거 처음 받아 봐서."

목이 메어서 말이 잘 나오질 않았다.

방송국 앞에서 잠깐 만났던 강혁바라기 누님들의 얼굴이 떠올랐고, 그녀들이 소중한 시간을 투자해서 이걸 준비하는 모습을 상상하자 정말 가슴이 벅찼다.

태수는 바리스타에게 라테를 주문했다.

바리스타가 라테를 만들어 건네며 말했다.

"이제야 주인공이 나타나셨네요."

퇴마하는 톱스타

따스한 커피를 한 모금 마셨다. 하트 모양의 거품과 함께 달달한 커피가 목구멍을 넘어가자 피곤했던 몸에 활기가 도는 기분이었다.

태수가 커피를 들고는 박보윤에게 부탁했다.

"미안하지만 사진 한 장만 찍어 줄래요?"

태수가 커피차 옆에서 커피를 들고 있는 모습을 박보윤이 휴대폰으로 찍었다.

태수는 강혁바라기 카페에 접속해서 '태수의 방' 게시판에 방금 찍은 사진을 올리고 짧게 글을 올렸다.

방금 지금까지 먹어 본, 세상에서 가장 맛있는 커피를 마셨습니다. 강혁바라기 여러분, 감사하고 사랑해요^^

촬영이 재개됐다.

어제 이초희가 유한성의 자동차 안으로 뛰어든 장면의 연결 씬이었다.

30씬. 자동차 안.

"레디…… 액션!"

달리는 자동차 안에서 툭탁거리며 싸우는 유한성과 .이초희.

이초희의 험악한 기세에 일단 차를 출발시켰지만 괜히 약이 오르는 유한성이다. 이초희가 창밖을 보고 있으면 유한성이 운전을 하면서 뒤늦게 약이 올라서 소리친다.

"야! 너, 내가 누군지 몰라?"

이초희가 창밖으로 고개를 돌린 채 대답한다.

"알아요, 본부장님이잖아요."

"하아, 이게 아주 사람을 쳐다보지도 않고. 너 우리 아빠가……."

"알아요, 저희 유성 그룹 유일성 회장님이라는 거."

당황하는 김찬.

"뭐? 알아? 알면서 아까 나한테 명령을……."

창밖을 보다가 고개를 돌리는 이초희.

그녀의 두 눈에 눈물이 그렁그렁며 고여 있다.

허걱, 당황하며 겁이 나는 듯 얼른 고개를 돌리는 유한성.

그때 옆에서 빠앙 하고 경적을 울리는 소리가 들린다.

유한성이 인상을 팍 쓰고 돌아보면 바로 옆에 소나타가 따라오면서 차를 옆으로 세우라고 신호를 하고 있다.

이초희가 돌아보니 박창희가 웃으며 계속 클랙슨을 누르고 있다.

빠아아아앙!

유한성이 그런 박창희를 보며 열이 받는다.

"저게 죽으려고."

유한성이 벤츠를 도로변에 붙이면 이초희가 겁먹은 표정으로 소리친다.

"세우지 말아요, 그냥 가요."

유한성이 정색을 하고 이초희를 노려보면서 말한다.

"넌 가만있어 쫌! 이게 어디서 명령질이야, 감히!"

유한성이 벤츠를 도로변에 붙이면.

"컷! 오케이!"

김 피디가 태수를 불렀다.

"태수, 넌 32씬 준비 좀 해. 액션 씬 있는 거 알지?"

"네, 알고 있습니다."

그렇잖아도 계속 다른 배우들의 연기를 지켜보기만 하다 보니 몸이 근질근질하던 참이었다.

32씬은 원래 태수 분량이 아니라 김찬의 분량이었지만, 긴 급히 방향이 수정되면서 강혁의 모습으로 태수가 액션을 하 게 된 것이다.

액션 상대는 박창희.

김 피디가 무술 감독인 정두연을 불렀다.

"정 감독! 태수 좀 봐 줘."

태수는 액션 연습을 전혀 하지 않아서 살짝 걱정이 됐다.

어제 연습을 하고 싶었지만 대본만 봐서는 어느 정도의 액 션인지 감을 잡을 수가 없었던 것이다.

"액션이랄 것도 없어. 이렇게 몸을 피하고서 한 방에 쓰러 트리면 되니까."

정두연의 시범을 보고 나니 정말로 간단한 액션이었다. 아마도 김찬이 할 액션으로 생각해서 그렇게 단순하게 합을 짠 모양.

　　태수가 고민하다가 말했다.

　　"음…… 혹시 이렇게 해 보면 어떨까요?"

　　31씬. 한적한 도로변 공터.

　　차량이 뜸한 한적한 공터 옆 도로 갓길에 벤츠를 세우고 유한성이 내리면 이초희도 어쩔 수 없이 따라 내린다.

　　박창희가 피식 웃으며 역시 소나타를 갓길에 세운 후에 내린다.

　　박창희가 웃으며 다가오면 유한성이 제법 호기롭게 쳐다보며 대사를 한다.

　　"뭐냐, 너? 나보고 차 세우라고 한 이유가 뭐야?"

　　박창희 역할은 명품 조연으로 잔뼈가 굵었고 이런 역할을 자주 맡았던 김전태가 맡았다.

　　"너 내가 누군 줄 알고……."

　　"넌 좀 빠지고."

　　박창희가 깝죽대는 유한성을 손으로 스윽 밀어내며 뒤에서 떨고 있는 이초희에게 다가간다. 자존심이 상한 유한성이 박창희를 노려보며 어이가 없다는 듯 웃는다.

　　그러거나 말거나 이초희에게 다가가는 박창희.

눈빛을 파르르 떨며 뒷걸음질을 치던 이초희가 벽에 막히면, 박창희가 비열한 웃음을 머금고 다가가 이초희의 볼을 만지며 대사를 한다.

"네가 도망을 가?"

이초희가 그런 박창희의 손길을 피하려는 듯 고개를 돌리면 뒤에서 지켜보던 유한성이 자존심이 상한 듯 피식 웃는다.

박창희가 대사를 한다.

"내가 어떤 경우에도 도망가지 말랬지?"

박창희가 이초희의 따귀를 때리려고 팔을 들어 올리면 뒤에서 누가 잡는다. 돌아보면 유한성이다.

박창희가 어이가 없다는 듯 돌아서면 유한성이 깝죽대며 대사를 한다.

"내가 아까 물었잖아, 나보고 차 세우라고 한 이유가 뭐냐고. 대답을 해야지."

"하아, 대답? 이게 내 대답이다!"

박창희가 주먹으로 유한성의 복부를 때리면 헉 하고 그 자리에 꼬꾸라지는 유한성.

유한성이 바닥에서 떼굴떼굴 구르면서 고통스럽게 울부짖고 특유의 오버 연기를 펼치는 사이 박창희가 이초희의 손목을 움켜잡고 소나타로 끌고 간다.

이초희가 저항하며 소리친다.

"이거 놔, 놓으라고! 갚으면 되잖아!"

하지만 냉혈한 박창희는 대꾸도 없이 소나타 문을 열고 이초희를 차 안으로 밀어 넣는다.

"들어가!"

그때 등 뒤에서 들려오는 묵직한 목소리.

"그 손 놔!"

박창희는 물론이고 이초희도 뒤를 돌아보면 방금 전까지 바닥을 뒹굴던 유한성이 서 있다.

이초희는 유한성의 분위기가 또다시 바뀌었다는 걸 직감으로 알게 되고, 박창희는 가소롭다는 듯 웃으며 대사를 한다.

"너 또 맞고 싶냐?"

박창희가 귀찮다는 듯 고개를 흔들며 유한성을 향해 다가간다.

이때 카메라는 박창희의 뒷모습을 비추며 따라가는데, 박창희의 뒷모습에 유한성의 모습이 잠깐 가려졌다가 드러나는 순간 유한성이 강혁으로 변해 있다.

물론 모든 앵글과 콘티가 철저하게 계산된 장면이고 박창희와 이초희, 시청자에겐 강혁이 여전히 유한성의 모습으로 보인다는 설정이다.

온몸에서 생기탐랑의 화사한 기운이 뿜어져 나오면서, 태수의 얼굴이 고운 피부의 미소년 같다. 그런 얼굴에서 강인한 기운이 느껴지는 이유는 눈빛 때문이다.

다가오는 박창희를 노려보는 강혁의 눈빛이 분노로 이글

퇴마하는
톱스타

거리고 있다. 박창희가 옥현옹주를 해치려 했기 때문이다. 절대로 용서하지 않을 것 같은 단호한 눈빛.

박창희가 다가가자마자 '이런 썅!' 하며 다짜고짜 주먹을 휘두르면 강혁이 가볍게 피하며 뒷발을 옆으로 빼고는 박창희의 팔을 잡아서 그대로 꺾는다.

'우드득' 소리가 나며 박창희가 비명을 지른다.

"으아아악!"

태수가 무술 감독 정두연에게 제안해서 나온 액션 장면이다. 보는 사람은 단순해 보이지만 순식간에 발을 빼서 팔을 잡아 꺾는 과정이 결코 쉽지가 않다.

군더더기 없는 태수의 액션 연기에 밋밋하게 짧게 끝날 장면에 임팩트가 생겼다. 결국 작품의 완성도는 이런 작은 곳에서 차이가 드러나는 법이다.

박창희가 비명을 지르며 쓰러지면 이초희도 놀라서 눈을 휘둥그레 뜬다.

박창희가 주머니에서 칼을 꺼내서 휘두르며 위협한다.

"썅! 넌 오늘 죽었어. 상대를 잘못 골랐어……."

박창희의 대사가 끝나기도 전에 강혁의 발이 칼을 들고 있는 손을 걷어찬 후 연결 동작으로 자세를 낮춰 몸을 한 바퀴 돌리며 발로 박창희의 발목을 걷어찬다.

바로 킬러와의 대결에서 한 번 선보였던 액션 동작.

박창희의 몸이 허공을 붕 떴다가 바닥으로 쿵 떨어진다.

역시 원래는 없던 액션인데 준비된 합이 너무 밋밋해서 태수의 제안으로 추가된 액션이다. 허공에 떴다가 떨어지는 장면은 박창희 대신 스턴트맨이 소화했다.

덕분에 짧지만 강렬한 멋진 액션 두 장면이 추가됐다. 왕실 근위대장인 강혁에게 어울리는 액션이기도 하고.

강혁이 쓰러져서 숨을 헐떡이는 박창희의 멱살을 잡고 경고한다.

"한 번 더 저 여자 곁을 얼쩡거리면 그땐 이 정도로 끝나지 않을 것이다."

살기가 이글거리는 분노에 찬 강혁의 눈빛에 박창희가 겁에 질려 고개를 끄덕인다.

강혁이 돌아서서 이초희를 향해 다가간다. 다가오는 강혁, 아니 유한성을 바라보는 이초희의 눈빛이 알 수 없는 감정으로 흔들리고 있다.

눈앞으로 다가온 강혁의 눈빛에 울분과 안타까움이 일렁거리고 있다. 시청자의 시선으로 보면 강혁이고 이초희의 시선으로 보일 때는 유한성이다.

자신을 바라보는 강혁의 눈빛에서 밀려오는 서늘한 감정에 이초희는 숨조차 내쉴 수가 없다.

"……괜찮으십니까?"

그 한마디의 질문에 강혁의 무수한 감정이 담겨 있었다.

예전 왕실 근위대장으로 있을 때 옥현옹주에게 수없이 했던 바로 그 대사.

'……괜찮으십니까?'

멧돼지가 달려들었을 때도, 산책을 갔다가 발을 접질러서 강혁의 등에 업혀서 궁으로 돌아왔을 때도, 한밤중 강혁을 사모하는 마음에 잠을 못 이루고 혼자 정원에 나와 창백한 달빛을 보며 허한 마음을 달래고 있을 때도 강혁은 옆으로 다가와서 그렇게 물었다.

'……괜찮으십니까, 옹주님?'

이초희의 심연 아래에서 그 대사에 반응해서 알 수 없는 감정이 꿈틀하고 움직였다.

이초희가 대답을 하지 못한 채 뚫어지게 유한성을 바라보며 물었다.

"당신…… 누구……세요?"

강혁과 이초희, 두 사람의 시선이 허공에서 뒤엉킨다.

비밀을 털어놓고야 말 것 같은 강혁의 숨결과 심연 깊은 곳에서 꿈틀대는, 떠오를 듯 말 듯한 이초희의 기억.

아마도 이 밀도 있는 장면이 시청자들에겐 이번 화의 최고의 1분이 될 것이다.

강혁은 자신이 누구이며 이초희가 누구라는 비밀을 털어놓고 싶은 욕망을 가까스로 집어삼키며, 자신을 애타게 바라보는 이초희의 눈빛과 질문을 피해 옆으로 스치듯 지나간다.

강혁의 절절한 혼잣말이 시청자들에게 들린다.

'옹주님…… 절 기억하려 하지 마십시오. 지금 이렇게 서로를 마주할 수 있는 이 짧은 순간조차 얼마나 어렵게 얻어진 기쁨인지 모릅니다. 그래서 저는 이 한 줌의 기쁨을 지키기 위해 그 어떤 고통도 감내하며 견뎌 낼 것입니다.'

강혁이 차 문을 열고 감정을 가라앉힌 후 특유의 사무적인 표정을 가장한 채 돌아서서 말한다.

"타세요, 이초희 씨. 집까지 바래다드리겠습니다."

이초희는 가슴에 응어리가 맺히는 것 같은 답답한 마음이지만 뭔가를 물어보기엔 유한성의 태도가 너무 차갑게 돌변했다.

'정말 저 사람이 조금 전 미친개처럼 날뛰던 그 사이코 본부장이란 말인가?'

이초희가 차에 타면 벤츠가 출발한다.

"컷!"

이어지는 자동차 씬.

이초희가 운전하는 강혁을 계속 곁눈질로 바라본다.

강혁은 그런 이초희의 눈길을 느끼지만 모른 척 계속해서 운전을 하고.

이초희가 조심스럽게 입을 연다.

"절 왜…… 구해 주셨어요?"

강혁이 앞만 보면서 대답한다. 역시 사무적인 어조.

퇴마하는
톱스타

"그쪽을 구해 준 적 없어요. 그 사람이…… 날 먼저 공격해서 그렇게 된 겁니다."

"정말 그것뿐인가요?"

강혁의 애절한 속마음이 독백으로 시청자에게만 들린다.

'옹주님, 그런 눈으로 바라보지 마십시오. 옹주님을 외면하는 일이 제게 얼마나 큰 고통인지 아십니까? 단 한순간만이라도 마음껏 옹주님을 마음껏 바라볼 수 있다면…… 지금 옹주님이 절 바라보는 것처럼 말입니다.'

잠시 신호등에 걸리면 강혁이 이초희를 돌아본다. 차갑고 냉철한 표정에 이초희가 흠칫한다. 강혁이 사무적으로 말한다.

"무슨 대답을 바라는 겁니까? 내가 그쪽에 무슨 다른 생각이라도 있다는 겁니까?

"아…… 그런 뜻이 아니라……."

"이초희 씨, 오늘 일어났던 일은 모두 우연일 뿐입니다. 아셨죠?"

이초희가 한숨을 내쉬며 고개를 그덕인다.

차가 출발하고 이후 이초희의 집까지 가는 동안 두 사람은 그 어떤 대화도 나누질 않지만 백 마디의 말보다 더 많은 감정들이 서로를 향해 오간다.

이초희의 집이 있는 허름한 변두리 동네.

딱 봐도 지저분하고 범죄의 위험성도 많아 보이는 허름한 동네 입구에 벤츠가 멈춰 선다.

차에서 내리는 강혁과 이초희.

초반만 해도 강혁과 유한성의 모습이 번갈아 화면에 등장했지만, 몰입이 강해진 시점부터는 아예 강혁의 모습으로 드라마가 진행됐다.

"감사했습니다. 여기서부터는 저 혼자 갈게요."

이초희가 인사를 하고는 무슨 말인가를 하려다가 돌아선다.

강혁의 눈빛이 출렁하고 움직이더니 저도 모르게 말을 내뱉고 만다.

"저기 잠시만……."

이초희가 돌아서면 강혁이 조금이라도 더 그녀의 얼굴을 보려는 듯 애절한 침묵의 눈빛을 보낸다. 그러곤 간신히 말한다.

"조심해서…… 들어가세요."

뭔가를 기대했던 이초희가 아쉬운 표정으로 인사를 하고 돌아서서 어두침침한 골목길을 올라간다. 강혁이 이초희가 사라진 어두운 골목길을 지켜보다가 중얼거린다.

"백휘, 거기 있느냐?"

그러자 허공이 흔들리며 검은 도포를 입고 손에는 흑검을 든 저승사자의 호위무사 백휘가 모습을 드러낸다.

저승사자에겐 호위무사가 늘 함께 다닌다. 호위무사는 저승사자의 명령에 따라 온갖 잡무를 보기도 하고 명부를 오가며 급한 전갈을 전하기도 하는 존재다.

때에 따라서는 저승사자를 노리는 악귀나 명부의 어두운 세력으로부터 저승사자를 보호하면서 함께 싸우는 임무도 맡고 있다.

말하자면 저승사자에게 배당된 집사 겸 경호원 같은 역할이라고 할 수가 있다.

강혁이 저승사자의 지위를 박탈당하자 호위무사 백휘는 다른 저승사자 밑으로 배정되는 걸 거부했다. 덕분에 백휘 역시 호위무사로서의 지위를 잃어버렸다.

저승사자들 중에는 의외로 심성이 잔혹하고 거친 자들이 많다. 전임 저승사자가 자기 취향대로 후임을 고르는 탓이다.

덕분에 전생이 사람이 아닌 짐승이나 요물이 저승사자가 된 경우도 많았다.

백휘가 자신의 지위를 버리면서까지 강혁을 따른 건 거칠고 잔혹한 다른 저승사자들과 달리 올곧은 강혁의 성품과 기품을 마음으로 존경했기 때문이다.

죄를 짓고 모든 자격을 박탈당한 강혁과 달리 백휘는 일부의 능력이 남아 있었다.

바로 이승과 저승의 경계를 넘나들 수 있는 능력이다. 즉 백휘는 영적으로 존재할 수도 있고, 인간으로 존재할 수도 있다.

호위무사 백휘의 역할을 맡은 배우는 다름 아닌 천길강이
다.

천길강이 특유의 절도 있는 목소리로 대답했다.

"부르셨습니까, 차사님?"

"옹주님에 대해 알아봤는가?"

백휘는 수백 년 동안 강혁을 모시며 늘 옥현옹주에 대한
얘기를 들어 왔다.

수백 년 동안 한 여인만을 흠모하는 한 남자의 흔들림 없
는 모습은 백휘의 눈에도 아름답게 비춰질 정도였다.

물론 강혁의 그런 성품이 여인에게만 향한 건 아니었다.

강혁은 부하인 자신에게도 똑같은 정을 주었다. 예전에 백
휘가 명부에 오르지 않은 다른 영혼을 잘못 데려와 살인지옥
에서 1년 동안 지내는 형벌을 받게 됐을 때 강혁은 대신 그
의 죄를 받았다.

덕분에 강혁이 명부에 적힌 옥현옹주의 운명을 거슬러 그
녀를 구해 내고 저승사자의 지위를 박탈당할 때도 백휘는 주
저 없이 강혁을 따르기로 결심했다.

비록 이제 강혁은 한낱 인간에 불과하지만.

"지금 현세에서 옹주님이 어떻게 살고 있는지 말해 다오."

백휘가 머뭇거리다가 어렵게 입을 열었다.

"무척 어렵게 살고 계십니다."

강혁이 이초희가 사라진 달동네를 올려다보며 말했다.

"자세하게 말해 다오."

"옹주님께서는 부모님, 오빠와 함께 살고 있습니다. 어머니는 예전의 사고로 허리를 다쳐 10년째 거동을 잘 하지 못하고 아버지는 막노동을 하는데 알코올중독자입니다. 오빠는 소위 말하는 헛바람이 잔뜩 든 망나니라서 아까 낮에 마주쳤던 그 사채업자에게 돈을 빌리고 갚지를 않았습니다."

강혁의 입에서 무거운 한숨이 흘러나왔다.

"옹주님의 곁을 날 대신해서 네가 지켜 드려라."

백휘가 고개를 숙이고는 대답한다.

"알겠습니다, 차사님."

다시 공기가 흔들리며 백휘가 사라진다.

지고지순하게 한 사람만을 사랑을 기다리는 마음은 강혁만의 몫이 아니다.

이번 생에서 이초희라는 이름으로 고난을 짊어지고 살아가는 옥현옹주. 그녀 역시 수백 년을 강혁만을 바라보며 여러 생의 고통을 견디며 살아가고 있다.

지금 이초희는 자신의 전생을 기억하지 못하지만 곧 들이닥칠 죽음 이후에는 모든 기억이 되살아난다. 그녀는 한 생을 마무리할 때마다 선택을 할 수가 있다.

강혁과 하나로 묶어 놓은 운명의 끈을 끊어 버릴 수 있는 기회가 주어진다.

하지만 옥현옹주는 매번 주어진 그 기회를 포기하고 저주받은 고난의 삶을 택했다.

이유는 하나다. 그래야만 언젠가 강혁을 만날 수 있기 때문이다.

강혁이 저승사자로 발탁이 되면서 그녀는 운명의 짝을 잃어버렸고 고난의 저주가 시작됐다. 이제 강혁은 저승사자가 아니지만 육신이 없는 영적인 존재에 불과하다.

영적인 존재와 인간은 운명적으로 이어질 수가 없다.

이초희가 영혼인 강혁을 알아보고 사랑하게 되는 순간 두 사람의 운명은 다시 뒤틀리게 될 것이다.

강혁이 두려운 건 바로 그것이다.

돌아서던 강혁이 옆에 있던 벽을 주먹으로 쾅 친다. 돌아서 있는 강혁의 어깨가 가늘게 들썩이고 주먹에선 피가 흐른다.

돌아서서 소리 없이 흐느끼는 강혁의 모습이 2화의 마지막 장면이다.

"컷! 오케이!"

수요일.

MBS 수목 드라마 〈오늘도 연애〉가 첫 방송을 타는 날이다.

지난주까지 동시간대 시청률 1위는 같은 공중파인 KUS의 〈내 남친은 소녀취향〉으로 남자 같은 여자, 여자 같은 남자의 연애라는 콘셉트로 요즘 대세라고 할 수 있는 박보금과 이섬이 주연으로 나오는 로맨틱 코미디다.

〈내 남친은 소녀취향〉은 20대 여성을 타깃으로 한 드라마로, 박보금의 출연으로 첫 방 시청률이 13%라는 준수한 시청률로 출발했지만, 지난 주 9화의 시청률이 14%를 기록하면서 시청률의 변동이 거의 없는 무난한 수준으로 진행이 되고 있었다.

드라마의 평가는 나쁘지 않았지만, 타깃을 20대 여성으로 지나치게 좁게 설정하는 바람에 박보금이라는 당대 최고의 청춘스타의 출연에도 불구하고 확장성에는 한계가 있었다.

SUS에서는 〈잃어버린 기억〉이라는 스릴러를 방영하고 있었다.

연기파 배우 손한주와 조준웅이 주연으로, 우연히 직장에서 알게 된 동료가 과거 자신의 아이를 납치해서 살해한 살인마라는 의심을 하기 시작하면서 벌어지는 심리 스릴러다.

제작진은 영화 같은 명품 스릴러를 만들겠다는 당찬 포부로 시작해서, 첫 방부터 긴박한 스토리와 추격 장면으로 한때 17%라는 높은 시청률을 기록했지만, 이후 허술한 설정과 무리한 전개로 시청률이 지속적으로 하락.

현재 8화가 방영된 지난 주 시청률이 13%라는 아쉬운 성적표를 받아 들었다.

16부작 드라마로 앞으로 특별한 반전의 계기가 없다면 자칫 한 자릿수 시청률로 종영할 가능성도 있어 보이는 상황.

반면 MBS에서는 지난주까지 수목 드라마로 〈흑룡의 꿈〉이라는 사극을 방영했고, 지난 주 마지막 회 시청률이 6%라는 최악의 결과를 받아 들었다.

그런 상황에서 〈오늘도 연애〉가 MBS 수목 드라마의 새로운 구원투수로 시청자들에게 첫 선을 보이는 것이다.

알려진 대로 〈오늘도 연애〉는 제작 발표회 전까지만 해도 우려의 목소리가 많았다.

하지만 태수가 〈영혼을 찾아서〉를 통해 단숨에 인지도가 상승하고 제작 발표회 때 상영된 오프닝 영상에서 태수가 웹툰 속 강혁과 싱크로율 99%의 모습으로 등장하는 순간 기대감이 급상승했다.

덕분에 〈오늘도 연애〉가 어떤 모습으로 베일을 벗게 될지 언론이 관심이 집중됐다. 게다가 그 관심의 대부분은 태수에게 집중됐다.

강혁바라기의 주요 스태프들 다섯 명도 무슨 성스러운 의식을 치르는 것처럼 비장한 표정으로 운영자인 강혜미의 집에 모여서 〈오늘도 연애〉 첫 방을 함께 보기로 했다.

각자 보려고 하니 심장이 너무 떨려서 볼 수가 없었던 것이다.

캔 맥주와 과자, 육포 같은 안주들을 잔뜩 사 놓고 다섯 여자들은 설레는 마음으로 방송을 기다렸다.

퇴마하는
톱스타

태수가 촬영장 커피차 앞에서 찍은 사진을 카페에 올리면서 강혁바라기 카페의 분위기는 절정으로 치달았다.

오프닝 영상만 다들 수십 번도 더 돌려 봤고 오늘 첫 방에서 강혁의 액션 씬이 나온다는 기사를 봤기에 방송에 대한 기대가 남다를 수밖에 없었다.

10시가 되어 강혁의 오프닝에서의 모습과 다른 배우들의 연기를 담은 드라마 타이틀이 흘러나오자 다들 비명에 가까운 탄성을 내질렀다.

한 회원이 설렘을 못 참고 떨리는 소리로 말했다.

"어떡해. 나 지금 심장이 터질 것 같아. 내가 강혁 님을 실사로 만나게 될 줄이야!"

드라마가 시작이 됐고, 지겹게 봤던 오프닝 장면이 흘러갔다. 이어서 사거리에서 유한성이 교통사고를 당하는 씬이 숨 가쁘게 흘러나왔다.

"유한성이 무명 소설가에서 재벌 후계자로 바뀌었네."

"설마 저 촐랑대는 재벌 후계자 몸속으로 강혁 님이 들어가는 거야?"

"헉, 조용, 강혁 님 나왔어."

"또 봐도 믿기지가 않네. 어떻게 저렇게 똑같을 수가 있지?"

사고 현장에서 강혁이 킬러와 액션 대결을 벌이는 장면에서는 다들 숨 쉬는 것조차 잊어버리고 화면에서 눈을 떼지 못했다.

드라마가 끝난 후에는 다들 노트북과 휴대폰으로 강혁바라기 카페에 접속했다.

이미 카페에선 드라마를 본 회원들의 폭발적인 반응이 넘쳐 나고 있었다.

평소 이 시간이면 2천 명 내외이던 카페 방문자 수가 이미 1만 명을 넘어섰고, 게시판 제목은 온통 꺅꺅거리는 비명으로 도배가 되어 있었다.

리뷰 게시판에는 아래와 같은 제목의 글들이 끝없이 이어지고 있었다.

'역시 강혁.'

'기다린 보람이 있었네요.'

'지금 심장 터질 것 같음.'

심지어 '강혁의 찰진 액션'이라는 제목으로 벌써 짤방이 올라와 돌아다니고 있었다.

실검에서도 이미 〈오늘도 연애〉와 관련된 검색어들이 모두 상위권을 휩쓸고 있는 중이었다. 1위는 강혁이었고 2위는 장태수였다.

〈오늘도 연애〉의 첫 회 평균 실시간 시청률은 놀랍게도 24%를 기록했고 1회에서 최고 시청률을 기록한 1분은 강혁과 킬러의 액션 씬이 벌어지던 22시 18분대로 순간 시청률이 자그마치 31%를 기록했다.

다음 날 포털 뉴스 연예란의 대부분도 〈오늘도 연애〉가 휩쓸었다.

[충격적인 데뷔! MBS 수목 드라마 〈오늘도 연애〉 동시간대 1위!]
MBS 수목 드라마 〈오늘도 연애〉 첫 화가 지난 수요일 마침내 베일을 벗었다. 실시간 시청률 조사 회사 믹스코리아에 따르면 이날 방송된 〈오늘도 연애〉의 첫 화 평균 실시간 시청률은 24%를 나타냈고, 이는 동시간대 방송된 드라마 KUS 〈내 남친은 소녀취향〉 12%, SUS 〈잃어버린 기억〉의 10%를 압도했다.

[웹툰 속에서 튀어나온 괴물 신인, 장태수!]
[장태수의 액션 연기, 시청자들의 눈을 즐겁게 하다!]
[판타지 로맨스 〈오늘도 연애〉 김찬과 장태수의 얼굴 체인지되다!]

다음 날 목요일 같은 시간대 2화가 방영이 되면서 반응은 더욱 폭발했다.

예상대로 본부장실에서 강혁이 자신의 감정을 숨기고 이초희를 대하는 애절한 장면이 수많은 여심을 자극했다.

현장에서 급하게 결정했지만, 김찬 대신 강혁을 직접 내세운 선택은 대성공이었다.

시청자들은 강혁이 박창희를 때려눕히고 이초희와 마주하던 순간과 강혁이 이초희를 집까지 바래다주는 장면에서 호감이 폭발했다.

〈오늘도 연애〉는 2화만에 평균 시청률이 28%로 치솟았고, 순간 시청률은 역시나 강혁이 박창희를 때려눕히고 두 사람이 마주하는 장면으로, 시청률이 무려 36%까지 치솟았다.

언론에서는 첫 화보다 더 뜨거운 반응과 기사가 쏟아졌다.

[오직 단 한 사람을 향한 지고지순한 강혁의 감동적인 눈물!]

[의외로 안정된 연기력의 장태수, 대형 신인 탄생 예감!]

[애틋한 전생의 연인, 시청자들의 눈물샘 자극]

[빠져든다, 달달하다. 〈오늘도 연애〉!]

[〈오늘도 연애〉 단 2화 만에 수목 드라마 평정!]

[천상천하의 리더 김찬, 의외의 찰진 코믹 연기로 시청자들 눈도장]

다음 권으로 이어집니다